JN318848

二見文庫

真紅のシルクに口づけを

トレイシー・アン・ウォレン／久野郁子＝訳

The Trouble with Princesses
by
Tracy Anne Warren

わたしの小さなクリストファーへ
永遠に愛してる

すばらしい編集者、ウエンディ・マッカーディの惜しみないサポートに深く感謝する。ペンギン社のチームのかたたち、レスリー・ゲルブマン、カラ・ウエルシュ、クレア・ジオンにもお礼を言う。長年にわたって一緒に仕事をし、わたしの創作の才能と可能性をずっと信じてくれているヘレン・ブライトウィーザーに、心からの謝意を表する。そして最後に、どんなときもわたしを支えてくれるレスへ感謝を。

真紅のシルクに口づけを

登　場　人　物　紹　介

アリアドネ・オブ・ノーデンブルク	ノーデンブルクの王女
ルパート・カール・オクタヴィアン・ホワイト	ローズウォルドの摂政皇太子。エマの兄
エマ	アリアドネの親友。ルパートの妹。ヴィッセンシュロス大公妃
ニック	エマの夫。ヴィッセンシュロス大公
セルカーク卿	アリアドネの求婚者
マーセデス	アリアドネとエマの親友
シグリッド	ルパートとエマの姉
テオドル	アリアドネの元恋人
ミスター・ナイトブリッジ	アリアドネの恋人候補
トワイフォード卿	アリアドネの恋人候補
ホッジス	セルカーク卿の手下
オットー王	シグリッドの夫
ピーター	エマの息子
フリードリヒ	エマの息子

1

一八二〇年五月
イングランド、ロンドン

アリアドネ王女は――王女とはいえ、祖国のノーデンブルクは地図から消え去り、いまや人びとの記憶と歴史書のなかにしか存在しない――レモネードをひと口飲み、混んだ広間を見まわした。何組もの男女がくるくるまわりながらワルツを踊っている。五年前、〈オールマックス〉に集う地位の高い貴婦人たちに承認されてからというもの、社交界ではワルツが大流行している。

だがアリアドネはワルツに興味がなかった。というより、目標をはたすのに役に立たないなら、ダンスなどどうでもよかった。たしかにすてきな男性を探してはいるものの、ふつうの未婚のレディとはちがい、自分は結婚相手を見つけようとしているわけではない。このわたし、アリアドネ王女は、そのへんにいる平凡な娘とはちがうのだ。アリアドネはそんな自分に誇りを持ち、社会のしきたりや慣習など気にも留めていなかった。

実りのない社交シーズンを六回つづけて過ごしたあと、アリアドネは夫を見つけるという考えを捨てた。いま探しているのは恋人だ。

純潔を捧げる相手なのだから、妥協してはいけない。男性ならだれでもいいわけじゃない。厳しい目で選ばなければ。

アリアドネはこの計画を打ち明けたときの、友人エマの反応を思いだした。ローズウォルドの元王女で、ヴィッセンシュロス大公妃となったエマは、リンドハースト邸の居間のソファで首を後ろに倒して笑ったあと、アリアドネに向かって微笑んだ。「アリー、あなたって人は、いつも突拍子もないことを言うんだから。毎晩寝ないで、つぎはなにを言ってみんなをびっくりさせようかと考えているんでしょう」

でもアリアドネが笑っていないことに気づき、エマの顔から笑みが消えた。

アリアドネは落ち着いた表情でエマを見た。「いいえ。わたしは真剣よ」

エマは一瞬ぽかんと口をあけてから閉じた。三カ月前にふたりめの子どもを産んだばかりで、まだふっくらしている胸に手をあてる。「恋人を作るなんてだめよ！　結婚もしていないのに」

「結婚する気はないわ」

「アリー――」

「あら、そんなに驚かなくてもいいじゃない。長年の付き合いなんだから、わたしの男性観や結婚観はよく知っているでしょう。わたしは二十四歳で、あと数カ月で相続財産をすべて受け取れるの。これからは人生を思いきり楽しみ、大切な人《シェラミ》を見つけようと思ってるわ」

「アリー、女性の自由と権利に関するあなたの考えにはわたしも賛成よ。でもばかげたことはやめて。そんなことをしたら、あなたの評判は地に落ちるわ。後悔しても取り返しがつかないのよ。社交界に激震が走って、あなたは悪名高い女になってしまう」

「望むところよ」アリアドネは手入れの行き届いた爪をぼんやりながめながら言った。「どうせだったら、当代きっての奔放な女性になりたいわ。ルイ十五世の愛人、ポンパドゥール夫人も顔負けのね」

「ポンパドゥール夫人は策を弄して国王のベッドにもぐりこみ、絶大な力を持つようになったのよ。あの人は王族じゃない。あなたみたいに王女として生まれたわけじゃないわ」

アリアドネは手をひとふりした。「まだわからないの、エマ。大切なのは血筋じゃなくて、どう生きるかなのよ。出自がどうであれ、だれもがポンパドゥール夫人を知ってて一目置いている。わたしもみんなの記憶に残るような女性になるつもり」

わたしの一族は、もう忘れ去られているけれど。アリアドネは胸のうちでつぶやいた。自分はひとりの人間として生きていきたい。男性の富と権力をめぐる駆け引きの道具になって、むなしい人生を送るのはごめんだ。

エマは眉をひそめて身を乗りだし、片手を伸ばした。「お上品ぶったことを言うつもりはないし、社会のしきたりには無条件にしたがうべきだとも思ってない。あなたが知的で意志の強い女性で、気の進まない結婚なんて冗談じゃないと思っていることも知ってる。わたしはただ、あなたが傷つくのを見たくないだけなの。あきらめさえしなければ、いつかかならず愛する人にめぐりあえるわ――あなたを尊重していつくしみ、愛してくれる人が」

アリアドネはエマの青い瞳を見つめ、天井をあおぎたくなるのをこらえた。この話をするのはこれで何百回めだろうか。運命の相手を何年も待ちつづけてきたが、そろそろあきらめる潮時だろう。自分には運命の相手は存在しないのだ。

もちろん、エマが親身になって心配してくれていることはわかってる。もうひとり、幸せな結婚をした友人のマーセデスも。ふたりとも、結婚のすばらしさを語りだすと止まらない。だがエマとマーセデスは例外で、自分にはそんな幸運は訪れそうにない。

世のなかを見まわしても、幸せな結婚生活を送っている夫婦はごくまれだ。結婚という社会制度は、女性を奴隷にする罠で、まともだった男性までも冷酷なけだものに変えてしまう。

アリアドネは子どものころ、みじめな結婚生活を間近で見て育った。両親のあいだにはいさかいが絶えず、競うように互いをあざむいては傷つけていた。

スコットランドの女学校に入学したときは、家族から離れられてほっとしたものだ。でもあのときは二度と両親に会えなくなることも、戦争と死がふたりの悲惨な結婚生活に終止符を打つことも知るよしがなかった。

親族でありながら裏切ったテオドルのことは、とうのむかしに考えるのをやめた。

エマはもっと分別を持って、いい結婚相手を探すことをあきらめるなと言う。でもいま求めているのは、情熱と禁断の悦びをもたらしてくれる関係だ。

それのどこが悪いのだろうか。結婚をあきらめたからといって、男性との関係を楽しんでいけないわけではないだろう。

もうすぐ自分は自立した女性になり、好きなところへ行って好きな男性と戯れることができる。必要なのは相手をよく見定めて、用心を怠らないことだけだ。

アリアドネはレモネードを飲み、広間にいる恋人予備軍にふたたび目を走らせた。

さて、どの人をベッドに招こうかしら。

そのとき漆黒の上着に包まれた男性の広い肩が視界をさえぎった。顔をあげると、こちらを射抜くような群青色の瞳とぶつかった。

見覚えのある腹立たしい瞳だ。

いったいなんの用なの？

アリアドネはため息をつきそうになるのをこらえた。

ローズウォルド国の摂政皇太子、ルパート・カール・オクタヴィアン・ホワイトが目の前に現われれば、ほとんどの女性は舞いあがることだろう。でも自分はちがう。高貴な身分にも興味はない——たとえそれが皇太子であれ。

外見が魅力的であることは認める。顔立ちは彫りが深く、上背のある筋肉質の体は引き締まっていて、髪は金色だ。太陽神を思わせる容姿だが、尊大さという面でも似ている。皇太子が部屋に足を踏みいれただけで、若いレディはうっとりするという。ギリシャ神話のアポロを前にしたように目がくらみ、気を失ってその場に崩れ落ちる。

皇太子のほうはというと、そんな女性たちのことは眼中にないらしい。公爵や侯爵の娘であっても、窓からはいってきてぶんぶん飛びまわる虫と同じぐらいにしか思っていないようだ。

だがそうしたすげない態度をとられても、女性たちの熱い気持ちが冷めることはない。むしろその逆だ。なんといっても彼は君主で、君主というものはふつうの人間の手の届かないところにいる。それに知性と教養、生来のカリスマ性も相まって、ルパート皇太子はいまやロンドンでいちばん人気の高い男性だ。皇太子がそこにいるだけで、いずれ花嫁に選ぶのはどこの国の王女か、つぎの愛人はだれかと、人びとは小声で噂する。

〝独身皇太子〟ルパートは、父王の崩御を受けてこの一月に即位したジョージ四世よりも、注目度で上まわるという声もある。

エマによると、ふたりの統治者のあいだで内々の会合が開かれたそうだ。エマは細かいところまでは知らないと言っていたが、漏れ聞こえてきた話をつなぎあわせると、ジョージ王はルパート皇太子のことがいたく気に入ったらしい。ふたりは意気投合し、国家間の相互協力と同盟を約束した。そしてジョージ王はルパートに、王室所有地のどこででも自由に狩りを楽しんでいいと言った。

そうやって友好的にふるまうこともあるのだろうが、アリアドネにとってルパートは、エマの傲慢で横暴で尊大な兄で、いちいち腹の立つ相手でしかなかった。

エマがドミニク・グレゴリー——リンドハースト伯爵、ヴィッセンシュロス大公——と結婚してからは、かちんと来ることがますます多くなった。アリアドネはエマとニックの結婚を応援し、妹を隣国の国王に嫁がせようとするルパートの計画を、裏で糸を引いて妨害した。まんまとしてやられたルパートは、すべての責任がアリアドネにあると思っている。

でもそれは理不尽ではないか。あのときはマーセデスも計画に加わったし、当のエマとニックについては言うまでもない。

だがそれも、ルパート・ホワイトの数多くあるいやな点のひとつにすぎない。頭の切れるこの男は、どんなこともけっして忘れないのだ。

そしていつまでも根に持っている。

自分も同じではあるけれど。

「アリアドネ王女」ルパートはなめらかな低い声で言った。「踊らないのかい」

「ええ。一曲だけ休憩しようと思って。つぎのダンスのお相手がもうすぐお見えになるわ」

お願い、早く来てちょうだい。

だれと約束したかさっぱり思いだせないが、ルパート皇太子が見ている前でダンスカードを確かめるわけにはいかない。

アリアドネはレモネードのグラスを口に運んだ。「広間でなにをなさっているの？　このお屋敷の主人と一緒に、ブランデーを飲みながらビリヤードを楽しんでいらっしゃるものだとばかり思っていましたわ。あるいは政治や軍事戦略について議論し、世界という大きなチェス盤の上で、ローズウォルドのつぎの一手をどうするか考えていらっしゃるか」

「そうした重大な事柄は日中に考えることにしている。夜はもっと楽しいことに費やすべきだよ。たとえばパーティとか」

「ええ、そのとおりですわね。でも殿下がパーティみたいなくだらないことに興味がおありだとは知らなかった」

ルパートは唇の端をぴくりとさせたが、アリアドネの挑発には乗らなかった。目を細くすがめ、真剣な表情で言う。「わたしはいろんなことに興味があるんだよ、王女」

ふいにその顔に笑みが浮かび、目尻にしわが寄った。社交界にデビューしたての初々しい娘なら、気つけ薬が必要になっただろう。

デビューして何年もたち、男性とのこうしたやりとりには慣れているはずなのに、アリアドネの肌がなぜかぞくりとした。

アリアドネは目をそらした。

「冗談はさておき」ルパートは言った。「エマを捜している。どこにいるか知らないか」

「最後に見たときは、ニックとダンスをしていたわ。広間にいないところを見ると、ふたりでどこかに行ったんでしょう」

ルパートは渋面を作った。

妹が結婚して二児の母になった現実を受けいれてはいても、皇太子はこうなるにいたった経緯を思いださせるものが大嫌いなのだ。ニックとエマが人前で堂々と愛情を表現するのを見ると、皇太子は決まって唇を引き結ぶ。妹とイングランド人の夫がベッドをともにしている事実を思い起こさせることをだれかが言おうものなら、あからさまに不機嫌になる。

そんな皇太子の反応が、アリアドネはおもしろくてたまらなかった。

「庭園の茂みの陰で情熱的に抱きあっているのかも。昨日お医者様が、エマと赤ん坊のピーターの様子を見にお屋敷へやってきたわ。ふたりとも健康そのものだそうよ。いつでも夫婦生活を再開していいと、エマにおっしゃったみたい」

ルパートは眉をひそめた。

「じきに戻ってくると思うけれど」アリアドネはことばを継いだ。「でも重要なお話なら、明日の朝まで待ったほうがいいかもしれない。つまり、エマが――なんと言えばいいのかしら――忙しくないときまで」

ルパートはさらに顔をしかめた。「きみが男女のなにを知ってるというんだ?」

「直接はよく知らないわ。とくに庭園での抱擁については」アリアドネは言った。「でもわたしには目も耳もある。それに本を読むのが大好きなの。本から学べることの多さといったら、ほんとうに驚くばかり」

「ああ、きみの困った読書癖については承知している」ルパートは厳しい口調で言った。「わたしが保護者だったら、きみがどこからか手に入れた本の半分も読むことを許さなかっただろう。ああした本はきみによからぬ考えを植えつけるだけだ」

「あら、よからぬ考えなら、頭のなかにたくさんあるわ。本なんか読まなくてもね」

ルパートは青い目をきらりとさせ、ふたたび細くすがめた。「その点については同意見だ」

アリアドネは笑みをかみ殺した。「エマにどんなご用があるの。来週、ローズウォルドに帰国なさることかしら」

アリアドネはグラスを持ちあげ、レモネードをゆっくりひと口飲んだ。

「いや、もう少しロンドンに滞在することにしたから、それを伝えようと思ってね。少なくとも社交シーズンが終わるまではいるつもりだ」

アリアドネはレモネードをのどにつまらせた。目に涙をにじませて苦しげに咳をする。

「だいじょうぶかい」ルパートはアリアドネの背中に手をあて、軽く二度たたいた。

アリアドネはまだぜいぜい息をしていたが、だいじょうぶだとうなずいた。

ルパートは上着のポケットからシルクのハンカチを取りだした。アリアドネがそれを受け取ると、ルパートはアリアドネの手からグラスを取って脇へ置いた。

アリアドネはハンカチで目をふき、落ち着きを取り戻そうとした。ルパートがそのひじに手を添え、いたわるように近くの柱の陰へ連れていった。

「気分は？」しばらくして訊いた。

「よくなったわ」アリアドネはなんとかしゃべれるようになり、小声で答えた。

ルパートの唇にゆっくり笑みが浮かんだ。「それを聞いて安心した。これで大切な友だちが亡くなったこと、しかもそれが少なからず、兄であるわたしの責任であることをエマに伝えなくてすんだ。わたしの滞在が延びたことを知って、きみがまさかそんなに動揺するとはね。きみの手の届かないところに飲み物をすべて片づけさせるべきだった」

「ちょっと驚いただけ。飲みこまなくちゃいけないのに、つい吸いこんでしまって」

「これからは驚かさないよう気をつけるよ」

アリアドネは腕にかかったルパートの手をふいに意識した。長手袋とドレスの袖のあいだから少しのぞいた肌に、温かな指が触れている。深みのある群青色の瞳を見あげ、脈が速くなるのを感じた。

もう少しで窒息するところだったのだから、鼓動が乱れるのも当然だ。アリアドネはルパートの手から腕を引いた。

つまりこの人は、あと何週間かロンドンにいるというわけね。

でも自分には関係のないことだ。エマの兄だからといって、こちらまで長時間、一緒にいなければならない理由はない。できるだけ避けることにしよう。計画がうまくいったら、どのみち皇太子と顔を合わせる暇もない。

音楽が鳴りやみ、招待客はおしゃべりをしながら、つぎのダンスがはじまるのを待っている。だれもこちらを見ていない。さっきのことはだれにも気づかれずにすんだようだ。

長身で髪が黒っぽい面長の男性が近づいてきた。男性はまずアリアドネに、それからルパートにお辞儀をしたのち、アリアドネに視線を戻した。「王女様、つぎのダンスをご一緒していただけるお約束だったかと」

アリアドネは笑みを浮かべて男性の顔をながめ、肩書はなんだっただろうと考えた。でももし公爵なら、人数が少ないので憶えているはずだ。とりあえず〝閣下《マイ・ロード》〟と呼んでおけばいい。

「ええ、閣下《マイ・ロード》」アリアドネは明るい声で言った。「このときを心待ちにしておりました」

男性は白くそろった歯をのぞかせて微笑み、涼しげな薄墨色の目を輝かせた。「光栄に存じます、王女様」

アリアドネはあらためて男性を観察した。それほど悪くない。というより、褐色の髪と浅黒い肌が、いかにもイングランド人の男性らしい魅力にあふれている。名前はなんというのだろう。恋人候補のひとりに加えるなら、名前ぐらい知っておかなければ。

アリアドネはにこやかに微笑み、差しだされた腕に手をかけた。ルパートのほうを向いて言う。「失礼いたします、殿下」

「どうぞ」ルパートは一歩後ろに下がり、アリアドネの目を見た。

アリアドネの鼓動がまた激しくなった。男性の腕に抱かれてワルツを踊るのが楽しみで、どきどきしているだけだ、と自分に言い聞かせた。それにもしかするとこの人とは、ダンス以上の楽しみを分かちあうことになるかもしれない。

アリアドネは男性のことばを聞きのがすまいと、顔を寄せてダンスフロアへ進んだ。

2

ルパート皇太子は退屈だった。

どうしようもなくつまらない。いくらそうしようと努めても、ロンドンの社交シーズンとやらをまったく楽しむことができない。

エマに勧められるまま、英国滞在を延長したりするべきではなかった。ルパートは心のなかで嘆息し、グラスに残ったシャンパンを飲み干した。

ルパートには祖国ローズウォルドで、摂政としてはたすべき義務がたくさんあった。今回は日々の公務を大臣らにまかせ、もしも急を要する複雑な問題が起きたら、すぐさま使者を寄こすよう命じて国をあとにした。今日までのところ、そうした問題は起きていないようだ。だがいまこのとき、使者が広間に駆けこんできて、ただちにローズウォルドに戻るよう言ってくれたらと願わずにいられない。そうすればひとまず、ベルギー大使の長話から解放される。大使は、五年近く前にナポレオンをワーテルローから追放して以来、いまだに街路の補修が終わっていないことを延々と話しつづけている。

ルパートは興味津々で耳を傾けているふりをし、通りかかった召使いからシャンパンのお代わりを受け取った。ロンドンにいても退屈きわまりないが、それでも宮殿でうっとうしい小言を聞かされるよりはまだましかもしれない。

ローズウォルドにいるとき、大臣たちはやんわりと、だがしつこく、早く妃を娶《めと》るようルパートをせきたてた。孫はまだかとうるさい病床の父王を味方につけたばかりか、適齢期の王女の一覧表を公務の書簡にまぎれこませさえした。

ルパートはほとほとうんざりして、任を解くぞと大臣らを脅し、今後いっさいその話題を持ちだすことを禁じた。

しかし三十四歳という年齢を考えると、潮時が近いことは、ルパート自身もよくわかっていた。そう遠くない将来、妃を選ばなければならない。跡継ぎを産んでくれる王族の若い女性を。婚姻関係を結ぶことにより、ローズウォルドの王政がより安泰となるような相手だ。

だがそれはもう少し先にしよう。

いまはまだいい。

広間の向こうで、アリアドネ王女が優雅な足どりで踊っている。

彼女の名前は、件の花嫁候補の一覧に載っていなかった。それもそうだろう。王女とは名ばかりで、アリアドネにはもはや祖国がない。妃にしたところで、富や地位や政治の面でのうまみはまったくない。たしかに相続財産は、本人が一生快適に暮らすには充分なようだが、どこかの国の王族が花嫁に迎えたいと思うほどではないらしい。もちろん、喜んで結婚する貴族の男ならいくらでもいるだろうが、以前アリアドネがエマに、財産目当ての求婚に応じるつもりはないと言っているのを聞いたことがある。

愛などといった愚にもつかないものを求めているのだ。

アリアドネが首を後ろに倒して笑い、さっきの男に思わせぶりに微笑んでいるのが見えた。男はすっかり有頂天になっている。ルパートはアリアドネの動きを目で追った。まるでガチョウの群れに交じった白鳥のようだ。

彼女はたしかに美しい。なめらかな白い肌、高貴な生まれの者特有のまっすぐな鼻。口角がきゅっとあがった唇は、気分によってころころ形が変わる。すらりとした体形だが、胸や腰は女らしい丸みを帯びている。あれほど生意気で強情でなければ、女性として魅力を感じていたかもしれない。

赤みを帯びた金色の髪も、見る者をはっとさせる。北欧ゲルマン系であることを考えれば、白髪に見えるほど淡い金色の髪でもおかしくない。ところがアリアドネの長い髪は、内側から炎で照らされているかのように明るい金色だ。ほとばしる情熱が髪の色に表われているようだ。

そう、アリアドネは情熱的で、こうと決めたらとことん突き進む。

いまもあざやかな緑のドレスを大きくひるがえしながら、ほっそりした足首をのぞかせて情熱的に踊っている。

ルパートは小さく首をふって口もとをゆるめた。まだ結婚していないのに、あんな色のドレスを平然と身に着けるのは彼女ぐらいのものだろう。未婚の若い女性は――社交界にデビューして何年もたっていても――白かおとなしい淡色のドレスを着るのがふつうだ。

だがアリアドネはちがう。なにかにつけて社会のしきたりに反抗する。ときどき、わざとそういうことをして、社交界から追放されるように仕向けているのではないかと思うことがある。あまりやりすぎると、いつかほんとうにそんなときが来るかもしれない。

音楽が終わり、踊っていた人びとが足を止めた。ルパートはアリアドネが一緒に踊っていた男にエスコートされ、広間の向こう側で椅子にすわって若い既婚のレディたちと談笑しているエマに合流するだろうと思っていた。アリアドネがつま先立ちになり、男の耳もとでなにかをささやいた。男はうなずいて微笑み、体の向きを変えた。

アリアドネがダンスフロアを離れる人びとの群れに溶けこむ。だがルパートは長身なので、アリアドネがどこにいるかわかった。あのあざやかな緑のドレスと赤みがかった金色の髪は、遠くからでも見失いようがない。

アリアドネが広間を横切り、招待客でごった返している出口へ向かったかと思うと、ふいにその姿が視界から消えた。

これまで何度も問題を起こしてきたアリアドネのことだから、またなにをしでかすかわからない。ルパートは一瞬、あとをつけようかと考えたものの、自分には関係のないことだと思いなおした。自分たちふたりは目下エマの屋敷で同居しているが、お互いをうまく避けて、できるだけ顔を合わせないようにしている。

ルパートの頭にふとある考えが浮かんだ。

王女のまねをして、しばらく広間を離れよう。

「たいへん興味深いお話でした、大使」ルパートはベルギー大使の話を途中でさえぎった。「申しわけありませんが、そろそろ失礼いたします」

大使の白い眉が高くあがった。さながらしわだらけの額に掲げられた、ふたつの旗のようだ。「は——はい、殿下。お——お目にかかれて光栄でした」

大使がお辞儀をしたときには、ルパートはもう大股でその場をあとにしていた。

ところが出口まで半分の距離も進まないうちに、だれかに呼びとめられた。

ようやく歩きだすと、また別のだれかが呼びとめる。

そのくり返しだ。

皇太子の関心をしきりに引こうとする人びとから解放されるまで、さらに十五分かかった。

ようやく空気が涼しくてさわやかな屋敷の後方へやってきた。どの廊下がどこへつづいているのかわからないが、人気のない静かな場所ならどこでもいい。廊下を進むにつれ、広間の喧騒が遠ざかっていく。ときおりほかの招待客とすれちがったが、みな自分のことで頭がいっぱいらしく、ルパートを見てもとくになにも言わなかった。

ルパートは薄明かりの灯った廊下にはいり、半開きになった扉へ近づいた。書斎だ。薄暗い室内へ足を踏みいれると、暖炉で火が燃えていた。

すわり心地のよさそうな肘掛け椅子を目指して、部屋のなかほどまで進んだところで、先客がいることに気づいた。隅で男女が抱きあっている。

引き返そうとしたそのとき、見覚えのある赤っぽい金色の髪が目にはいった。

ルパートは小さく咳払いをした。

男女がさっと体を離し、ルパートはアリアドネの明るい緑色の目をまっすぐ見た。そこに浮かんでいるのは、恥ずかしさか欲望か、あるいはいらだちのはずだった。

だが予想に反し、浮かんでいるのは安堵の色だった。


アリアドネは薄闇のなかでルパートと目を合わせ、ほっと胸をなでおろした。こんな場面を見られたくはなかったが、皇太子が来てくれたおかげで、まったく期待はずれだったキスを終わらせることができる。

積極的に恋人を探しはじめてから二週間がたつけれど、それは想像していたよりもずっとむずかしく、ずっと骨が折れることだった。

作戦の一環として、有力な恋人候補の何人かとキスをしてみることにした。気が合うことも大切だが、体の相性も負けず劣らず重要だ。まずキスをしてみなければ、ベッドをともにしたい相手かどうかなんてわからない。

でもこれまでのところ、〝キス作戦〟はあまりうまくいっていない。それでもミスター・ナイトブリッジならばと期待して、書斎で会うことにした。

たくましくてハンサムで女性慣れした彼は、ほれぼれするほどダンスがうまかった。アリアドネはこの人こそ自分の情熱に火をつけてくれる男性だと確信した。ところが唇を重ねたとたん、それがまちがいだったことに気づいた。

彼のキスがへたというわけではない。きっとうっとりする女性もいるだろう。それに、これまで抱きあった何人かの恋人候補みたいに、体にさわってこようともしなかった。

でも残念ながらキスそのものよりも、強すぎるポマードのにおいや、指に触れる上質な上着のやわらかい感触、暖炉で薪がはぜる音のほうに意識が向いた。

だがアリアドネはなにごとも簡単にあきらめる性格ではないので、もう少しつづけることにした。まぶたを閉じ、熱い抱擁に身をまかせた。でも長い二分が過ぎるころ、これは自分が求めていたものではないと見切りをつけた。ミスター・ナイトブリッジとのキスは、ぬるい紅茶を飲むのと同じくらいつまらない。純潔を捧げる男性は、もっとすてきなキスをしてくれる人でなければ。

一方のミスター・ナイトブリッジはすっかり夢中になり、こちらの積極的な反応を本物の情熱と勘違いしているようだ。どうやってキスを終わらせようか、アリアドネは頭を悩ませていた。

ルパート皇太子の顔を見て心がぱっと明るくなるなんて、人生ではじめてのことだ。

アリアドネは脇へよけ、ナイトブリッジとのあいだに距離をあけた。

ミスター・ナイトブリッジは茫然としていらだっているようだ。思わぬ邪魔がはいり、あきらかに不機嫌な顔をしている。

「殿下」早口で言う。

ルパートはいかにも尊大そうにナイトブリッジの顔を一瞥し、アリアドネに視線を移した。

「アリアドネ王女」

「ルパート皇太子。広間からこんな離れた場所で、なにをなさっているんです？」

ルパートは冷笑するように片方の眉をあげた。「同じことばをお返ししたいところだが、あらためて尋ねるまでもないようだね」

シェイクスピアが『ヘンリー四世』で書いたことは正しい。今回のような計画では〝慎重さこそ勇気の大半〟だと心得るべきだった。アリアドネはなにも言わず、体の前で両手を握りあわせた。

ルパートはふいにナイトブリッジのほうを見た。「広間に戻りたまえ。わかっているとは思うが、このことは口外無用だ。いいね？」

身長でも体つきでもルパートに負けていないナイトブリッジは、その強い口調に、少年のように顔を紅潮させた。弱い明かりのなかでも、頬に赤みが差しているのが見える。「もちろんです、殿下。王女のお名前に傷をつけるなど、めっそうもございません。わたくしたちは……つまり……。ご説明いたしますと――」

「説明しなくていい。聞きたくない」ルパートは相手のことばをさえぎった。

ナイトブリッジは口を閉じた。眉をひそめ、おどおどした目でアリアドネとルパートを交互に見る。

だがすぐにその場を立ち去ろうとはしなかった。

「われわれの会話は英語だったと思うが」ナイトブリッジがなかなか出ていかないのを見て、ルパートが冷たい声で言った。

ナイトブリッジは困惑の表情を浮かべた。「は――はい、殿下、おっしゃるとおりです」

「だったらなぜまだここにいる？」

ナイトブリッジはふたたび顔を赤らめ、さっと二度お辞儀した。最後にアリアドネに目をやってから部屋を出ていった。

アリアドネは、ナイトブリッジがこちらの声の聞こえないところまで離れるのを待ってから言った。「ひどいわ。あんなばかにした言いかたをしなくてもよかったでしょうに」

「ばかにされるのがいやなら、そうされないような言動を取ればいい。きみはあの男のことをどう思った？」ルパートはひと呼吸置き、片方の手をあげた。「いや、答えなくていい。聞きたくない」

「あの」アリアドネはスカートをなでつけてしわを伸ばした。「だったらこれで失礼させていただくわ」

だがアリアドネが三歩進んだところで、ルパートに呼びとめられた。

「そう急ぐんじゃない、王女。今夜のきみのふるまいについて、少々話がある」

アリアドネは深呼吸して自分を落ち着かせ、ルパートに向きなおった。「ええ。なにかしら」

「見た目はいいがおつむの弱いあの男ときみは、わたしがはいってきたときキスをしていたな」

「そうなの、見た目はすてきだったでしょう」アリアドネは口をはさみ、ルパートを挑発した。「あら、でも殿下はくわしいお話には興味がなかったんじゃないかしら」

ルパートはあごをこわばらせた。「ああ。だがきみの親友の兄として、忠告するのはわたしの義務――」

「それは僭越《せんえつ》だわ、殿下。わたしのことに関して、殿下にはなんの義務もないし、忠告も必要ありません」はからずも窮地を救ってくれたことに対する感謝の念は消えていた。

「きみは英国社交界の影響力と人びとの親切を甘く見ている。社交界の連中は気まぐれで、獲物を探す飢えた犬のように互いに目を光らせている。気をつけたほうがいい」

アリアドネは体の脇で両手をこぶしに握った。「わたしも父の宮殿でいろんなことを見てきたから、上流階級の人たちが気まぐれで嘘つきだということぐらい知っている。ご心配にはおよばないわ」

アリアドネは鼓動が速く打つのを感じつつルパートをにらんだ。ルパートもにらみかえした。

「さっきの男は愚か者だったが、きみはちがうだろう、アリアドネ。きみたちがふたりきりでいる現場を見つけたのがわたしでなかったら、いったいどうなっていたと思うんだ。もし、まだおおやけにしてないけれど、おめでたい報告があるというならば話は別だが」

アリアドネはルパートの目を見てぽかんとしたが、すぐにそのことばの意味を呑みこんだ。

「まさか。ミスター・ナイトブリッジとわたしはなんの関係もないわ。婚約なんかしていない」

「だとしたら、偶然ここにやってきたのがわたしでほんとうに幸運だったな。そうでなければ、いまごろきみたちは結婚式の計画を立てていただろう」

アリアドネはゆっくり首をふった。「それはないわ。評判に傷をつけないためにいやいや結婚するなんて、それじゃあまるでわたしが社交界の目を気にしているみたいじゃない。そんなもの、どうだっていいのに」

ルパートは険しい顔をした。「まさか本気で言っているわけではないだろうが、あんな場面を目撃されても結婚しないとなれば、どんなスキャンダルが待っていたことか」

アリアドネは肩をすくめた。「スキャンダルがどうしたというの。みんな好き勝手なことを話すだけでしょう。わたしには関係ないわ」

「エマはどうなる？　妹はきみの親友だ。きみが軽率な行動をすれば胸を痛めるに決まっている。それとも、親友の気持ちなどどうでもいいと？」

「もちろんエマのことは大切に思ってる。殿下もよくご存じのとおり、わたしたちは姉妹同然だもの。だからなにごともできるだけ慎重にやろうと心がけているわ。それでも、ほかの人のためだけに生きることはできない。自分を殺してまで名前や評判を守ることになんの意味があるの？　エマとドミニクがわたしのせいで傷ついたり困ったりしたら、それは心から申しわけないと思う。ほんとうよ。でも、わたしにはどうしてもやりたいことがあるの」

ルパートは胸の前で腕を組んだ。「ほう。どんなことだろう」

言うべきだろうか？　まさか皇太子に打ち明けようかどうしようか悩むことになるなんて、想像もしていなかった。でも計画を聞いたときの彼の顔を見てみたい気もする。それにこの人がわたしの秘密を知ったところで、なにがどうなるわけでもないだろう。彼はわたしの保護者ではないのだし、どのみちわたしはもうすぐ自立した女性になって相続財産を受け取れる。ルパート皇太子がいくらがんばっても、わたしを止めることはできない。

「さあ」ルパートは傲慢な口調で言った。「たとえスキャンダルになってでもどうしてもやりたいこととはなにか、わたしに教えてくれないか」

アリアドネは一瞬ためらったのち切りだした。「わたしは自立した人間として生きていき、目標や夢や願望を自由に追い求めることに決めたの。愛のないみじめな結婚をするより、恋人を作ることにしたわ」

3

ルパートは長いあいだまじまじとアリアドネを見つめ、天井を仰いで笑いだした。「恋人だって？」笑いの合間に言う。「ああ、かわいい人《リープヒェン》、きみはぼくが思っていたよりずっとおもしろい女性だ。よくそんな突拍子もない冗談を思いついたね」

アリアドネは唇をぎゅっと結んだ。「冗談なんかじゃないわ。あなたもエマも、どうしてわたしの考えをばかげていると言うのかしら」アリアドネは胸の前で腕組みした。「それにわたしはあなたのかわいい人じゃない！」

ルパートはまた声をあげて笑ったが、アリアドネのことばを理解するにつれ、愉快な気分が消えていった。冗談ではないとはどういう意味だろう。まさか本気で言っているわけではあるまい。

ルパートの笑い声がふいに止まった。「エマは？　このことを妹にも話したのか？」

「ええ。エマもはじめは笑ったわ。でもいまは、わたしが真剣だとわかってる」

「しかしきみは未婚だ」

「エマも同じことを言ったわ。あなたたち兄妹に共通点はあまりないと思っていたけれど、どうやらちがってたみたいね」

「エマはなんと言っていた？　そんな愚行に賛成したはずはないと思うが」

「ええ、やめるように説得されたけど、わたしはもう決めたの」

「狂気の沙汰だ」

「そんなことはないでしょう。恋人を作る女性は世間にいくらでもいるもの」

「それは経験豊富な既婚女性の話だ。そうした女性たちは、恋人を作ることで、いいことも悪いことも起きうるとちゃんとわかっている」

「恋愛関係のなかでなにが起きるかなんて、だれにもわからないわ」アリアドネはきっぱり言った。「少なくとも、わたしがしようとしていることは姦通じゃない」

「だがきみの名声は地に落ち、まともな結婚はできなくなるんだぞ」

「そのことはさっき言ったでしょう。わたしは自立した女性として生きていき、結婚はしないことに決めたの」

「きみがわがままで頑固であることは知っていたが、いくらなんでも……愚かすぎる」何歩か歩いたところで、ルパートはふとひらめいた。「まさかそれで、さっきの伊達男とここへ来たんじゃないだろうね。きみとあの男は……」ルパートは二本の指をまわし、口をつぐんだ。

「いいえ、恋人じゃないわ」アリアドネは言った。「それから彼の名前はミスター・ナイトブリッジよ。今夜会ったのは、相性を確かめるためだったの」

「相性？」

「キスが上手かどうか知りたくて」

ルパートはおそろしい形相で言った。「それで？」

アリアドネはふたたび両手を握りあわせた。「まあまあだったわ。ほかの人たちよりはずっとよかった」

「ほかの人たち？　いったいこれまで何人の恋人候補と逢引きしたんだ？」

「三人か四人よ」アリアドネはよくあることだというように、無造作に肩をすくめた。「キスの試験をするにも、比較対象がないと上手かへたかわからないでしょう」

ルパートは絶句した。アリアドネ王女の性格はよくわかっているつもりだったが、ここまで無鉄砲だったとは。

キスの試験？　あきれてものも言えない。

ルパートは髪を指ですいた。「周囲に知られるかもしれないと思ったことはないのか？きみが最近よく密会をしていることを、その男たちの……友人たちと言うべきか……だれかが口にしないともかぎらないだろう」

「そうかしら。逢引きのことをぺらぺら話す男性がいるとは考えにくいし、わたしも試験であることは黙っているもの。みんなわたしとキスをしたのは自分だけだと思っているはず。ちょっとした火遊びで、なんの害もないわ」

「いや」ルパートはうなるように言った。「害がないわけがない。それに、いくらきみが評判など気にしないと言っても、身の安全だけは守らなくてはいけない。きみは危険なゲームをしている、アリアドネ。とても危険なゲームを。そんなことをしていたら、いつか痛い目にあうぞ」

「心配ご無用よ。みんな子羊みたいだったわ」アリアドネはさらりと言った。「わたしならだいじょうぶ」

ルパートはアリアドネに近づいた。「そうだろうか。つぎに選んだ男が狼で、これまでの連中のようにおとなしくて従順でなかったら?」

「わたしの計画に抜かりはないわ。まわりにいるのはみんな紳士だから」

「紳士のなかにもあぶない男はいる。いままではたまたま運がよかっただけだ。分別をわきまえて、ばかげた計画を中止するんだ」

「ばかげた計画なんかじゃないし、やめる気もない。わたしは情熱と冒険を求めているの。あなたが賛成しようが反対しようが、このままつづけるわ」

ルパートはさらに一歩、足を前へ進め、アリアドネとの距離を数センチに縮めた。「崖っぷちを歩くような人生がお望みというわけか。それがどれほど危険なことか、だれかに教えてもらったほうがよさそうだ」

アリアドネは腰にこぶしをあてた。「つまり、あなたがそのだれかというわけね。わたしにまたお説教をするつもり、殿下？」

「いや」ルパートは低い声で言った。「説教じゃない。きみにはもっと直接的な方法がいいようだ」

いきなり手を伸ばすと、アリアドネの両の手首をつかんで後ろにまわし、動きを封じた。

「これから教訓を授けよう。準備はいいかな」

アリアドネは体をこわばらせた。ルパート皇太子は頭がどうかしてしまったにちがいない。手に触れていいとも言っていないのに、こんな乱暴なまねをするなんて、なにを考えているのだろうか。

「いったいなんのつもり？　放して」

「きみが最低限のことを理解したら放そう」

「最低限のことって？」

ルパートの表情は厳しく、群青色の瞳が弱い光のなかでほとんど黒に見える。「まず、わたしがいとも簡単にきみの自由を奪ったこと、そしてきみをこの場にとどめておくのも造作ないということだ。わたしはきみよりはるかに力が強いんだよ、アリアドネ。抵抗しても無駄だ。わたしがいいと言うまで、きみはどこへも行けない」

そんなことはない。アリアドネの全身が怒りでかっと熱くなった。ルパートがまちがっていることを証明したくて、必死にもがいて抵抗した。だがルパートはアリアドネの手首を片方の手で強く握りなおすと、そのまま後ろに押して歩かせた。アリアドネの背中が壁についた。

「これできみはますます身動きが取れなくなった」ルパートのささやき声が、温かなブランデーのようにアリアドネの肌に染みわたった。「負けを認める気になったかな」

アリアドネは返事をする代わりに、ルパートの足を思いきり踏みつけた。だが薄いシルクの靴で上等の革靴を踏んだところで、相手は痛くもなんともないようだ。

つぎにアリアドネは足を後ろへ引き、むこうずねを蹴ろうとした。ところがルパートはアリアドネの考えを読んでいたらしく、とっさに身をかわした。

「無駄だよ」ルパートは言った。「もうやめるんだ。きみがこんなに血気盛んだとは知らなかったな。こうなったらもっと強引な手段に訴えるしかない」

ルパートはアリアドネに筋肉質のたくましい体を押しつけた。左右の脚を少しずつ開き、アリアドネの両脚をあいだにはさむ。

きつく縛られたクリスマスのガチョウのように身動きができなかったが、アリアドネに降参する気はなかった。あごにぐっと力を入れ、ルパートからのがれようともがいた。

だがルパートはびくともしなかった。

「これがわたしではなくて、ほかの男だったらと想像してごらん」ルパートは言った。「自分の欲望を満たすことしか頭にない男だ。きみをきずものにし、それがどういう結果を招くかも考えない。きみはそんなことを本気で望んでいるのか？　くだらない考えは捨てるんだ。恋人を作るなんてとんでもない」

「そんなことないわ。候補者は慎重に選んでいるし、まずいくつか試験をして、わたしの人生に招きいれるにふさわしい男性かどうか確かめているから」

「なるほど、それがさっき言っていたキスの試験か。とても危険な試験だ」

「主導権はわたしが握ってるもの」

「ほんとうに？」ルパートは空いたほうの手でアリアドネの頬を包んだ。「これでもきみが主導権を握っていると？」

「こんなことは――」アリアドネはふたたび身をよじったが、腹立たしいことに動けなかった。「――起きないわ。あなたがいじわるしているだけじゃない」

「そうかな？　もし恋人候補の男が同じことをしたら？　きみが抱擁を終わらせたいと思っても、放してくれなかったらどうするんだ？　さっきの男は途中で邪魔をされて、あまりうれしそうには見えなかったが。わたしが来なかったらどうなっていたことか」

「ミスター・ナイトブリッジは放してくれたはずよ」

しかしそう口にしたとたん、アリアドネの確信は揺らいだ。ルパートの言うとおりだ。ミスター・ナイトブリッジはキスをやめてくれそうになかった。でもこれまではうまくかわしてきたのだから、今回もだいじょうぶだったにちがいない。ルパートはこちらを怖がらせようとしているだけだ。その手には乗らない。

「あなたの言いたいことはわかったわ。こんな茶番は早く終わらせましょう」

「まだだ。きみにはもうひとつ学ぶべきことがある」

ルパートはアリアドネにそのことばの意味を考える暇を与えず、顔を傾けて唇を重ねた。

アリアドネははっと息を呑み、そのままじっとしていた。ルパートに体を押さえつけられていては、ほかにどうすることもできない。でもこちらがなんの反応も示さなければ、そのうちルパートもつまらなくなって解放してくれるだろう。

アリアドネはただ人形のように立ちつくし、なにも感じまいとした。ところがルパートが唇を動かすにつれ、体の奥から悦びが湧きあがってきた。どういうわけか全身で脈が速く打っている。空気が薄くなったように感じられるが、こんな経験は生まれてはじめてだ。

だがなによりも不可解なのは、なかば強引に唇を奪われているのに、自分がそれを不愉快に思っていないことだ――正直に言うと、その反対だ。

これまでルパート皇太子に触れたことはほとんどなかった。馬車から降りるときに、一、二度手を借りたことがあるくらいだ。それなのにいま、大きくてがっしりした彼の体に包まれて、胸からふくらはぎまで密着している。そこらにいる平凡な女性なら、気を失っていたかもしれない。たくましい腕は大枝を思わせ、手はほどけない蔓《つる》のようにしっかりこちらの手首に巻きついている。頬やこめかみをなでられ、アリアドネの肌が炎のように熱くなった。

「口を開いて」ルパートは唇を重ねたままささやいた。「さあ」

だめよ。アリアドネは胸に言い聞かせた。でもいけないとわかっているのに、自分のなかのなにかが、ルパートにしたがうように言っている。

唇を奪われた瞬間から、アリアドネは自分を抑えられなくなり、これまで知らなかった欲望と快楽の虜《とりこ》になっていた。キスの経験はあるけれど、こんなにすてきなのはしたことがない。ルパートのキスの前には、ほかの男性のキスなどかすんでしまう。

アリアドネはめまいを覚えながら、ルパートにうながされるまま唇を開いた。舌を差しこまれて思考が停止した。

快楽に身をゆだね、ルパートのさわやかで男らしいにおいを胸いっぱいに吸いこんだ。

唇と舌の感触もすばらしい。

アリアドネは強いお酒を飲んだかのようにくらくらし、欲望に身もだえした。

さらに強く唇を吸われてぞくりとした。これが禁断の抱擁だということを忘れ、もっと早くこうしていればよかったと思った。

やがてぼうっとした頭で、いつのまにか自由の身になっていることに気づいた。ルパートが握っていた両手を放したのだ。

これでいつでも彼を突き飛ばすことができる。

一刻も早くこの愚行を終わらせるのだ。信じられないほどの悦びをもたらしている、この愚行を。

ルパートは体格に圧倒的な差があるのをいいことに、無理やりこちらの自由を奪ってキスをしてきた。

お返しをしてやらなければ。

アリアドネはルパートを突き飛ばそうと両手をあげたものの、気がつくとやわらかなウールの上着をそっとなでていた。それから明るい金色の髪に手を差しこんだ。

ルパートは身震いし、さらに激しくくちづけてアリアドネを求めた。

自分も情熱的に応えたい。

アリアドネは背を弓なりにそらしてルパートにもたれかかった。彼の体温とたくましさと悦びが伝わってくる。

どこか遠くで時計が鳴りはじめた。

十。

十一。

十二。真夜中だ。

そのとき若い女性の笑い声と、男性の低い笑い声が近づいてきた。小走りに廊下を進む足音が聞こえる。

どこにいるのだろう？　すぐ前の廊下を通りすぎるところだろうか、それとも書斎へはいってくるつもりだろうか？

ルパートにも聞こえたらしく、顔を離して、うかつにも開けっぱなしにしておいた扉のほうを見た。体の向きを変えてアリアドネを自分の陰に隠し、あたりに目を配った。

だが、だれもはいってこなかった。

これでひと安心だ。

ここには自分たちふたりしかいない。

しばらくしてからルパートはアリアドネに向きなおった。

ふたりの視線が合った。ルパートの目はぎらぎらと輝き、いつもはきれいに整った髪も乱れている。

わたしとのキスのせいだわ。アリアドネはどこか不思議な気持ちになった。指先からつま先まで、体のあちこちがぞくぞくうずいている。

ふとわれに返って愕然とした。自分はなにをしているのだろう。早くこの場から立ち去らなければ。

両の手のひらで、今度こそルパートを押しのけた。
ルパートは後ろに下がってアリアドネを通した。
アリアドネは人生ではじめて、走って逃げた。

4

翌朝、アリアドネはあくびをかみ殺し、台にならんだ大皿から卵料理とトーストを取りわけた。リンドハースト邸の朝食室のテーブルへ向かい、エマの左隣りの席にすわった。

ありがたいことにルパートはいない。もともと彼はめったに朝食室に姿を見せない。早起きして寝室で朝食をとってから、朝の乗馬へ出かけるのが好きなのだ。

アリアドネが朝食室へやってきたとき、ニックはちょうど食事を終えて出ていくところだった。ふたりはにこやかに挨拶をしてすれちがった。

エマはまだ食べている途中で、昨夜の舞踏会はとても楽しかったと言った。

自分も同じことが言えればいいのに、とアリアドネは思った。

顔をしかめ、口を手で覆ってあくびを隠した。昨夜はほとんど眠れなかったので、ひどく疲れている。ルパート皇太子とあんなことがあったのに、どうして眠れるだろう。いまでもあれが現実に起きたことだとは思えない。

彼はほんとうにキスをしてきたのだろうか？

そしてわたしはそれにうっとりした？

答えをささやくいまいましい声が頭のどこかで聞こえ、アリアドネはとっさにトーストをかじった。そしてすぐに後悔した。愚かな自分を責めるように、トーストがのどにつかえている。

咳きこんでカップに手を伸ばし、紅茶を飲んだ。やがてふつうに呼吸ができるようになった。

エマはけげんな目でアリアドネを見た。「だいじょうぶ？」

「ええ」

「どうかしたの？」

「なんでもないわ」

アリアドネは上目遣いにエマを見た。なにか知っているのだろうか。まさか、ルパートが昨夜のことを話したわけではないだろう。

あれは最高にすてきなキスだった。

だがルパートはただ、こちらを懲らしめて教訓を授けるためにあんなことをしたにすぎないのだ。それでも、わたしを求める気持ちが少しでもあったとしたら？

アリアドネは心臓の鼓動が乱れるのを感じ、ふたたび紅茶を飲んだ。

エマはアリアドネの皿に目をやった。「なんだか様子が変よ。いつもならバターとジャムを塗るのに」

アリアドネは皿に視線を落とした。エマの言うとおり、トーストにバターとジャムを塗るのを忘れていた。

「少し疲れているだけ」アリアドネはバターに手を伸ばした。

「そうね、昨夜は遅かったから」

「ええ」

アリアドネはそれ以上なにも言わなかった。エマは世界にふたりしかいない親友のひとりで、これまではどんなことでも打ち明けていた。

いや、ほとんどすべて、と言うべきだろう。

キスの試験のことは内緒にしている。エマは今回の計画自体に反対しているので、黙っていたほうがいいと思った。でもルパートのことは？　エマに話したら、どんな顔をするだろう？

〝そうそう、ところで昨夜、ミスター・ナイトブリッジとキスしているところをお兄様に見つかったのよ〟

〝なんですって！〟

〝さんざんお説教されたわ。そのあと、わたしがどれほど危険なことをしているかわからせようとキスをしてきたの〟

だめだ、親友であろうとなかろうと、エマに言うわけにはいかない。ルパートとのことを打ち明けるなんてもってのほかだ。

〝でもあなたはルパートのことが好きじゃなかったじゃない！〟エマがそう言うのが聞こえてくるようだ。

たしかにルパート皇太子のことは好きではない。

でもくやしいことに、彼のキスは大好きだ。

鼻持ちならない人なのに、世の女性がベッドをともにしたがる理由がいまわかった。

アリアドネは柄にもなく顔を赤らめ、イチゴのジャムをせっせとトーストに塗った。だがそれを口に運ばず、フォークを手に取って、冷めかけた卵料理を磁器の皿の上でつついた。召使いが近づいてきて、熱い紅茶のお代わりをまずアリアドネのカップに、つぎにエマのカップに注いだ。

扉をそっとノックする音がし、執事がはいってきた。手紙の載った銀の盆を持っている。

「たったいまこちらが届きました」エマの横で立ち止まって言った。

エマは手紙を受け取った。「ありがとう、シムズ」

執事はお辞儀をして出ていった。

エマは手紙を見て唇をほころばせた。「マーセデスからよ」

アリアドネも微笑んだ。もうひとりの親友の近況を聞けるのはもちろん、これでルパートのことを頭から追いだせると思うとうれしかった。

「マーセデスは元気？　なんて書いてあるの？　今年の社交シーズンはダニエルと一緒にロンドンへ来るのかしら？」

エマは手紙を読みながら首を横にふった。「いいえ、でも来られない理由は喜ばしいことよ。いい報告があるみたい」

「なに？」

「また身ごもったんですって」エマはさらに大きく微笑んだが、すぐに真顔になった。「体調が悪くて旅をする気になれないなんて、マーセデスもかわいそうに。手紙によれば、〝わざわざ遠く離れたロンドンまで行って、ところかまわず睡魔に襲われ、立ちくらみを覚え、毎朝、朝食を戻しそうになることに意味があるとは思えない〟んですって」

アリアドネはくすくす笑って紅茶を飲んだ。

「まちがいなくダニエルが反対したんでしょう」エマはまだ目で文字を追いながら言った。

「マーセデスのことが心配でしかたがないのね」

「ええ、それがスコットランド男性なのよ」アリアドネは言った。「でもピーターが生まれたあと、ニックもあなたがすぐロンドンへ戻るのに難色を示していなかったかしら」

「ニックはわたしの体を気遣ってくれただけよ。ありがたいことに、ピーターがお腹にいるときは、フリードリヒのときよりずっと楽だったの。お産から一週間もたたないうちにベッドから起きあがり、近所に住む人がひっきりなしにお祝いに訪ねてくる状況では、リンド・パークにいたほうがいいと強くは言えなかったみたい。ニックに何百回も言ったとおり、わたしは元気そのものだったのよ」

エマはいったんことばを切り、手紙を脇へ置いた。「それに、あなたを社交シーズンのロンドンへひとりで行かせるなんてできなかった。あなたにはヨーロッパ大陸に遠い親戚が何人かいるだけでしょう。たとえ悪い人じゃなくても、お目付け役の年配のレディと一緒に過ごさせるのは忍びなかったし」

「なんてやさしいの、エマ。それにドミニクも」

エマはたいしたことではないというように、首を小さく横にふった。

アリアドネはエマの手にそっと触れた。「ほんとうにありがとう。あなたとニック、それにマーセデスとダニエルがいなかったら、わたしはどうなっていたかわからないわ。あなたたち四人は、わたしにほんとうによくしてくれる。家族でもないわたしを邪魔にすることもなく、一緒に家に住まわせてくれるなんて」

エマはため息をついた。「邪魔だなんて思ったことはない。二度とそんなことを言わないで。あなたは姉妹も同然の大切な人よ――いいえ、シグリッドにはたまにいらいらさせられることがあるから、姉妹以上に大切な人だわ。あなたなら大歓迎だし、好きなだけここへいてくれていいのよ。もしよかったら、歳を取って白髪になるまでいてちょうだい」

アリアドネは小さく微笑み、カップの受け皿の上でスプーンをひっくり返した。「でも一年じゅうずっとだれかが泊まっているのは疲れるでしょう。一年の半分はマーセデスとダニエルのお屋敷に滞在しているから、正確には半年じゅうずっと、だけれど」

「部屋ならたくさんあるから、なんの問題もないわ。このお屋敷は広いのよ。第一、大好きなアリアドネおばちゃまがいなかったら、だれがフリードリヒを寝かしつけてくれるの？　あなたがおとぎ話をしてくれないと、あの子は寝ようとしないんですもの」

アリアドネはまた微笑んだ。「わたしがいなくてもなんとかなるでしょう。フリードリヒはお母様がいちばん好きなのよ。それにお父様も。そのことははっきりしているわ」

フリードリヒのことはかわいくてたまらないが、血のつながったほんとうの甥ではない。それに、いくら温かな愛情に包まれているように感じても、ここは自分の家ではないのだ。友人の親切に甘えすぎてはいけない。あと数カ月たって二十五歳の誕生日を迎えれば、相続財産を受け取って自立した女性になれる。こんなふうに友人と一緒に暮らすのは楽しいし、快適であるのはたしかだが、ずっとこのままで生きていくことはできない。自分で人生を切りひらかなければ。

「ということは」アリアドネは努めて陽気に言った。「マーセデスにとって三人めの赤ちゃんね。あなたたちも負けていられないわよ」

エマは頬をピンクに染めて笑った。「アリーったら。あなたのそんなところが大好きよ」

「そのことばを忘れないで。つぎにわたしがからかうようなことを言っても、怒らないでちょうだいね」

エマは声をあげて笑い、紅茶を飲んだ。

アリアドネは自分もなにか胃に入れておこうと思い、卵料理とトーストを食べた。口を動かしながら、赤ん坊のことについて考えた。

今回の計画でたったひとつ不安なのは赤ん坊のことだ。結婚もしていないのに身ごもったりしたら、とんでもなく厄介なことになる。でも本で読んだり、エマやマーセデスにそれとなく尋ねたりして集めた情報によると、妊娠を避ける方法がいくつかあるらしい――薬草を調合して飲んだり、月のものから逆算したり。もちろんエマもマーセデスも結婚していて、家族が増えるのは大歓迎なので、そうした方法を試してはいない。でもアリアドネの場合、いくらどうなろうと気にしないとは言っても、子どもができたらいまの名声はぼろぼろに傷つき、二度と取り返せなくなる。情事を隠すことはできても、赤ん坊を隠しとおすことはできない。

お腹が大きいあいだはどこか人里離れた場所に身を隠し、子どもが生まれたら、しっかりした夫婦に託すという手段もある。だが自分はぜったいにそんなことはしない。家族の庇護がないというのがどういうことであるか、自分はよく知っている。もしも子どもが生まれたら、母親の愛情をたっぷりそそいでこの手で育てるつもりだ。

もちろん、赤ん坊ができないに越したことはない――そろそろ欲しいと思うときが来るまでは。アリアドネは男性と分かちあう快楽だけでなく、ゆくゆくは母親になる喜びも味わいたいと思っていた。子どもにとっては父親がいるほうがいいに決まっているが、庶子を産む女性は世のなかにごまんといる。王族の女性も例外ではない。社交界は王族や貴族の血を受け継いだ庶子であふれている。あとひとりぐらい増えても、どうということはないだろう。わが子には幸せな人生を歩ませ、出自に引け目を感じるような思いはぜったいにさせない。

きっと立派に育ててみせる。

とはいえ、最初は恋人と自分のふたりだけでいい。周囲に知られないように慎重にふるまおう。男性のほうも、自分たちの仲がおおやけになることを望まないはずだ。

それがだれであれ。

ふいにルパートの顔がアリアドネの脳裏に浮かび、キスの記憶がよみがえって唇がかすかにうずいた。

紅茶のせいよ。アリアドネは自分に言い聞かせた。紅茶が熱すぎたからだ。昨夜のことを考えるのはもうやめよう。

ルパートのキスがすてきだったのは事実だし、ベッドで至福の悦びを女性に味わわせているという噂もほんとうなのだろう。でも女性を悦ばせるのがうまい男性はほかにもいるはずだ。まだ出会っていないだけで、この空の下にかならずいる。ルパート皇太子を上まわる男性を見つけるのだ。

そんなにむずかしいことではないだろう。

自分にぴったりの男性はどこかにいるのだから、あきらめずに探せばいい。

ルパートからは危険すぎると脅されたが、あの人の言うことはおおげさだ。アリアドネの引いた線を踏みこえてきた恋人候補はいままでひとりもいない——というより、大きく踏みこえてきた男性は。

自分でちゃんと対処できる。

だがもしかすると、しばらくキスの試験はやめたほうがいいかもしれない。ルパートがほのめかしていたように、恋人候補の男性たちが逢引きのことを話さないともかぎらない。そうなったら、自分が男性をふるいにかけていたことがわかってしまう。

「午後になったら買い物へ行かない？」エマが言い、アリアドネは物思いから引き戻された。

「来客用のシーツを買い替えたいから、付き合ってもらえないかしら」

「ごめんなさい、エマ。言わなくちゃと思っていたんだけど、トワイフォード卿から一族収集の美術品を見に来ないかと誘われているの。ロイスダールやレンブラントの絵画もあるそうよ。そのあと、お庭で昼食会を開く準備をしているんですって。実際にすべての準備をなさったのはお母様でしょうけれど、美術品が飾られた回廊を案内してくださるのはトワイフォード卿らしいわ。あなたも一緒にどう？」

トワイフォード卿は公爵の一人息子で、アリアドネの恋人候補リストにいちおうはいってはいるものの、有力候補というわけではない。感じのいい人で、詩や美術をこよなく愛するという共通点はあるが、内気すぎるきらいがある。正直なところ、恋人どうしになるのはおろか、人目を盗んでキスをするところさえ想像できない。

「やめておくわ」エマはどことなく皮肉めいた口調で言った。「あなたはどうぞ行ってらっしゃいよ。美術品を見たい気はするけれど、レディ・トワイフォードは少し苦手なの。わたしは買い物に行くわ」

アリアドネは笑った。「おっかない女性だものね。でも公爵家収集の美術品を見られるのなら、昼食会のあいだ我慢するぐらいお安いご用よ」

「そうね。でもわたしが行ったところで、収穫はなにもないでしょうから」

エマが遠まわしに言っているのは結婚のことだ。エマはまだアリアドネを結婚させることをあきらめていない。だがアリアドネは少し前から、この話題についてはなにも言わないことにしていた。恋人を作る話をすると、エマは心配で眉をひそめ、怒ったような顔になる。そんなところは兄のルパートにそっくりだ。

「トワイフォード卿のことだけど」エマはつづけた。「噂によれば、なにごともお母様が決めていらっしゃるそうね。でもなかなかの好青年だわ」

「青年ですって?」アリアドネは吹きだした。「わたしたちより年上なのに」

「そうかもしれないけど、お母様はトワイフォード卿が五十歳になるまで子どもあつかいする気じゃないかしら。もしかすると、五十歳を過ぎても」

アリアドネは一考し、ありえるかもしれないと思った。

心のなかで、恋人候補のリストからまたひとりを消した。ため息が出そうになるのを、紅茶を飲んで隠した。

二日後、ルパートはリンドハースト邸の階段をおりた。一階の居間から騒がしい音が聞こえてくる。男たちの低い笑い声や話し声に混じり、ひとりだけ軽やかな女性の声がする。

アリアドネにまたしても来客があったらしい。

舞踏会の夜以来、屋敷を出入りする姿をちらりと目にするだけで、彼女とまともに顔を合わせていない。こちらから捜して声をかけることもできるが、なにを言えばいいというのだろう。自分はあの夜、言うべきことをはっきり言った。ことばだけでなく、強引な手段も使った。

あんなふうに抱きしめて唇を奪うなんて、いったいなにを考えていたのか。もともと、彼女を脅かして目を覚まさせ、ばかげた計画を中止させるだけのつもりだったのに。

恋人を作る?

これほど常軌を逸した無謀な話は聞いたことがない。世間知らずで理想主義者のアリアドネは、これがたんに評判の問題ではなく、身を危険にさらしていることに気づいていないのだ。

それにしても〝キスの試験〟とは、思わず耳を疑った。若い未婚の男女が庭で茂みの後ろに隠れて、軽いくちづけを交わすのはよくあることかもしれない。しかし適当に男を選び、気のあるふりをして、キスがうまいかどうかを確かめるとは……。

ルパートは体の脇でぐっとこぶしを握った。

これは嫉妬などではない。断じてちがう。アリアドネ本人にも言ったとおり、彼女は妹の友人で、自分は妹が傷つくのを見たくないだけだ。それ以外のことに興味はない。

アリアドネが強情で衝動的な性格であることは前からわかっていたが、まさか常識に欠けているとは想像もしていなかった。例のあきれた計画を聞いたとき、最初は冗談を言っているのだろうと思った。でも本気だとわかって、あいた口がふさがらなくなった。

アリアドネの手首を背中でつかんだときは、ただ教訓を授けるだけのつもりだった。それなのに、どうしてあんなばかげたことになったのか。

いや、あれはほんとうにばかげたことだったのか。

唇を重ねてからまもなく、教訓のことなどすっかり頭から消え去って、キスに夢中になっていた。

無垢《むく》なアリアドネとはちがい、経験のなさを言いわけにすることはできない。十四歳のとき、宮殿にいた女中のひとりとキスをして以来、いろんな女性と抱きあってきた。その女中は皇太子の寝室のシーツを交換するだけでなく、別のことでも面倒を見ようと考えたらしい。彼女を不敬だとは思わない。女性は大好きだ。やわらかくて温かくて、ベッドのなかでも外でも楽しませてくれる。

だがアリアドネ王女だと？

彼女は妹のむかしからの友人で、少しかちんと来るところはあるものの、取るに足りない存在だった。たしかに美女ではあるが、女として見たことはこれまで一度もなかった。

ところがたった一度のキスで、すべてが一変した。

あの夜以来、アリアドネのことが頭から離れない。彼女が夢にまで出てきて、目を覚ますと、書斎でこの腕に抱いたときと同じように股間が硬くなっているありさまだ。自分でも信じがたいが、あのあと欲望がおさまって人前に出られるようになるまで、さらに十五分ほど待たなければならなかった。

だが二日前の夜、ふたりのあいだになにがあったとしても、それは重要なことではない。自分たちは以前の関係に戻り、あの軽率なキスは過去のこととして記憶の彼方に葬るのだ。あとはただ、アリアドネが書斎での体験からなにかを学び、恋人を作るなどという愚かな計画をあきらめてくれたことを願うだけだ。

それなのに、彼女はまたこうして男たちと会っているのか。

おそらく、彼らはただの求婚者だろう。本人は結婚する気はないと言っていたが、ロンドン社交界にデビューしてからというもの、アリアドネに求婚してくる男は引きも切らない。たしかこれまでに七人からの——八人かもしれない——プロポーズを断わったはずだ。どれも悪くはない縁談だった。とはいえ、そのなかに王族はひとりしかいなかった。粗野で知性のかけらもない男なので、アリアドネが断わったのは正解だ。たとえその縁談をのがしたら、結婚して母親になる望みがついえるとしても、だ。

アリアドネの明るく軽やかな笑い声につづき、男たちがどっと沸いた。

このまま図書室へ行って、ワインを手に読書を楽しむべきだろう。だが図書室に向かいながらも、ルパートは訪問者がだれなのか、アリアドネがどうしているかを確かめたい衝動を抑えられなかった。

廊下を大股に歩き、居間を目指した。

廷臣に囲まれてすわる女王のようなアリアドネの姿が目にはいった。エマはどこにも見あたらない。たぶん子どもたちの様子を見に、子ども部屋へ行ったのだろう。侍女が部屋の隅にすわり、前かがみになって針仕事をしているので、かろうじて作法は守られた恰好だ。

ひとりの男がなにかを言い、アリアドネが緑色の瞳をきらきらさせて微笑んだ。ほかの男たちもどうにかして王女の気を引こうとしている。

ふいに笑い声と話し声がやみ、全員がいっせいにルパートのほうを見た。男たちが立ちあがってお辞儀をする。「殿下」何人かが挨拶した。

ルパートは会釈し、椅子にもどるよう手で示した。「つづけてくれ」部屋の奥へ進みながら言った。「サンドイッチと飲み物をもらいに寄っただけだ。わたしのことは気にしなくていい」

アリアドネの顔から笑みが消え、一瞬、ふたりの視線がからみあった。「あら、殿下、こんにちは。わざわざご自分で足を運ばなくても、シムズに言えば、厨房《ちゅうぼう》に命じてなんでもお好きなものを用意させたでしょうに」

アリアドネの声が蜂蜜のように甘いことに、ルパートはあらためて気づいた。「呼び鈴を鳴らしてシムズを呼びましょうか。軽食の用意ができたら、大公の書斎に運ばせればいいかしら」

アリアドネがあからさまに自分を追いだそうとしているのがわかり、ルパートは吹きだしそうになった。「ありがとう、アリアドネ王女。でもここにあるものをちょっと味見させてもらうだけでいい」

実際のところ、ルパートは少し空腹だった。今日は遅い朝食をとっただけで、昼食を食べていない。

テーブルに近づき、トレーに載った軽食を小皿に取り分けはじめた。料理を選びながら、男たちの身元を確かめようとした。公爵の跡継ぎがひとりと、三十歳にしてすでに生え際が後退しつつある侯爵がひとり。それから、ジョージ王の遠縁に——かなり遠縁に——あたる男がいる。前歯が出ていて、社会的地位はあまり高くない。

それ以外にも名前を知らない男が五人いるが、みんな見覚えのある顔なので、パーティかなにかで会っているのだろう。なかでもよく憶えているのは、あの舞踏会の夜、アリアドネと話しているとき、ダンスの約束があると言って割りこんできた褐色の髪の男だ。どこか別の場所でも見たことがある気がして、ルパートはその男の顔をしばらくのあいだながめた。

思いだした。賭博場だ。とはいえルパート自身は、友人に誘われたとき以外は行かないことにしている。たしかあのとき、彼はあまり楽しそうではなかった。賭けに負けて大金を失いそうになっていたのだ。

そんな男がどうしてアリアドネに近づいている？

ルパートはいやな予感を覚えた。

すました顔でサンドイッチやビスケットを皿に載せ、あいた席に腰をおろした――ソファのアリアドネの隣りだ。

王女であるアリアドネの隣りには、だれもすわっていなかった。だがルパートはここにいるだれよりも身分が高いので、どこでも自由に席を選ぶことができる。

ルパートはまた口もとがゆるみそうになるのをこらえた。アリアドネが困惑を隠そうともせず、唇をぎゅっと結んでいる。優雅な動作で体をずらし、ルパートとの距離をさらに数センチあけた。

ルパートはナプキンをひざに置き、軽食を食べはじめた。

アリアドネが紅茶を勧めようかどうしようか、葛藤しているのが伝わってくる。しかしさすがの彼女も、レディとして受けてきた教育を無視することはできなかったようだ。

「紅茶をお注ぎいたしましょうか、殿下」銀のティーポットに手を伸ばしながら訊いた。

「いや《ナイン》」ルパートは祖国ローズウォルドのことばで言った。「ビールをもらえるとありがたい」

ルパートはアリアドネと目を合わせた。その唇が開き、なにか文句を言いかけたように見えた。だがアリアドネはなにも言わず、居間の隅に控えている召使いに合図した。

「殿下にビールをお持ちして」

召使いはさっとお辞儀をして出ていった。

アリアドネは男たちのほうを向いてにこやかに微笑み、ルパートを無視して言った。「さあ、みなさま。ノーリング卿のお話のつづきをうかがいましょうか。クラブでおもしろい賭けをしているかたたちがいたそうですね。お聞かせください、閣下」

ノーリング侯爵は咳払いし、落ち着かない顔でルパートを見てから口を開いた。「はい、ええと、ハーツリー子爵がご友人に賭けていらっしゃったのですが、自分ならかき集められると……」眉をひそめ、ことばが尻すぼみになった。「いや、この話はやめておきましょう」

いったん黙り、薄くなってきた頭を片方の手でなでた。「もうひとつ、とても滑稽なお話があって……ウナギが関係するのですが、でも――」ノーリング卿はふたたび口をつぐみ、おどおどした目をルパートに向けた。

ルパートはなにも言わなかった。無言で軽食を食べている。

「あの、やはりこれもレディにお聞かせするような話ではございませんので、王女様」

「あら、どうかお願い、閣下」アリアドネは言った。「みんな興味津々ですわ。とくにわたくしは」

ノーリング卿は急に首が締めつけられでもしたかのように、タイの下に指を入れた。

「そうだ、ノーリング」ルパートが凄みのある声で言った。「そのレディにふさわしくないという話を、ぜひとも聞かせてくれたまえ」

ノーリング卿は青ざめ、さっと立ちあがった。「ま――また別の機会にいたします。たいへん恐縮ですが、十五分後に弁護士と会う約束だったのを忘れていました。すぐにおいとましなければ」ぎこちなくお辞儀をする。「ご一緒できて光栄でした、殿下。王女様」

ノーリング卿は立ち去った。

ほかにも何人か、とつぜん用事を思いだし、あたふたと出口へ向かった。

召使いがビールを持ってきた。ルパートはグラスを口に運び、男たちの小芝居を見物した。ドルリー・レーン劇場の芝居に負けず劣らずおもしろい。

十分後、残った訪問者はふたりだけになった。ひとりは国王の遠縁の出っ歯の男で、椅子に腰かけたまま口いっぱいにビスケットをほおばっている。もうひとりは褐色の髪の男で、すっかりくつろいだ様子で椅子の背に腕を垂らしている。男はゆっくりと立ちあがり、アリアドネに歩み寄った。

「王女様、わたしもそろそろ失礼いたします。はじめての訪問で、あまり長居するわけにもまいりませんし」

「そんなことはお気になさらないで、セルカーク卿。どうぞゆっくりしていらしてください」

セルカーク卿は微笑んだ。「ご親切にありがとうございます。でも今日はこれで。明日は何時に迎えにまいりましょうか。九時でいかがでしょう?」

アリアドネは手を差しだした。「結構ですわ。楽しみにしています」

セルカーク卿は優雅にお辞儀をした。それから後ろを向いた。「行こう、バーツビー」国王の遠縁の男に声をかける。「もう充分すぎるぐらい食べただろう」

バーツビーはもごもごとなにかを言ったようだが、よく聞き取れなかった。あわてて口のなかのものを飲みくだし、椅子から立ちあがった。

「王女様」セルカーク卿はアリアドネに向かって言った。「殿下」それからルパートに挨拶した。

ルパートは片方の眉をあげ、ビールを飲んだ。

バーツビーは二度、短いお辞儀をし、セルカーク卿のあとを追って居間を出ていった。

ふいに静寂が流れた。

アリアドネは、部屋の隅でひっそりと針仕事をしている侍女のほうを見た。「ジョーンズ」

侍女が顔をあげた。

「もう休憩の時間を過ぎたでしょう。いまのうちに紅茶でも飲んできたら？」

侍女は一瞬ためらったが、針を布に刺して固定した。「はい、王女様。そうさせていただきます」アリアドネとルパートの顔をすばやく交互に見てから部屋を出ていった。

ふたりきりになるやいなや、アリアドネはルパートに食ってかかった。「あんなふうにいきなり現われるなんて、いったいなにを考えているの？」

「あんなふう？」

「しらばくれないで。わかってるくせに。わたしのわくわくする午後をわざと邪魔しに来たんでしょう」

「ひとつの文のなかに〝わ〟が多すぎるな。言いなおしてもらえないか」

アリアドネの緑色の瞳が光った。「ふざけないでちょうだい。わたしのお客様を追いはらうためにここへ来たことぐらい、だれだってわかるわ」

「そうだったかな」ルパートはのんびりした口調で言った。「サンドイッチを食べに立ち寄ったと記憶しているが。それにしてもおいしいサンドイッチだった。きみもひとつどうだい」

アリアドネは唇を引き結んだ。「結構よ。あなたってほんとうにいやな人。よくエマは我慢できるわね」

「妹だからね。我慢するしかない」

アリアドネはルパートをにらみ、ルパートは平然とアリアドネを見返した。ふいにアリアドネの口から息がもれ、目が天井を向いた。唇の端がかすかに動き、吹きだすのを懸命にこらえているようだ。

ルパートはアリアドネの唇の感触を思いだした。いまここで首をかがめてキスをしたら、彼女はどういう反応をするだろうか。だがそんなことをするわけにはいかない。いくら情熱的ですばらしいキスだったとしても、二度とアリアドネにくちづけてはいけない。アリアドネはあれで充分に教訓を学んだはずだ。

ルパートはなぜか気持ちが沈むのを感じ、ビールを口に運んだ。

「きみはわたしが客人を追いはらうためにここへ来たと言うが」ルパートはつづけた。「もしあの連中に少しでも度胸があれば、あんなに簡単に退散しなかったはずだ」

「そうかもしれないけど、あなたには人をすくませるような威光があるもの。なにしろ未来の国王ですものね」

「そのとおり」ルパートはまたひと口ビールを飲み、グラスを置いた。「でもその威光とやらが、きみにはさっぱり通用しないのはなぜだろう」

アリアドネの唇に小さな笑みが浮かんだ。「それはわたしも王族だし、どんなに近寄りがたい雰囲気をただよわせていても、あなたもしょせんひとりの人間にすぎないとわかっているから。並はずれてはいても、ただの人間よ」

「並はずれている、か」ルパートはソファにもたれかかり、背もたれのシルクの生地にゆっくり指をはわせた。「きみから褒められたのはたぶんこれがはじめてだ」

アリアドネの瞳の色が濃くなった。ふいに視線をそらし、トレーの上のものを整えはじめた。「ええ、そうね。でもこれが最初で最後かも。わたしの私生活について、あなたがどう思っているかはよくわかったわ。だからもうこれ以上、干渉しないでいただけるかしら」

干渉するな、か。ルパートは胸のうちでつぶやいた。だが勝手に話を終わらせるのは許さない。「この前のような軽率な行動さえなければ、きみの私生活に口をはさむ気はないさ」

「軽率な行動？」アリアドネは片手をあげた。「その話はもう終わったでしょう、殿下。どうぞ出ていって」

ルパートはのどの奥で低く笑い、サンドイッチに手を伸ばした。具は鶏肉とクレソンで、とても美味だ。

「いいわ」しばらくしてアリアドネは言った。「わたしが出ていくから」

「すわって」ルパートは言い、アリアドネの手首をつかんだ。

アリアドネはとがめるように片方の眉をあげた。「またわたしを手荒くあつかう気?」

「いや」ルパートはアリアドネの手首をつかんだ手を離さなかった。「まだここにいるように言っているだけだ」

「もう一度言うけど、あなたってほんとうにいやな人」

ルパートは声をあげて笑い、サンドイッチを食べ終えた。それからようやく手を離した。

「そのままで」ルパートはアリアドネが逃げるのではないかと思った。

「わたしはあなたが飼ってるスパニエル犬じゃないのよ」

「そうだ。わたしの犬たちのほうがもっと行儀がいい。さあ、ここを出ていく前にわたしを安心させてくれないか。あのばかげた考えはもう捨てたと言うんだ。さっき訪ねてきたのも、きみに求婚している紳士たちだ、と」

「言ってあげてもいいけれど、嘘をつくのは嫌いなの」

「ア、ア、アリアドネ」ルパートはうなり声で言った。「この前の夜のことがあってから、てっきりきみは――」

「怖気づいたとでも? いいえ、ちっとも。あなたが思っている以上に、わたしの決意は固いのよ」

「そのようだね。きみの頭は固いうえに、くだらない考えでいっぱいだ」

「ほら、今度はわたしを侮辱してる。もう行くわ。このままだと、死ぬまで後悔するようなことを言ってしまいそう」

「遠慮しなくていいさ。きみとわたしはそんなことで友情が壊れる仲ではないだろう」

「へえ、知らなかった。あなたとわたしが友だちどうしだったなんて」

ルパートはたしかにというようにうなずいた。「だったらわたしの妹の友人として、言いたいことは遠慮なく言ってくれ」

「そんなことをしてなんになるの？　あなたと意見が合うことはぜったいにないわ。お願いだからわたしの好きにさせて、ルパート。あなたに望むことはそれだけよ」

アリアドネの言うとおりかもしれない。傷つこうと傷つくまいと、彼女の人生は彼女のものだ。

「ところで、きみとさっきの男は、明日どこかへ出かけるようだね。どこへ行くんだ？」

アリアドネは警戒するように眉をひそめた。「あのかたはセルカーク卿よ。公園で乗馬をするの。念のために言っておくけれど、恋人にするかどうかはまだ決めてないわ」

「それだけはやめたほうがいい。明日は馬丁を連れていくんだろうね？　ああいう男とふたりきりになるには時間が早すぎる」

「九時の公園にはもうたくさん人がいるから心配ご無用よ」アリアドネはそこでことばを切った。「ああいう男とはどういう意味？」

「きみは気づいていないかもしれないが、あの男の評判はあまり芳しくない」

「そうなの？　どんなところが？」

「まず、賭け事をする」

「運試しが好きな紳士はたくさんいるでしょう。別にめずらしいことじゃないわ」

「ああ、だがあの男の場合は負けると死活問題だ」

「一文無しだと言いたいの？」

「かろうじて食いつないでいる」

アリアドネは一考した。「教えてくださってありがとう。でも結婚を考えているわけじゃないから、セルカーク卿に財産がなくても関係ないわ。もしもあの人を選んだとしても、ふたりで楽しくやっていけるくらいの余裕はあるから」

「アリアドネ、やめるんだ。傷つくのはきみだぞ」

アリアドネの表情がふっとやわらいだ。「傷ついたことなら以前にもあるわ。また同じことがあったとしても、傷はいつか癒えるもの」

ルパートはそのことばについて考えた。過去にだれかがアリアドネを傷つけたのだ。それはいつで、相手はだれだったのか。

視線を下に落とし、自分がこぶしを握っていることに気づいて驚いた。手の力を抜いてゆっくり指を開いた。

「そろそろ失礼してもよろしいでしょうか、殿下」アリアドネはわざと堅苦しい口調で言った。「自室へ下がります。今夜は劇場へ行く予定なので、その前に休んでおきたくて」

ルパートにはまだ言いたいことがたくさんあった。でもアリアドネ本人がさっき言ったとおり、そんなことをしてなんになるだろう。彼女はこちらの忠告を聞く気がさらさらないのだ。

ここがローズウォルドならよかった。そうすればアリアドネが正気を取り戻すまで、地下牢に閉じこめておける。でもここはイングランドで、すべてが腹立たしいほど文明化されている——少なくとも表面的には。

アリアドネを破滅から救うためには、別の方法を考えなければならない。それまでは本人に自分が勝ったと思わせておけばいい。

時機を待つのだ。

待つことには慣れている。

そして勝つことにも。

5

翌朝、ハイド・パークで馬の背に揺られるアリアドネの頰を、さわやかな風がなでた。公園内に人はまばらにいるものの、社交界の人びとが色あざやかな鳥の群れのように着飾ってそぞろ歩きする午後ほど混んではいない。

アリアドネは人でごった返した午後の公園にうんざりしていた。馬を少し歩かせては止まることをくり返すより、こうして静かな時間帯にのびのびと乗馬を楽しむほうがずっといい。隣りでセルカーク卿が糟毛《かすげ》の去勢馬に乗っている。アリアドネの元気な鹿毛《かげ》の雌馬、ペルセフォネとよくお似合いだ。馬たちも主人同様、気ままな外出を楽しんでいるようだ。

彼女はセルカーク卿を見た。セルカーク卿は微笑んだ。浅黒い肌に真っ白な歯がよく映える。アリアドネは笑みを返すと、彼をその場に残したまま、ペルセフォネの脇腹を蹴って走らせた。セルカーク卿があっというまに追いついてくる。乗馬の腕前はなかなかのものらしい。馬たちの速度をゆるめて歩かせるころには、ふたりとも声をあげて笑っていた。

馬を走らせたせいで、アリアドネの髪からピンが何本か落ちていた。アリアドネは深く息を吸って呼吸を整え、落ちてきた髪を耳にかけた。「ああ、久しぶりに楽しかったわ。田舎にいるときは、ほとんど毎日馬に乗っているの」

「王女様のような乗馬の達人にとっては、ロンドンの街はさぞ窮屈に感じられるでしょう」

「達人というほどでもありません。とくにこんな乗馬用ドレスを着て、横鞍に乗っているのでは。でもお褒めくださってありがとう。それから、ロンドンには田舎にはない良さがありますわ。都会ならではの楽しさが」

アリアドネはまた別の後れ毛を、乗馬帽の下へ押しこんだ。「この公園がこんなに広かったなんて」

「ええ、朝なら思いきり乗馬を楽しめます」

「そうですね」

ふいに沈黙がおりたが、気まずさは感じなかった。

アリアドネはセルカーク卿を横目でこっそり見た。整った横顔の輪郭を目でなぞる。ルパートからは注意するように言われたが、今日は馬丁をともなうのをやめて、ふたりきりで公園へやってきた。

そうしたのは正解だった。この三十分間、なにも困ったことは起きていない。自分とセルカーク卿は青空の下、だれもが自由に出入りできる公園で乗馬を満喫しているだけだ。ルパートはやはりおおげさだったのだ。

あれこれ干渉してくるのは、いいかげんにやめてほしい。

昨日もいったいなんの権限があって、せっかく訪ねてきた紳士たちを追いはらったのだろう。

とはいえ、セルカーク卿はルパートに追いはらわれたわけではない。彼は威圧的な皇太子に気圧《けお》されたからではなく、自分の意思で帰ったのだ。

さすがセルカーク卿だわ。

でも自分はどうしてルパートのことを考えているのだろうか。こんなところに来てまで、あのいまいましい人のことを思いだすなんて。アリアドネはルパートのことを頭からふりはらおうと、セルカーク卿のほうを向いて満面の笑みを浮かべた。

セルカーク卿は一瞬、虚をつかれた顔をし、黒っぽい目をきらりとさせた。それから微笑みかえした。「王女様、もしよろしければ、わたしの新しい四輪馬車にお乗りになりませんか。つい先日、カードゲームで勝って手に入れました」

「それはおめでとうございます」アリアドネは眉をひそめそうになるのをこらえた。

ルパートはセルカーク卿のことを賭博好きだと言っていた。でもかりにそうだとして、なんの問題があるだろう。それに今回、彼は勝ったのだ。

「ええ、幸運の女神がわたしに味方してくれました。それで、いかがでしょうか。一緒に馬車で出かけませんか？」

アリアドネが返事をしようと口を開きかけたとき、駆け足の馬にまたがった人影が目にはいった。あの大きな黒い去勢馬も、それにまたがっている人物も、ひと目見ただけですぐにわかる――背の高いあの金髪の男性は、まぎれもなくルパートだ。

アリアドネは唇を噛んだ。

いったいなにをしに来たの？

答えは聞くまでもなくわかっている。

なんて意地悪なの。

いつからこの公園へやってきて、自分たちを捜していたのだろうか。

ルパートもこちらに気づいたらしく、馬の向きを変えて近づいてきた。大きなサラブレッドは、あっというまに距離を詰めてアリアドネたちの馬に追いついた。

ルパートが手綱を引いて馬をとめ、アリアドネとセルカーク卿も同じようにした。

「やあ、アリアドネ王女」ルパートは言った。「今朝もご機嫌麗しそうでなによりだ」そこで口をつぐみ、セルカーク卿に一瞥を投げた。「スネルバート」

アリアドネはあっと声をあげそうになったが、かろうじて呑みこんだ。

「セルカークです、殿下」セルカーク卿は落ち着いた口調で言った。「おはようございます」

ルパートは自分のまちがいに――まちがいだったのかどうかもあやしいが――気づいた様子もなく、ひと呼吸置いてからアリアドネに視線を戻した。「王女が馬に乗って出かけたと屋敷で聞いた。もしかしたらここではないかと思ってね」

つまりルパートは、アリアドネを捜していたことを隠す気もないらしい。鼻持ちならない人だけれど、少なくとも嘘つきではなかったというわけね。

「ええ。セルカーク卿が誘ってくださったんです。朝のこの時間は快適だわ。知り合いとばったり会って邪魔をされることも、めったにないでしょう」

アリアドネのあてこすりに、ルパートの唇の端がかすかに動いた。

「ああ、まったく同感だ」ルパートは言った。「わたしも午後は極力来ないようにしている。ここでまともに乗馬を楽しめるのは朝だけだからね。本音を言うと、ローズウォルドの森が恋しくてならない。あそこはとても静かで平和だ」

アリアドネにはその光景が目に浮かぶようだった。エマからずっと祖国の美しさを聞かされてきたので、いまでは自分にとってもなじみのある場所のように感じられる。マツの深い森、花咲く谷間、雪化粧した山々の頂。

でもいまはそんなことに思いをめぐらせている場合ではない。そう簡単にごまかされてたまるものですか。

「ふうん」アリアドネは言い、話題をもとに戻した。「だったら社交シーズンのロンドンにいるときぐらい、午後の公園の喧騒をお楽しみになったらいかが」

アリアドネはルパートがむっとするかと思って待った。だがルパートは愉快そうに目を輝かせた。「喧騒ならいつでも楽しめるさ。この街では一歩通りに出れば、勝手にサーカスがはじまる」

彼にとってはサーカスと同じなのだ、とアリアドネは思った。ルパートがそこにいるだけで周囲は浮き足立つ。認めるのはくやしいが、彼はけっして自分から皇太子の威厳をひけらかすようなことはしない。本人が黙っていても、皇太子の関心を引いてひいきを得ようとする人たちが寄ってきて、おべっかを使うのだ。

アリアドネは眉根を寄せた。失礼なことをしているのは向こうなのに、いつのまにか言いくるめられてしまった。

ルパートはセルカーク卿を見た。「きみは乗馬がうまいな」

「自分なりにがんばってはおりますが」セルカーク卿は言った。「殿下ほどではございません」

もしルパートがほんとうに乗馬の名手であることを知らなかったら、アリアドネはセルカーク卿のことばをただのご機嫌取りだと思っていただろう。でもルパートの手綱さばきが卓越していることは、だれが見てもひと目でわかる。

「僭越ながら申しあげます」セルカーク卿はつづけた。「すばらしい馬をお持ちですね」

「ああ、この馬はわたしの誇りだ」ルパートは笑みを浮かべ、馬の首を軽くたたいた。「わたしはこのオーディンが生まれたときから自分の手で育てた。ローズウォルドに置いてくるべきだったのだろうが、わたしが長いあいだ留守にすると、だんだん手に負えなくなるらしい。馬丁を嚙むようになるそうだ」

自分の話をしていることがわかるのか、オーディンが鼻から息を吐きだして頭をあげた。つややかな毛の下で、たくましい筋肉が小刻みに動いている。ルパートは軽く手綱を動かして駿馬を落ち着かせた。

オーディンがルパートと似ていることに、アリアドネははじめて気がついた。意志が強くて勇ましく、危険でもある。もっとも、アリアドネが知るかぎり、ルパートが人に嚙みついたことはない。

オーディンがセルカーク卿の馬にさらに数センチ近づき、威嚇するように歯を見せると、セルカーク卿の馬はあわてて後ろへ下がった。ルパートがオーディンの手綱をあやつり、アリアドネの乗るペルセフォネに近づかせたので、ふたりはセルカーク卿から離れるかたちになった。

アリアドネは横目でルパートを見て、わざとやったのだろうかと考えた。だがルパートは涼しい顔で、愛馬の無礼を言いわけしている。

「ご覧のとおりだよ。いつも血気盛んで、自分の思いどおりにふるまおうとする」

セルカーク卿は危険を避けようと、さらに一フィート後ろへ下がった。「世話係の馬丁を探すのがたいへんではありませんか」

「たしかにあつかいはむずかしく、微妙なさじ加減が必要だ。行儀よくするようしつけながらも、あまり抑えつけすぎてもいけない。あふれる生気こそがこの馬の魅力だからね」

アリアドネは眉根を寄せた。ルパートが言っているのが、馬のことだけではないような気がするのはなぜだろう。表情から察するに、セルカーク卿もそう感じているようだ。

唇を引き結び、手袋をした手で手綱をぎゅっと握った。「思いがけずこんなところでお目にかかれて光栄でしたわ、殿下。わたしたちはそろそろ失礼いたします」

「ええ」セルカーク卿が言った。「妹君の大公妃に、遅い朝食に間に合うように王女様をお送りすると約束いたしました」

ルパートはふたりを見つめ、きらりと目を光らせた。「そういうことなら、きみがわざわざリンドハースト邸まで遠まわりしなくてもいい。わたしがアリアドネ王女を送ろう」

セルカーク卿は不満そうにあごをこわばらせ、アリアドネを見た。

アリアドネはセルカーク卿をちらりと見て、ルパートに視線を戻した。「結構よ、殿下。グローブナー・スクエアまでセルカーク卿に送っていただくから」

「そうです、殿下」セルカーク卿は言った。「リンドハースト邸は帰り道ですから」

ルパートは微笑み、口もとから歯をのぞかせた。さっきのオーディンのしぐさそっくりだ。

「わたしもちょうど帰ろうと思っていたところだから、みんなで一緒に行こうか」

またしてもルパートにしてやられた。そう言われてしまっては、一緒に帰る以外にどうしようもない。

アリアドネはルパートの憎たらしい目を見やり、馬の向きを変えた。

6

二週間後、アリアドネはリンドハースト邸の居間を出て、かりかりしながら馬車に乗りこんだ。

しゃくにさわる人！　頭がどうにかなりそう！

座席に腰をおろしてふかふかのクッションにもたれかかり、薄い紫がかった青のデイドレスのしわをなでつけた。窓の外に目をやり、住宅のならんだメイフェアの街並みと、その上に広がる雲ひとつない空をぼんやりながめた。まもなく馬車が動きだした。

ひとりでいるってなんてすてきなの。

いや、その言いかたは正確ではない。

ルパートがいないってなんてすてきなの。

最近ではアリアドネが行くところどこでもルパートが現われる。舞踏会、夜会、音楽会、園遊会や午後の集まりのみならず、これはと思う紳士と馬車で出かけたり散歩をしたりするときまで――どういうわけか、かならずルパートと出くわすのだ。

あとをつけていると証明することはできないが、これだけははっきり言える。アリアドネにいやがらせをしようと急に思いたったのでなければ、ルパートは毎日、山のように届く招待状のほとんどをごみ箱にほうりこんでいたにちがいない。

ルパートが頻繁に社交の場に顔を出すようになってからというもの、ロンドンの女主人たちは喜びのあまり失神せんばかりだ。皇太子が、慣例どおり王族からではなく、イングランド人の貴族の娘を花嫁に迎える気になったと思っているらしい。

だが、そうではないことをアリアドネは知っていた。ルパートの目的は、彼女が恋人を作るという計画を邪魔することなのだ。

あんな理不尽な暴君に秘密を打ち明けるとは、自分はなんて浅はかだったのだろう。ルパートはアリアドネが気を抜いているときに、とつぜん目の前に現われる。あの夜もいきなりキスをしてきて、こちらの頭をぼんやりさせた。

あれ以来、ルパートは触れてこようとしない。先日行った舞踏会で、カドリール（四組の男女で方形を作って行なうフランスの舞踏）を一度、踊ったぐらいだ。

もちろん自分は、ルパートとまた抱きあいたいなどと思っているわけではない。いまでもまだ、朝ふと目を覚ますと、唇に彼のキスの感触がよみがえることがある。それだけでも充分すぎるほど屈辱を感じる。ルパートに望むことはただひとつ、こちらの考えを尊重してほうっておいてほしいということだけだ。

どうして邪魔するのだろう。なぜあの人があれほど横暴なのか、さっぱりわからない。自分はルパートの家族ですらないのだ。

でもエマはちがう。

そして問題の核心はそこにある。アリアドネの評判が傷つけば、エマの評判にも影響がおよび、ひいてはルパートも無関係ではいられなくなる。

ローズウォルドの摂政皇太子であり、未来の国王でもあるルパートには、守るべき規範がある。それを破ろうとしているアリアドネを、彼はなんとしても止めるつもりなのだ。

ルパートはこちらの身を心配していると言ったし、それもまったくの嘘ではないと思う。だが彼のほんとうの目的は、エマの評判を守ることはもちろん、アリアドネまで支配することではないかという気がする。

ルパートが当初の予定どおり祖国へ帰っていれば、いまごろ自分はのびのびとロンドンの生活を楽しんでいただろう。それなのに、あの人のせいで毎日がいらだつことの連続だ。いつもいちばんいいときに邪魔をして、言い寄ってくる紳士を怖気づかせる。

はっきり言って、うるさいお目付け役よりもたちが悪い。

このままでは恋人を見つけることもできないまま、社交シーズンが終わってしまう。

それこそがルパートの狙いなのだ。

でもこちらがそう簡単にあきらめると思ったら大間違いだ。どうにかしてルパートを出し抜く方法を考えなければ。なにかいい手はないだろうか。

とはいえ今日は、恋人を探すのをいったん休み、純粋に自分の楽しみと勉強のために一日を費やすことにしている。アリアドネは文学と学問の同好会にはいっていたが、この数週間、興味をそそられる講義の案内状が届いても、なかなか参加できずにいた。でも今回、女性の人権と伝統的な結婚制度の抑圧に関する講演会の案内状が届いたとき、これこそ自由な午後を過ごす絶好の機会だとひらめいた。

ルパートのいない、いない午後を！

いくらルパートでも、女性の役割と立場に関する現代主義者の長い演説を聞こうとは思わないだろう。

やがて馬車は、ブルームズベリーの小さいが手入れの行き届いた住宅《タウンハウス》の前でとまった。ロンドンのこの地区は中産階級が多く暮らし、上流階級の人びと、とくに王女が足を運ぶことはまずない。だがアリアドネは、そうしたつまらないことを気にしない自分を誇りに思っていたし、このあたりへ講義を受けに来るといつも味わえる、自立した感覚も好きだった。ここには自分と同じ考えを持った仲間がたくさんいる。みな財力や身に着けているものではなく、知性で人を判断する。

アリアドネは建物のなかへはいり、二、三人の知り合いに挨拶してから、熱い紅茶のカップを受け取っていつものように居間の後方の席にすわった。これから演説するのは女性の作家兼講師で、ヨーロッパじゅうを旅してまわり、さまざまな文化における女性の地位を調べたという。そして地域にかかわらず、女性が知識の面でも経済の面でも隷属的な立場にあるとして、その解決を訴えている。

青いシルクのハンドバッグをあけ、鉛筆と手帳を取りだす。講義がはじまると熱心に耳を傾け、ときおり手帳に鉛筆を走らせた。

それから一時間近くたつころ、紅茶はとうに冷め、鉛筆と手帳はひざの上に置きっぱなしになっていた。アリアドネはあくびをかみ殺してまぶたを大きくあけ、室温がこれほど高くなければよかったのにと思った。

後ろの列の席にだれかがそっとすわる気配を感じた。アリアドネはふりかえらず、背筋を伸ばして講義に集中しようとした。ちょうどヨーロッパの南部と北部で、女性の教育水準がどうちがうかの話がはじまったところだ。

「いつもこんなに退屈なのかい？」耳もとで深みのある男性の声がした。「それとも今回が特別にひどいのかな」

アリアドネは体を固くし、首を後ろへめぐらせた。ルパートが座席にすわって身を前に乗りだし、隣りの椅子の背もたれの上で無造作に腕を組んでいる。

アリアドネの眠気が一気に覚めた。「ここでなにをしているの？」小声で言った。

いったいなんなの。この人からのがれられる場所はどこにもないのだろうか？

ルパートは肩をすくめた。「空き時間ができたんだ。きみがこんな遠くまで足を運ぶほどおもしろいものはなにか、ちょっと興味が湧いたのさ。だがここまで聞いたかぎりでは、屋敷で昼寝でもしていたほうが楽しかったんじゃないか」

「これは知的な講義なの。議題が好みじゃないからといって、価値がないと決めつけないでちょうだい」アリアドネは反論したが、楽しいかどうかについては触れなかった。世のなかのだれもが、巧みな話術を持っているわけではない。

「それでもわたしにはつまらない話に聞こえる」

「じゃあお帰りになったらいかが？」アリアドネは声をひそめて言った。

「しかしそれでは、きみが必死でまぶたをこじあけている姿を見られないじゃないか。じつに愉快なものを拝ませてもらったよ」

いつからここにいたのだろう？　アリアドネは怒りに震えた。

「それに」ルパートは静かに言った。「きみと話がしたかった」

アリアドネはルパートをにらんだ。「こうして話してるじゃないの」

「ふたりで。どこか人の少ないところへ行こう」

地獄でもどこでも好きなところへ行けば、ということばをアリアドネは呑みこんだ。でもくやしいことにルパートの言うとおりだ。いくら主張がすばらしくても、この講師は話がへたすぎる。

「わかったわ」アリアドネはため息混じりに言った。

講義の邪魔にならないよう、できるだけ静かに手帳と鉛筆をハンドバッグに入れて立ちあがった。何人かがこちらをちらちら見ている。講師も非難がましく眉をひそめた。だがアリアドネはそうした視線を無視し、ルパートについて部屋を出ていった。

廊下の反対側に小さな応接間がある。アリアドネはルパートをそこへ連れていき、使用人がだれもいないのを見てほっとした。「それで、わざわざわたしの午後を邪魔しに来るくらい重要な用件とはなにかしら」

「邪魔をしたとは思っていない。むしろ助けたと言ってもいいいんじゃないか」

アリアドネは腕を組んだ。「なんの用なの、ルパート？　それとも、またわたしの生きかたがまちがっているとお説教をしに来たの？」

ルパートは金色の眉を片方あげた。「あの夜、書斎で忠告したことをもう一度くり返して、きみが考えを改めてくれるのならそうするよ」

窓辺へ行き、狭い横庭をながめてから、アリアドネに視線を戻した。「でもこの二週間見てきたが、きみがわたしの忠告を真剣に受け止めているとは思えなかった」

「悪い男性がそこらじゅうにいるのにわたしが無防備すぎるという忠告なら、たしかにあなたの言うとおり、真剣に受け止めていないわ。わたしが親しくなる相手は紳士だけで、みんなわたしに敬意をはらって丁寧にあつかってくれるもの。危険な人なんてだれもいない。わたしを脅かして、恋人を作る計画を捨てさせようとするのはやめてちょうだい。正しいことをしたという自己満足のためだけに」

「きみはそう考えているのか。わたしが気にしているのは、きみの貞操と評判に傷がつくことだけだと？」

「基本的にはね」

「きみは勘違いしている。たしかにそれも大切なことではあるが」

アリアドネが反論しようと口を開きかけると、ルパートは手をあげてそれを制した。「このことで議論をつづけても無意味だ」

「ええ、そう思うわ。ご覧のとおり、わたしの決意は固いのよ」

ルパートは眉根を寄せた。「そのようだね。だからきみの……望みについて、わたしもいろいろ考えてみた」

「へえ。わたしにいやがらせをする新しい方法を考えていたというわけね。わたしの楽しい時間を台なしにするいい作戦を思いついた？　わたしが行く舞踏会やパーティにことごとく顔を出して邪魔をすれば、いつかあきらめるんじゃないかと思ったら大間違いよ。そんなことをしても、わたしの決意はますます強まるだけ」

「そうだろうね。でもきみとわたしは同じ社交界にいるのだから、同じ催しへの招待状が届くのはわたしの責任ではない」

「それでも招待を受けるかどうかを決めるのはあなたでしょう。頼んでもいないのに、わたしの私生活にとつぜん興味を持ったりしなければ、半分は断わっていたはずだわ」

ルパートは肩をすくめただけで、なにも言いかえさなかった。その目が愉快そうに輝いているのを見て、アリアドネはかっとした。

「わたしは成熟した大人の女性よ。あなたの庇護はいらないわ」

「そうかもしれないが、わたしの言うことを聞いてくれ。きみと今日、話をしたいと思った理由を教えよう。きみにひとつ提案がある」

「提案ですって？」アリアドネは疑わしそうに言った。「どんな内容かしら」

「とりあえずすわらないか」ルパートは近くにあるソファを手で示した。

アリアドネは立ったまま動かなかった。「いいえ、結構よ」

「わかった。さっき言ったとおり、きみの望みについて真剣に考えてみた。もちろんきみが過激な考えを捨ててくれるのがいちばんいいが、どうやら決意が揺らぐことはなさそうだ」

「そうよ」

「きみのことはわかっているし、つぎつぎと問題を引き起こす性格を考えたら――」

「わたしは問題を引き起こしたりなんかしないわ」

「ああ、わかった。問題が向こうからやってくるんだろう。とにかく、このままだときみは、いずれ自分を窮地に追いこむことが目に見えている。そんな事態をみずから招くよりも、安全策をとらないか」

「安全策？」

「きみの評判と安全を第一に考える男を恋人にするんだ。狂気の沙汰としか思えない冒険のあいだ、きみをちゃんと守る男を」

「だからわたしが探しているのは、そういう男性なんだってば！」アリアドネは声を荒らげた。

「でもそうやって恋人を探すこと自体が、周囲に知られてスキャンダルになる危険をはらんでいる。相手はきみが全幅の信頼を置ける男でなければならない」ルパートはよどみなく言った。「きみの秘密をぜったいに洩らす心配のない男だ」

「ふうん。それで、そんな恋人のお手本のような男性に、心当たりでもあるわけ？」

ルパートの青い瞳の色が濃くなり、いままで見たことのない光が宿った。「ああ、わたしだ」

7

ルパートはアリアドネが両腕をだらりと垂らし、はっと息を呑むのを見ていた。目がまん丸になり、瞳孔が開いて緑の虹彩《こうさい》がほとんど隠れている。

「驚いたようだね」ルパートは言った。「そこにすわろうか」

アリアドネはうなずき、ルパートにひじを支えられてソファへ向かい、クッションに身を沈めた。ルパートが絶句したアリアドネを見るのはこれがはじめてだった。

「シェリー酒でも飲むかい」

首を横にふった。

しばらくして視線をあげてルパートの目を見た。「どうしてそんな申し出を……?」

「理由は話したと思うが。評判が地に落ち、ぼろぼろになったきみを見たくないんだ」

「評判なんか気にしないと言ったでしょう」アリアドネは小声で言った。

「本気でそう言ってるとしたら、きみは短絡的で愚かだ」

アリアドネはさっと顔を赤らめ、唇を引き結んだ。

「そうかっかしないで話を聞いてくれ」

「どうしてあなたの話を聞かなくちゃならないの」

「まず」ルパートはソファのアリアドネの隣りに腰をおろした。「わたしが相手なら、きみは不必要な危険を冒すことなく、求めているものを手に入れられる。一挙両得というわけだ」

アリアドネは赤みがかった金色の眉をひそめた。「あなたはわたしが恋人を作ることに反対じゃなかったかしら」

「ああ、反対だった。でもわたしは本質的に現実主義者だ。残念ながら、ここイングランドではきみを閉じこめておく手段がない。つまり、きみの暴走を止めることは現実的に不可能だ」

「でもこの二週間、なかなかがんばっていたわよ」

ルパートはのどの奥で低く笑った。「そうだね。でもお互い疲れてきたころじゃないか。熟考した結果、どんなに止めたところで、きみは破滅に向かって走るのをやめないだろうと思った」

「そんなことわからないじゃないの」

「わたしは恋人候補の男たちの人柄を知っているが、きみが全幅の信頼を置いてベッドに招きいれていい相手はひとりもいない」

アリアドネはさらに眉をひそめた。

「そこで妥協策を講じるべきだと思った」

「ということは、わたしにスキャンダルを起こさせたくない一心で、そんな提案をしているの？」アリアドネは生来の気の強さを少し取り戻して言った。「なんだか冷たく聞こえるわ」

「いや、わたしとの情事が冷たいわけがない。それは約束する」

ルパートは手を伸ばし、指のつけ根でアリアドネのこめかみからあごまでなでおろした。隠そうとしても、彼女の肌がかすかに震えているのが伝わってくる。

笑みを浮かべてルパートは身を乗りだした。「相性が悪いとは言わせない。書斎での夜のことを、きみもときどき考えているはずだ」

「ちがう。そんなことないわ」

だが目を合わせようとしないところを見ると、アリアドネが嘘をついているのはあきらかだった。

ルパートはアリアドネのあごを指でつかんだ。「だったら思いださせてやろう。これでどうかな」

そう言うと上体をかがめて唇を重ね、強すぎも弱すぎもしない絶妙なキスをした。アリアドネは一瞬あらがおうとしたが、すぐに唇を震わせて甘い吐息をついた。

これでいい。

ルパートは情熱的にキスをした。アリアドネのまぶたが閉じ、重ねた唇が熱を帯びてしなやかになっていく。舌の先端でふっくらした下唇をなぞると、アリアドネが身震いするのがわかった。

彼は笑みを浮かべて舌を動かした。彼女の蜂蜜のように甘い唇、やわらかな肌の感触に全身が熱く燃えあがる。このすばらしいひとときに酔いしれたい。

情熱におぼれたい。

だがいまは冷静さを保つ必要がある。自分を恋人にするのが賢明であると、アリアドネにわからせるのだ。彼女の愛らしさを堪能する時間ならあとでいくらでもある。もちろん一線を越えるつもりはないが、彼女が求めてやまない悦びを教えてやるつもりだ。心ゆくまで。

ルパートはしぶしぶ顔を離した。

アリアドネはまぶたを閉じたまま動かない。

ルパートはアリアドネの頬をそっとなでた。「ほら、きみとぼくはこんなに相性がいい。

恋人になると言ってくれ、アリアドネ」

彼女はまぶたをあけた。その目はまだ情熱でうるんでいる。体を離そうとしながら言う。

「わ――わからないわ。考える時間をちょうだい」

「いいだろう。でもあまり長くは待てない。できるだけ早く返事が欲しい」

アリアドネはうなずいた。

その日の夜、アリアドネは混んだ広間に立っていた。頭はまだルパートと、驚くべき提案のことでいっぱいだ。

〝恋人になってくれ、アリアドネ〟

アリアドネはそのことばと熱いキスを思いだして、また身震いした。よりにもよってルパートのことを、これまで恋人候補として考えたことはない――少なくとも、真剣には。

今日の午後、ルパートに訊かれたときはちがうと答えたが、書斎で交わしたキスがずっと頭から離れない。夜になると、あのめくるめくひとときの夢を見ることもある。

だが日中の陽射しのなかでは、ルパートと親密な関係になることは、せいぜい冗談の種にしかならないように思えた。自分たちは以前からそりが合わず、いつもぶつかってばかりいた。ルパートがアリアドネをいらだたせ、アリアドネもルパートをいらだたせる。もう何年も前に、はじめて会ったときからそうだった。

そんな相手を、どうしていままでとは百八十度ちがう目で見られるだろう。ベッドをともにして、男女の営みという謎に包まれた快楽の世界を教えてもらうなんて。

でもそのことを考えると、肌がぞくぞくして胃がぎゅっと縮み、体のいちばん敏感な部分がうずくのを感じる。こんな感覚は生まれてはじめてだ。

ルパートが手ほどきしてくれるという。

もしかするとそれは、自分を男性に近づかせないための、でまかせにすぎないのかもしれない。だがこれまでルパートが嘘をついたことは一度もなかった。恋人になるという今回の申し出も、まじめに言っているにちがいない。アリアドネを守るということばも本気なのだろう。

でも彼自身はわたしを求めているのだろうか。

ほんとうにわたしの恋人になることを望んでいる？

はじめての恋人に？

もし相手がほかのだれかなら、エマにすべてを話して、どうすればいいか相談していただろう。けれどルパートはエマの兄なのに、言えるはずがない。

アリアドネはもともと大胆すぎるほど大胆で、そう簡単に気恥ずかしさを覚える性格ではなかった。それでもルパートとのことを打ち明けるのは、考えただけで顔が赤くなる。いくらエマが大切な親友であっても、ほんとうのことを話すわけにはいかない。

そもそもルパートだって、このことはふたりだけの秘密にしておきたいと思っているはずだから、エマに話したりしたら怒るに決まってる。申し出を受けるなら、ぜったいにだれにも知られてはならない——たとえそれがエマであっても。

まずは返事をどうするかを決めなくては。

ルパートが言ったとおり、彼を恋人にする利点はたくさんある。まず、あの人なら信頼できる。これまでの恋人候補のなかで、自分との秘めごとを周囲に話すおそれがまったくないのは、ルパートただひとりだ。そんなことをしても、彼にとって得るものはひとつもないし、自尊心が満たされるわけでもない。もとより、金銭目的のはずもない。ルパートが相手なら、評判のことを心配しなくてもすむ。評判などどうでもいいと思ってはいるが、傷つかずにすむならそれに越したことはない。それにルパートがどういう人であるかはよくわかっているから、知らなかった顔を見て愕然とすることもないだろう。

もうひとつ、現実面でも好都合だ。なにしろ自分たちはひとつ屋根の下に暮らしていて、彼の寝室は廊下のすぐ先にあるのだ。真夜中に屋敷のなかをうろうろするよりも、だれかに見られる可能性はずっと低い。

もちろん使用人は別だ。使用人のことを忘れてはいけない。

でも自分の侍女は忠誠心が強い。万が一、ルパートとのことがわかったとしても、ぜったいに口外しないはずだ。ルパートの使用人もみな誠実で口が堅い。とくに近侍は、主人であるルパートの私生活を人に話すくらいなら死を選ぶだろう。

つまり注意さえ怠らなければ、ルパートを恋人にすることは最善の選択ということになる。

じゃあこれで決まり？　ルパートに返事をする？

アリアドネがまだ思いにふけっていると、ダンスのパートナーが現われた。

セルカーク卿が深々とお辞儀をし、背筋を伸ばして微笑んだ。「アリアドネ王女、こんばんは。今夜は一段とお美しいですね」

「ありがとうございます、閣下」アリアドネは手袋をした手でブロンズ色のシルクのドレスをなでつけた。丸くふくらんだ半袖で、薄織りの白いオーバースカートが重なったドレスだ。幅広のひだ飾りには羽を広げた青と金の小鳥が刺繍されている。お気に入りの一枚で、落ち着かない心をなだめて自分を奮い立たせるため、このドレスを選んだ。

「閣下もすてきですわ」アリアドネは言った。

セルカーク卿は一瞬、目を見開き、うれしそうに笑った。

アリアドネは笑みを浮かべ、セルカーク卿の腕に手をかけた。広間の奥へ進みながら、ルパートがいないかとあたりを見まわした。ところがこの二週間ではじめて、どこにも姿が見あたらない。

そもそも来ているのだろうか。ここへはエマとニックと馬車に乗ってきたが、ルパートは一緒ではなかった。夕食のときも、先約があるからあとで合流すると近侍を通して伝えてきた。

あとはいつのことだろう。なにをしているのだろうか？

奇妙に聞こえるかもしれないが、アリアドネはルパートが自分にひとりで考える時間を与えようとしているのではという気がした。もっとも今夜の舞踏会は盛況で、とてもひとりで考えごとなどできそうにない。広間は陽気に楽しもうとする人びとでごった返している。

それにセルカーク卿と踊りはじめてしまっては、ゆっくり考えることもできない。もしかするとそれがルパートの狙いだったのかもしれない。こちらに充分考える時間を与えたという口実を作るのだ。

だがなによりもアリアドネの心をざわつかせているのは、自分のなかですでに答えが出ている気がすることだった。

セルカーク卿は踊るのがうまく、アリアドネはすぐにダンスに夢中になった。曲が終わるころには、コントルダンスの激しい動きでやや息が切れ、頬が紅潮してかすかに汗で湿っていた。

「暑いですか？」腕を組んでフロアを離れながら、セルカーク卿が尋ねた。

「ええ、少し」アリアドネはシルクの扇を広げて顔をあおいだ。

「ご友人のところへお送りするべきでしょうが、その前にちょっと庭で涼みましょうか」

アリアドネはセルカーク卿の提案に惹かれた。ガラスの扉のすぐ先で、涼しい夜風とゆったりした空間が待っている。

広間の向こうに目をやると、エマとニックが顔を寄せあって楽しそうに笑っているのが見えた。ふたりがどこへ行っても離れないのを見て、野暮だと眉をひそめる人も多い――ルパートもそのひとりで、人前でべたべたするべきではないと考えている。

だがアリアドネはそんなエマとニックのことを微笑ましく思っていた。夫婦はもっとおおっぴらに互いへの愛情を表現したほうがいい。

「ええ」アリアドネはセルカーク卿の黒っぽい目を見た。「新鮮な空気を吸いたいですわ」

外はまだ気温が高かったが、それでも混んだ広間よりは涼しく感じられた。アリアドネは深々と息を吸い、そよ風に乗ってかすかにただようジャスミンとバラのにおいを堪能した。コオロギが陽気な音を奏で、ホタルが暗い庭をちらちら照らしている。

アリアドネはセルカーク卿と一緒に、石でできた広いバルコニーに沿って庭のほうへ歩いた。一歩足を進めるごとに、広間の喧騒が遠くなる。このへんにしておこうと言いかけたとき、セルカーク卿が足を止めた。

「美しい夜ですね」アリアドネは、暗闇にうっすらと浮かぶ亡霊のような白い大理石の彫像をながめた。

「ええ」セルカーク卿がおだやかな声で言った。「でもあなたほどではありません」

昨日までのアリアドネなら、人目につかない場所でセルカーク卿とふたりきりになれたことを喜んでいただろう。彼はハンサムでおもしろくて洗練されていて、恋人候補に求めるもののすべてを持っている。ところが、せっかくこうしていつでもキスができる状況にあるのに、頭に浮かぶのはルパートのことだった。

ルパートの声。

アリアドネの唇をそっとなでるルパートの唇。

ベッドをともにしようというルパートの申し出。

「そろそろ戻りましょう」アリアドネはぶっきらぼうに言い、来た道を戻ろうとした。

セルカーク卿がアリアドネの手首をつかみ、その場にとどめた。

「もう少しだけ」セルカーク卿の声は低くて感情がこもっていたが、ルパートのようなまろやかさと深みに欠けていた。

つぎの瞬間、セルカーク卿が唇を重ねてきた。熟練した上品なキスで、これまでの何人かの恋人候補のようなぎこちなさはまったくない。うまいのはダンスだけではなかった。

アリアドネはふと、午後にルパートとキスをしたときと同じ、めまいのするような悦びを感じられるかどうかを確かめたくなって、セルカーク卿の腕に身をゆだねた。心のどこかで、彼との抱擁に夢中になり、ルパート・ホワイトのことをすべて忘れられたらと願っていた。

だがあのときと同じ悦びは感じなかった。体じゅうを快感が駆け抜けることも、息が切れてくらくらすることもない。セルカーク卿とのキスは悲しいほど空虚で、だれか別の人がしているのをながめているようだ。

アリアドネはつま先立ちになり、両手を彼の胸にあてて軽く押した。

セルカーク卿は一瞬ためらったのち顔を離した。「お許しください」かすれた声で言う。

「あなたがあまりに美しくて、自分を抑えられませんでした」

「いいえ、気になさらないで。でももう広間へ戻りましょう」

スキャンダルなど怖くないが、このことで世間に騒がれるのはいやだ。相手がこの人では。

「お待ちください。どうしても言いたいことがあります」

「なんでしょうか」

セルカーク卿はいきなりアリアドネの手を握り、片ひざをついた。「アリアドネ王女、わたしはしがない男爵で、身分の点でも富の点でもあなたにはおよびもつきません。でもこの気持ちは抑えられない。最近はあなたのことばかり考えています。あなたはわたしが求めるすべてです。どうかわたしの花嫁になってください」

アリアドネはぽかんとした。

花嫁？

ああ、なんてこと。

セルカーク卿の黒っぽい瞳が期待と不安で輝いている。これまでも求婚されたことはあるが、何度経験しても断わるのは気が重い。好意をいだいている相手ならなおさらだ。セルカーク卿のことは好きだが、〝好き〟と〝愛している〟はまったくちがう。それだけは譲れない。

「閣下、驚きましたわ」アリアドネはことばを探した。「まさか結婚を申しこまれるとは思っていませんでした」

「ええ、そうでしょうね。でもこうしていま、わたしはあなたに求婚しています」

「お願い、立ってください。こんな硬い石の上に、閣下をひざまずかせておくわけにはいきません」

「いいお返事をいただけるなら、いつまでもこうしています。でも王女様がそうおっしゃるのであれば」

セルカーク卿はなめらかな動作で立ちあがり、背筋を伸ばした。黙ってアリアドネの返事を待っている。

「閣下、わたし――」アリアドネは言いかけて口を閉じた。足音が聞こえ、だれかが来たのがわかった。闇に目を凝らすと、肩幅が広い長身の人影と金色の髪が見えた。

アリアドネは顔をしかめ、ため息をつきそうになるのをこらえた。

最悪のタイミングでルパートが姿を現わした。ここに到着してから、ずっとアリアドネを捜していたにちがいない。いつから見ていたのだろう。いつから会話を聞いていた？

ルパートはアリアドネが自分に気づいたのがわかったらしく、ゆっくり近づいてきた。

アリアドネはセルカーク卿に握られていた手を引き、バルコニーの薄明かりのなかでルパートの目を見た。「殿下」

「王女。セルカーク。わたしのことは気にしないでくれたまえ」ルパートは言った。「どうぞつづけて」

アリアドネはルパートのことばにとげを感じてぎくりとした。でも、なんの権利があってルパートは怒っているのだろうか。自分は彼になんの約束もしていないのだ。

いまはまだ。

それでもアリアドネはばつの悪さを感じて落ち着かず、きつい口調で言った。「セルカーク卿とわたしは個人的なお話をしていたの。でもつづきはあとにするわ」

今度はセルカーク卿が顔をしかめる番だった。「もしよろしければ、このまままつづけましょう、王女様」

まったくもう。これでいったん話を中断し、場合によってはあとから手紙で断わることもできたのに。だが男性に結婚を申しこまれておきながら、手紙で断わるのは卑怯だし、セルカーク卿に不誠実なことはしたくない。

「わかりました、閣下」アリアドネはふたたびルパートの目を見た。「席をはずしていただけませんか、ルパート皇太子」

ルパートは冷笑するように片方の眉をあげた。「もちろん。きみたちの内密の話をこれ以上、邪魔するつもりはない」

さっと会釈して大股で歩き去った。

アリアドネはため息を押し殺し、セルカーク卿とのことを解決したら、ルパートをうまくあつかう方法を考えなければ、と思った。ルパートはとてもあつかいにくい相手だが、なんとかするしかない。

「どこまでお話ししていましたっけ、閣下」アリアドネは無理に笑顔を作った。

セルカーク卿は真剣そのものの顔で言った。「結婚を申しこみ、あなたのお返事を待っているところでした」

「そうでしたわね」アリアドネは指を組んだ。「求婚していただき光栄に存じます、閣下。閣下とお友だちになれたことをとてもうれしく思っていますが、でも——」

「結婚はできない、と」セルカーク卿は抑揚のない声でアリアドネのことばを引き取った。

「その先はおっしゃらないでください。あなたのお気持ちはよくわかりました」

「閣下、どうか気を悪くなさらないで。傷つけるつもりはありませんでした。あなたのことは大好きですわ。ただ、夫婦としてはうまくいかないと思うんです」

セルカーク卿の目は冷ややかだった。「あのかたがあなたと結婚することはありませんよ」

アリアドネは目をしばたたいた。「なんのことですか？　だれのことをおっしゃっているのでしょう」

「おわかりのはずです。あなたもあのかたと同じ王族かもしれませんが、皇太子はたいへんな野心家だ。あなたと結婚しても、国家間の同盟も莫大な富も得られない。ベッドをともにしたいとは思っても、結婚指輪を差しだすことはけっしてないでしょう」

アリアドネは肩をこわばらせ、つんとあごをあげた。「誤解なさっているようね、閣下」

冷たく言った。「殿下は友人のお兄様で、それ以上でもそれ以下でもないわ。ルパート皇太子と結婚したいなんて思っていません」

「ご自分にそう言い聞かせつづけるといい、王女様。将来、失望しなくてすみます」セルカーク卿は短くお辞儀をした。「おやすみなさい」

「おやすみなさい」

だがアリアドネはそれがふたりにとって、〝さようなら〟という意味であることがわかっていた。

セルカーク卿がルパートについて言ったことはまちがっている。自分たちは同じ部屋にいると、五分もしないうちに口論になるのだ。結婚するなんて、天地がひっくり返ってもありえない。ばかげたことだ。でもルパートがわたしとベッドをともにしたいと思っている？ セルカーク卿の言ったことはほんとうだろうか？ 恋人になると申し出たのは、わたしをスキャンダルから守ることだけが理由ではない？ アリアドネは午後に交わしたくちづけを思いだし、そうだと確信した。

わたしはどうなのだろう？

アリアドネはまた身震いした。夜風は生ぬるかったが、鳥肌が立っていた。

「こんなところでひとりでいるとは感心しないな」背後から低くなめらかな声が聞こえた。ぎくりとしてふりかえると、暗闇のなかにルパートが立っていた。

彼女はほっとしたが、胸の鼓動はあまりおさまらなかった。

ルパートがゆっくりと歩いてきた。「いくらふられたとはいえ、セルカークはきみを広間へ送るべきだった」

「どうして知っているの。もしかして話を聞いてたの?」アリアドネは啞然とした。

「聞かなくてもわかるさ。屋敷へ歩いていくセルカークを見て、すぐにわかった。失意のどん底にあるのは一目瞭然だった」

「見ていたのね」

ルパートは肩をすくめた。「たしかに席をはずすことに同意はした――でもどこにいるとは言っていない。心配しなくていい、ついさっき戻ってきたばかりだ。きみもセルカークも、あまり楽しそうには見えなかったな」

アリアドネは両手を組んだ。「ええ、でもあなたには関係ないことだわ」

「おおいにあるさ。今日の午後のことを忘れたとは言わせない。きみは彼の求婚を断わったんだろう」

「や、やっぱり聞いていたんじゃないの」

「いや。もしもセルカークが求婚ではなく、ふらちな提案をきみにしていたのなら、あんなに暗い顔はしていなかっただろう。たいして傷つきもせず、またすぐにきみを口説いていたさ」

「あなたってほんとうに一筋縄ではいかない人ね」

「でも図星だろう?」

アリアドネの沈黙が答えだった。

「後悔してないだろうね」ルパートはしばらくして訊いた。

「なにを?」

「セルカークの求婚を断わったことを。でもきみは正しい決断をした。たいした領地も持たない、しがない男爵より、もっといい結婚相手がいるだろう」

「そんな理由で断わったんじゃない。地位とか財産に興味はないの」

「もしそうなら、きみはぼくが思っていた以上に愚かだ」

アリアドネは鋭い目でルパートを見た。「夫婦の結びつきに愛情を求めることが愚かだとは思わない。愛は大切よ」

「そうかもしれない。でもそんな夫婦はめったにいない」

「あなたの妹君は愛のために結婚して、とても幸せになったわ。それにもうひとりの親友のマーセデスも――僻地に暮らしているけれど、スコットランド人の夫を心から愛してる。愛は幻なんかじゃない」

「だったらなぜきみは、それを見つけるのをあきらめたんだ?」

「だれがあきらめたと言ったの?」

「そうでなければ」ルパートは低い声で言った。「恋人を探したりなどしていないだろう」

片手を伸ばしてアリアドネの手を握った。「それで、きみはまだベッドを暖めてくれる男を探しているのか。それとも考えなおすことにしたのかい?」

アリアドネは薄明かりのなかでルパートの青い瞳を見つめた。「いいえ、わたしの考えは変わらないわ」

なぜ声がかすれているのだろう、とアリアドネは思った。

「じゃあ答えは出たんだね」ルパートが手のひらにくちづけると、アリアドネのみぞおちのあたりがざわざわした。「ぼくの恋人になってくれるかい」

どうしよう。答えを出すときが来た。だがアリアドネのなかにはまだ迷いが残っていた。

「どうしてなの? わたしに問題を起こさせないためだけに恋人になると言ってるの、それともほかに理由が?」

返事を聞くのが怖くて、アリアドネの胸がどきどきした。ルパートはけっして嘘をつかないのだ。

「あぶなっかしくて、黙って見ていられないことはたしかだ」ルパートはアリアドネのウエストに手をまわし、その体を引き寄せた。「でもそれだけじゃない。きみが欲しいんだ、アリアドネ。きみにもぼくを求めてほしい。恋人になると言ってくれ」

体を震わせ、アリアドネはつま先立ちになってキスをした。「ええ、なるわ」

8

アリアドネはまぶたを閉じ、官能的なキスに身を投じた。ルパートのにおいを胸いっぱいに吸いこむ——糊のにおいと、ぴりっとしてさわやかな男の人のにおいがする。彼の唇は引き締まっているがシルクのようになめらかで、ワインと罪の味がする。それにとても温かい。

「開いて」ルパートが唇を重ねたままささやいた。

ルパートの首に両腕を巻きつけ、言われたとおり唇を開いた。キスが激しさを増していく。これからこの人に、ずっと足を踏みいれたくてたまらなかった禁断の世界へ連れていってもらうのだ。

心臓が胸だけでなく、耳の奥でも鼓動を打っているように感じられる。アリアドネは悦びに打ち震え、無意識のうちに背を弓なりにそらした。ルパートがその体を抱きしめ、シルクをまとったたくましい胸に押しつけた。

アリアドネはルパートがどれほど長身であるか、そのときはじめて気づいた。腕のなかにいると、頭が彼の肩に届くか届かないかだ。ルパートが彼女を抱く腕にぐっと力を入れ、首をかがめて唇を密着させると、ますます濃厚なキスをした。

ゆっくりじらすように背中をなでおろされ、アリアドネはあえいだ。ヒップをつかまれて、はっと息を呑んだ。肌が火照ったかと思うと冷たくなる。服を着たままバルコニーで抱きあってこれなら、寝室でふたりきりになったときには、どれほどの快楽が待っているのだろう。

そう考えただけで、体の奥が震えるのを感じた。

ルパートが首にキスをしている。アリアドネは恍惚として彼の腕に身をまかせ、甘い吐息をついた。

ルパートは笑みを浮かべ、唇を上へ向かわせて耳たぶにくちづけた。そして軽く嚙んだ。

アリアドネのまぶたがぱっとあき、口から声がもれた。

ルパートはとつぜんキスをやめ、背筋を伸ばした。

アリアドネはとまどい、彼の顔を引き戻そうとした。

だがルパートはそれをやさしく止めた。「今夜はこのへんにしておこう。だれかに見られたらたいへんだ」

そのとおりだと思ったが、アリアドネはもう少しだけキスをつづけたかった。それでも、うなずいておとなしく体を離した。

「それで、つぎはいつ？」アリアドネはかすれた声でたどたどしく訊いた。「今夜また会える？　わたしの……部屋に来ない？」

ルパートは一瞬、目を大きく見開いたが、すぐに微笑んで言った。「積極的だね」

返事を待つあいだ、アリアドネの胸の鼓動がまた速くなった。

彼は親指でアリアドネの頬の線をそっとなぞった。その指が触れた部分の肌が、燃えるように熱くなる。「きみとなら退屈しなさそうだ。だが今夜はやめておくよ」

アリアドネは肩を落とした。

ルパートはくすくす笑った。「がっかりしないでくれ、またすぐに会えるから。あまり急いでことを進めないほうがいい。それに期待が」なめらかな声で付け加える。「ゲームを刺激的にする」

アリアドネの胸から腹部へと、熱いようなくすぐったいような感覚が駆け抜けた。ルパートを恋人にすることは決まった。だったらすぐにでも関係をはじめたい。とくにこんな情熱的なキスを交わしたあとでは、待つのがじれったい。だが男女のことに関しては、ルパートのほうが経験を積んでいる。こちらは教わる立場だ。

「わかったわ、殿下。でもあまり長く待たせないで」アリアドネは言った。「退屈するかも」

ルパートは目を細くすがめた。「退屈などさせない。そのことは約束する」

アリアドネはまたぞくりとした。ルパートが約束を破ることはない。

「広間へ戻ろうか」ルパートは腕を差しだした。「きみがいないことにみんなが気づく前に」

ルパートの上着の袖に手をかけ、アリアドネは騒音とまぶしいろうそくの明かりのなかに戻っていった。

「ほかになにかご用はありますか、殿下」

ルパートは化粧室の向こうで礼儀正しく待っている近侍に目をやった。「いや、なにもない。ありがとう、ベッカー」

「おやすみなさいませ」

「ああ、おやすみ」

近侍はほとんど音をたてずに扉を閉め、部屋を出ていった。

ルパートは紺色のシルクのガウンの腰ひもを結ぶと、大股に歩いて居間と寝室につづく扉を抜けた。小さなテーブルの横で立ち止まる。銀の盆の上にブランデーのはいったカットクリスタルのデカンターと、グラスがふたつ用意してある。

デカンターの栓をはずし、ブランデーをグラスに二センチほどそそぐと、部屋を横切って火のついていない暖炉のそばに置かれた肘掛け椅子へ向かった。細長いサイドテーブルに読みかけの本が置いてあった。

ルパートはブランデーグラスをテーブルに置いて椅子に腰をおろし、本を手に取った。しるしをつけたページを開き、ブランデーをひと口飲んで読みはじめた。ところが二段落も進まないうちに、文字が頭にはいらなくなってきた。

〝わたしの部屋に来ない？〟

アリアドネの低く美しい声が頭のなかで響き、ルパートの体をぞくぞくさせた。本をつかむ手にぐっと力がはいり、欲望が首をもたげて熱い血が全身を駆けめぐった。彼女の寝室は廊下のすぐ先だ。ここを抜けだしてそっと扉をノックすれば、アリアドネは部屋に入れてくれるだろう。それはまちがいない。

だがいくら体がそうしたいと訴えても、いまはまだそのときではない。アリアドネとの情事には細心の注意をはらわなければならない。彼女は情熱を求めているが、いちばん必要なのは誘惑だ。じっくりと誘惑し、かたくなに閉ざしている心の扉を開かせて、欲望におぼれさせなければ。

彼女は意志の強い女性だ。実際、自分の知っているなかで――男も女も含めて――あれほど鋼《はがね》の意志を持った人間は数えるほどしかいない。本人は肉体の快楽を知りたいと言って譲らないが、ほんとうの悦びをもたらすものがなんであるか、彼女はまだわかっていない。もし情事の相手にほかの男を選んでいたら、まちがいなく失望に終わっていただろう。これはうぬぼれではなく、アリアドネをよく知っているから言えるのだ。自分ではそう思っていないかもしれないが、アリアドネはなかなか人に気を許さない。彼女はごくかぎられた人間しか信頼していない。だが、快楽を得るには信頼が不可欠だ。

それと、自分を投げだすことが。

アリアドネは自分を投げだすことを学ばなければならない。彼女がみずからを解放する姿を見るのが楽しみだ。

ルパートはうめき声をあげ、ブランデーをたっぷり口に含んでのどに流しこんだ。

正直に言うと、狂おしくてどうにかなりそうだ。どうしてアリアドネと恋人になることにしたのだろう。しかも、言いだしたのはこちらのほうだ。

しかしあのままではアリアドネが傷つくのは目に見えていたので、自分を選ぶのが彼女にとって最善だと思った。いや、そう思おうとした。

そしてそれが最善の選択であったことはまちがいない。

ほかの男なら、彼女をさんざん利用したあげく、冷たく捨てて屈辱を与えていたかもしれない。アリアドネは自分にかぎってそんなことはない、なにかあってもうまく切り抜けられるし、たとえ評判に傷がついても、堂々と顔をあげて生きていけると思っている。だがアリアドネは見かけほど強くない。強情で頑固かもしれないが、転落して不幸になるのを黙って見ているわけにはいかない。

心ゆくまで快楽を楽しませたら、無傷のまま自分のもとから送りだすつもりだ。

そう考えてみると、自分がしているのは気高い行為ではないか。

いい、気高い行為だと！

聞いてあきれる。

認めろ。

おまえは彼女が欲しいのだ。

ルパートはまたブランデーを飲み、廊下のすぐ先の部屋にいるアリアドネのことを考えまいとした。彼女がシーツに横たわっている。赤みを帯びた金色の髪が枕に広がり、ミルクのように白い太ももにネグリジェがまとわりつく。

ルパートはうめき、読書に戻ることにした。

だが目に映る文字が意味をなすまで、それからしばらくかかった。

9

翌朝、アリアドネは手で口を覆ってあくびをし、朝食室へ向かった。ルパートのせいで昨夜もまたよく眠れなかった。シーツの下で何度も寝返りを打ち、夢に出てくるのは彼のキスと約束のことばかりだった。彼の気が変わって寝室を訪ねてくるのをなかば期待して、うとうとしながら待っていた。

数時間後、ベルベットのカーテンの隙間から射しこむ朝の光ではっと目を覚まし、自分が眠っていたことに気づいた。疲労といらだちを覚えながら上掛けをはがし、裸足のまま隣接する洗面室へ行った。

温かな風呂にはいって侍女が持ってきた熱い紅茶を飲むと、だいぶ気分がすっきりしたが、疲労感はまだ残っていた。

そしていま、斑点のある緑色の綿モスリンのドレスを身に着け、頭の低い位置で髪をお団子にまとめたアリアドネは、朝食室に足を踏みいれたところで立ち止まった。

エマとニックがいつものようにテーブルのいちばん端の席で向かいあってすわり、静かに会話をしている。だが今朝は、そのふたりだけでなく、いままでほとんど朝食室に姿を見せなかった人もいる。彼がみなと一緒に朝食を食べるのは、アリアドネが知るかぎり、片手で数えられるほどだ。

アリアドネは脈が速く打つのを感じながら、いかにも王族らしいルパートの彫りの深い顔を見た。朝の陽射しに照らされて、髪の毛が実った小麦のように黄金色に輝いている。ルパートがカップを持ちあげてコーヒーをひと口飲み、カップの縁越しに群青色の目をアリアドネに向けた。

「あら、おはよう」エマがアリアドネに気づき、明るい声で言った。

アリアドネはなかへはいった。「おはよう」

ニックも挨拶をしたが、ルパートはコーヒーを飲んでからカップを受け皿に戻した。

「今日はめずらしい人が一緒なのよ」エマが言い、兄をちらりと見やった。

アリアドネはふたたびルパートと視線を合わせ、感情を顔に出さないように努めた。「ええ、そのようね」

エマは紅茶をかきまぜた。「ここにはいってくるのを見たときは仰天したわ。夕食以外で一緒に食事をするのはいつ以来かしら、ルパート？」

ルパートは椅子にもたれかかって一考した。「さあ、よく憶えていない。でも今朝は、いままでのふるまいを改める絶好の機会だと思ってね」

ルパートの唇にかすかな笑みが浮かび、目がきらりと輝くのを見て、アリアドネは昨夜のことを思いだした。肌が火照り、とっさに視線をそらした。エマになにかおかしいと勘づかれてはならない。ただでさえエマは、ルパートが朝食室に来たことを不思議がっている。自分たちの関係をエマに隠しとおすのは、思っていた以上にむずかしそうだ。とくにルパートが、このまま彼らしくないふるまいをつづけたら。

ルパートはなにを考えているのだろう？　自分たちの関係をくれぐれも内密にしようと言ったのは彼のほうだ。なのに、あきらかに慎重さに欠けている。もしかすると、昨夜の舞踏会が終わってから今朝テーブルにつくまでのあいだに、どこかで頭を強く打ったのかもしれない。

いまは食事に集中したほうがよさそうだ。アリアドネは部屋を横切って料理のならんだ台へ向かい、温まった皿を一枚手に取った。ひとつめの銀器のふたをあけたが、すぐに閉じた。子牛の腎臓の詰まったパイだ。

アリアドネは鼻にしわを寄せた。内臓料理は、心臓であれ肝臓であれ腎臓であれ膵臓であれ、においを嗅いだだけで一気に食欲が失せる。どうしてみんなこんなものを食べたがるのか、さっぱり理解できない。もっとも子どものころは、塩水やソースを添えた酢漬けの魚など、もっとまずいものも食卓にならんでいた。

だが夕食ならまだしも、朝からこんなものは……。

うんざりした。

「このブラッドソーセージは絶品だ」横からなめらかな低い声がした。「取り分けようか」アリアドネはぎょっとした。いつのまにかルパートがそばに立っている。近づいてくる足音さえ聞こえなかった。

そしてルパートをにらんだ。「結構よ。わたしがこういう料理が苦手なことは、あなたも知っているでしょう」

「じゃあ燻製ニシンは？」ルパートは何食わぬ顔で言ったが、その目がいたずらっぽく光っているのをアリアドネは見逃さなかった。「最低でもふたつかみっつは食べるだろう」

「いらないわ」小声で言った。「わかってるくせに。わざとわたしを困らせているの？」

「きみの気持ちをほぐしたかっただけだ。猟犬に囲まれたキツネのように緊張しているじゃないか。そんなふうだと、妹にあやしまれて根掘り葉掘り訊かれるぞ」

アリアドネはふりかえってエマの様子を確かめたい衝動と闘った。「どちらにしても、あなたがとつぜん朝食室に来たものだから、エマはすでにあやしんでいるはずよ。いったいどういうつもり？」

「これから先、きみとぼくがなぜかとつぜん休戦していたら、みんな不審がるに決まってるだろう。これから一緒に過ごす時間が増えるなら、関係が改善したと思わせておいたほうがいい」

アリアドネは眉根を寄せ、ほとんど聞こえないほどの小さな声で言った。「どうしてそんな必要があるの。わたしたちのあいだはなにも変わらない……その、例のことをのぞいて」

ルパートはにやりとした。「なるほど、それはつまり、夜中に寝室へ忍びこんで、ことを終えたらさっさと出ていけということかな」

アリアドネは思わず息を呑んだ。「ええと、そういう言いかたをされると困るけど、まあそんなところよ。四六時中、一緒にいる必要はないわけだし」

「恋人を持つことの楽しさは、体の悦びだけじゃない。そのことも教えたいと思っているが、そのためにはこちらの言うことにしたがってもらわなければ」

アリアドネが反論しようと口を開きかけると、ルパートは別の銀器のふたをあけて言った。「ハムもとてもおいしかったよ」よく通る声で言う。「切り分けてあげよう」

自分たちが不自然なほど長いあいだ声をひそめてしゃべっていたことに気づき、アリアドネは皿を差しだしてハムを切ってもらった。

「スコーンもどうかな」ルパートは布のかかった籐籠を手で示した。

彼女はおとなしくスコーンを取った。

「卵料理は？」ハムをアリアドネの皿に載せてから、ルパートは尋ねた。

アリアドネは唇をぎゅっと結んだ。そんなにたくさんの量の料理を食べられるわけがない。

ルパートは笑い声をあげると、炒り卵をスプーンに山盛りすくい取り、皿のあいた部分に載せた。

「ふたりでなんの話をしているの？」エマが大きな声で言った。「楽しいことならいいんだけど」

アリアドネは上目遣いでルパートをじろりと見た。そうよ、なんの話をしているの、大先生？

ルパートは自分の皿にも料理のお代わりを載せ、銀器のふたを閉じてテーブルに戻った。

「アリアドネに授業をすることにした」

アリアドネは血の気が引くのを感じたが、長年の訓練のたまもので、かろうじて平静を保った。彼はなにを言ってるの？　まさか自分たちのことをエマとニックに話すわけではないだろう。

ルパートはなにごともなかったような顔で席についた。アリアドネは唇の内側を嚙み、向かいの席にすわった。

「授業って？」エマが訊いた。「アリアドネになにかを教える予定なの？」

「ぼくも聞きたいな」ニックが会話にはいってきた。

ルパートはアリアドネの目を見ながら平然と炒り卵とブラッドソーセージを食べ、ナプキンで口をふいた。急いで答える気はまったくなさそうだ。

アリアドネは眉根を寄せ、周囲にわからないくらい小さく首をふって、ルパートに黙っているよう合図した。

ルパートは涼しい顔で微笑んだ。「アリアドネがどうしても馬車を動かしてみたいと言うから、少々手ほどきをしてやろうと思ってね」

馬車を動かす練習ですって？　それがさっきのひそひそ話の内容？

もし足が届けば、自分を不安のどん底に突き落としたルパートのむこうずねを、テーブルの下で蹴っていただろう。だが考えれば考えるほど、ルパートのひねりだした言いわけがすばらしいものに思えてきた。

エマがアリアドネを見た。「あなたが馬車を動かしてみたいと思っているとは知らなかったわ。どうしていままで話してくれなかったの？」

〝それに、なぜよりにもよってルパートに話したの？〟エマの表情がそう問いかけている。

「つい最近、思いついたのよ」アリアドネは軽い口調で言った。スコーンを手に取ってふたつに割り、時間を稼いだ。「ミスター・エリストンがこの前、座席の高い軽四輪馬車にわたしを乗せてくれたことがあったでしょう。あのときの興奮が忘れられなくて、自分で手綱を握ってみたいと考えるようになったの」

エマは微笑んだ。「大胆で冒険好きなあなたらしいわね」

「ええ」アリアドネの口調が熱を帯びてきた。「わたしが自分の馬車をさっそうと乗りこなしていたら、みんな注目すると思わない？」

「そうね」エマは兄のほうを向いた。「でもどうしてあなたが教えることになったの、ルパート？」

「そうよ、殿下、エマとニックに聞かせてあげて」アリアドネは言った。

ルパートは憶えておくようにという目でアリアドネを見た。

今度は彼がこちらの足を蹴りたくなっているにちがいない、とアリアドネは思った。

ルパートはカップを口に運び、おもむろにコーヒーを飲んだ。「つまりこういうことだ。パーティのとき、アリアドネが数人の取り巻きとその話をしているところに偶然行きあわせた。アリアドネはどの紳士に教わろうか迷っていたよ。候補にあがっているのが、どうしようもなくへたな男ばかりだとも知らずに」

彼はカップを静かに受け皿に置いた。「いつもならほうっておくんだが、アリアドネがあやまった選択をして、新聞にスキャンダルを書きたてられるのではないかと心配になってね。アリアドネがなにかすると、かならず問題が起きるだろう。だからわたしが教えると申し出たんだ。そして彼女は賢明にもそれを受けた」

アリアドネは目を細くした。「もしかしたら気が変わるかも」

「いや、変わらないさ」ルパートは自信たっぷりに言った。「きみが早く教わりたくてうずうずしているのはよくわかる」

アリアドネの全身で脈が速く打ちはじめた。

動揺が顔に出るのが怖くて、下を向いて皿に視線を据えた。

「ぼくはきみが馬車の運転を教わることに賛成だよ、アリアドネ」ニックがテーブルの端から言った。「もっと多くの女性が、初歩的な技術だけでも身に着けるべきだと思う。いつ不測の事態が起きて、女性が馬車を動かさなくてはならないときが来るかわからないだろう」

アリアドネは驚いて顔をあげた。ニックに援護されて、少しばつが悪くもあった。

「ほんとうに？」エマが甲高い声を出した。「そんなこといままで言ってなかったじゃない。ということは、わたしが教わりたいと言ったら教えてくれるってこと？」

ニックはいとおしそうな笑みで妻を見た。「もちろん。喜んで教えるよ」

エマは両手をぎゅっと握りあわせた。「ああ、なんてすてきなの。あなたのおかげよ、アリー」アリアドネに向かって満面の笑みを浮かべた。

アリアドネは微笑みかえすしかなかった。

ああ、ややこしいことになってしまった。これではほんとうにルパートから馬車の運転を教わらなくてはならないだろう。でも考えれば考えるほど、アリアドネはわくわくしてきた。自分の馬車を持って、どんな男性よりもしっかりした手綱さばきで乗りまわせたら、どんなに楽しいだろうか。さっきエマに言ったように、座席の高い軽四輪馬車を買うのもいいかもしれない。

「それで、いつからはじめるの？」エマがアリアドネからルパートに視線を移した。

ルパートは朝食を食べ終え、ナイフとフォークを皿にきちんとならべて置いた。「今日の午後だ。先延ばしにしても意味がない」

アリアドネは落ち着かなくなった。ほんとうに馬車の練習なのか、それとも約束した別の授業？　でもニックとエマに馬車の練習と言ってしまった以上、屋敷の外に出なければならない。

ということは、やはり馬車の練習だ。

ひとまず今日の午後は。

そして夜は……。

アリアドネの肌がくすぐられたようにぞくぞくした。

「ほとんど手をつけていないじゃないか」ルパートは言い、料理のたくさん残ったアリアドネの皿を示した。「食べるんだ。空腹のままで通りに出るのはよくない」

アリアドネは口を開き、食べるか食べないかを決めるのは自分だと言おうとした。だれかから、とくにルパートから指示をされるのは好きじゃない。でも自分はルパートの恋人になると決めたのだから、彼の指図がましいところにも目をつぶるべきかもしれない。

これからしばらくのあいだは。

「体力をつけておかなくてはね」アリアドネはフォークを手に取った。「あなたと顔をつきあわせて何時間も過ごすんだから」

ルパートが金色の眉をさらにひそめるのを待つ。

ところがルパートは予想に反し、声をあげて笑った。「コーヒーのお代わりを頼む」そばにひかえていた召使いに声をかけた。「こちらも体力をつけておかなければ」

「アリー」それから三十分近くたち、朝食室でふたりだけになるとエマが言った。「あなたとルパートが仲良くなってくれてとてもうれしいわ。いつもぶつかっていたものね。ふたりが進んでなにかを一緒にする日が来るなんて、想像もしていなかった」

アリアドネは平静を装った。自分たちがほんとうはなにを一緒にしようとしているか知ったら、エマはどんな顔をするだろう。

やはり打ち明けるべきだろうか？

だがいくらエマに隠し事をするのがいやでも、これだけは言えない。

苦笑いを浮かべ、アリアドネは目をおおげさにぐるりとまわしてみせた。「とりあえず休戦することにしたわ。たぶん一時的なもので終わると思うけど」

エマはやれやれと首をふった。「ええ、ずっとつづいてほしいけど、それは無理な注文でしょうね。でもとにかく、いつも火花を散らしていたあなたたちが、少しでも歩み寄ってくれたことがわたしはほんとうにうれしいの。案外、気が合って友だちになったりしてね」

友だち？　ルパートと？　考えてもみなかった。

でもルパートと友情を結ぶことは、彼との情事が数週間で終わらないことと同じくらいありえない。

男女の快楽の秘密を知りたいという好奇心が満たされたら、思いきった行動に出て、自分自身やルパートの家族の評判に傷をつける危険を冒す必要はなくなる。そうしたら自分たちは別れるのだ。ルパートは遅かれ早かれローズウォルドに戻らなければならないし、自分も冬が来る前にスコットランドのマーセデスとダニエルのところへ行く。別れるときに友だちになっているかどうかなんて、だれにもわからない。

でもそれまでは、社交シーズンを楽しむつもりだ。

そう、思いきり。

アリアドネはふとわれに返り、黙りこんでいる自分をエマがいぶかしそうに見ていることに気づいた。

「あなたとルパートの、今回の……平和協定は——ほかにいい言いかたが見つからなくて——馬車のことだけが理由なの？」エマは訊いた。

ああ、なんてことだろう。よくよく気をつけなければ、こちらがなにも言わないうちに、ほんとうのことを見抜かれてしまう。エマは聡明な女性だ。なにかおかしいと思ったら、ととん真実を追求しようとするはずだ。

アリアドネは無造作に肩をすくめてみせた。「ほかになにがあるというの？　きっと一回めの練習がはじまってから五分もたたないうちに、ルパートはわたしを激怒させるようなことを言うでしょうね。待ち針やペンナイフを持っていかないように注意しなくちゃ」

エマは吹きだした。「ええ、お願いだからお兄様を傷つけないでね——そんなにひどくは。男の人はちょっと具合が悪いだけで大騒ぎするんだから」

「ええ、王族の男性でもね。ううん、むしろ王族の男性のほうがそうかも」

意見が一致して、ふたりはくすくす笑った。

アリアドネはほっと安堵の息をついた。

10

その日の午後、ルパートはリンドハースト邸の外の舗道に立ち、アリアドネが玄関の踏み段をおりてくるのを見ていた。綿モスリンでできた黄色と白の縞柄のドレスがよく似合っている。つばの広い帽子の下からのぞくつややかな髪は、陽射しを受けて金髪というよりも赤毛に見える。足もとはふつうの靴ではなく、趣味のいいしなやかな茶色の革のハーフブーツで、手にはめた薄い乗馬用の革手袋は、目が覚めるほどあざやかなさくらんぼ色だ。

アリアドネは立ち止まり、待っている二頭立て二輪馬車を見た。「これに乗るの？」

「ああ」ルパートは言い、アリアドネが馬車に乗るのを手伝おうと近づいた。「どんな馬車を想像してたんだ？」

「ほら、朝食のときに、座席の高い軽四輪馬車の話をしたじゃない」

ルパートは苦笑して首を横にふり、アリアドネに手を貸して座席にすわらせた。「それは、きみが話していたことであって、ぼくはなにも言ってない。初心者に軽四輪馬車の手綱を握らせるのは愚か者のすることだ。きみが馬車を急にとめたが最後、ふたりとも馬の前まで飛ばされて首の骨を折るだろう」

アリアドネはいつになくおとなしかった。ルパートは馬車に飛び乗ってアリアドネの隣りの座席にすわった。手綱を両手で握り、周囲を確認してから馬を動かした。

「本気でわたしに馬車の運転を教えるつもりなのね」しばらくしてから口を開いた。「それとも、ふたりきりになるための口実だったの？」

「正確には両方だ。今朝言ったとおり、一緒にいる時間が増えるなら、もっともらしい理由があったほうがいいだろう」

「今朝言ったとおり、その必要はないわ。夜はあなたがわたしの寝室に来て、日中はいままでどおり過ごせばいい」

「いいからぼくを信じてくれ」ルパートはアリアドネの頑固さに慣れていた。「こうするのがいちばんいいんだ」巧みに手綱をあやつり、ゆっくり進む大きな四頭立て馬車の横を通りすぎた。「馬車を動かしてみたくないのかい？　きみは興味があるんじゃないかと思ったが。自由な気分を味わえるのに」

彼女は上目遣いにちらりとルパートを見た。「いままで真剣に考えたことはなかったけれど、あなたの言うとおりよ。たしかにとても興味があるわ」

アリアドネがばら色の唇に笑みを浮かべ、宝石のように明るい瞳を輝かせた。そして小さな笑い声をあげた。その女らしい声に、ルパートの体が反応した。

手綱を握る手にぐっと力を入れて座席にすわりなおした。アリアドネを見つめたい衝動を抑え、前方の道に視線を据えた。

彼女を見つめる時間なら、あとでいくらでもある。

それ以上のことをする時間も。

だがその前に、手綱さばきを教えなければ。

「どこで練習をはじめるの？」アリアドネは訊いた。「ここでどう？　ねえ、手綱を貸して」

ルパートは短く笑った。「気はたしかかい？　できれば今日が終わるまで生きていたいんだけどな」

「そんなにへたじゃないと思うけど」

「いや、きみの考えは甘い」

アリアドネは腕組みした。「わたしの腕前がそんなにひどいと思うなら、どうしてわざわざ教えてやろうなんてするの？」

「理由はさっき説明したと思うが。でもきみは勘違いしている。ぼくはきみの腕前がひどいだろうとは思ってないさ。ただ、まずはこつを覚えなければ。なにも知らない通行人がたくさん歩いている通りで、きみに手綱をあやつらせるわけにはいかない」

「わかったわ」アリアドネはむっつりと言った。「そんなにつっかからなくてもいいじゃない」

ルパートは眉を高くあげた。「だれがつっかかってるって？」

「あなたよ。でもこうなることはわかってた。リンドハースト邸に戻ったほうがいいんじゃないかしら。あなたと長いあいだ一緒にいたら、けんかになることは目に見えてたし」

「そうかな。最近はきみと口論するのも悪くないと思うようになってきた。まさかこんなおもしろい展開になるとはね」

返事がないので、ルパートはアリアドネがほんとうに怒っているのかどうか確かめようと横を向いた。「どうする、引き返そうか？　でももうすぐグリーン・パークに着くのに、もったいない気もするな。馬車や馬もあまりいないし、練習するにはうってつけの場所だ。もちろん、きみがまだ練習したければの話だが」

アリアドネは組んでいた腕をほどいて脇におろした。「やってみたいわ。あなたがその口の悪さを少し慎んでくれたらね」

「いいだろう。だが言っておくよ、アリアドネ。きみはぼくの行儀の悪い口をきっと好きになる」

彼女はさっと顔をあげ、緑色の目を丸くしてルパートのことばの意味について考えた。

ルパートはにっこり笑い、アリアドネとの情事はすばらしいものになりそうだと思った。

数分後、馬車はグリーン・パークに到着した。ルパートは比較的空いた通路にはいると、手綱を引いて馬をとめた。あたり一面に緑の芝生が広がり、そよ風を受けて草がかすかに揺れている。

「さあ、着いた」ルパートは言った。「授業の時間だ。手綱のさばきかたを教えよう」

「あら、やっとわたしに握らせてくれるの」アリアドネは皮肉っぽく言った。

「ここならだれも轢《ひ》く心配がない」

アリアドネは唇をとがらせた。

「そんなにふくれないで。レディにふさわしくない顔だぞ。でもキスをしたくなる」

アリアドネは眉をあげた。「そう？」

「ああ。きみの唇を見ているとね。そこから飛びだしてくることばは別として」

「今日のあなたは危険な綱渡りをしているわ、殿下」アリアドネはからかうように言った。

「とても危険な」

だがルパートはアリアドネの挑発に乗らず、声をあげて笑った。

しばらくしてアリアドネも笑った。「それで、どうやって手綱を持つの？」

三十分後、アリアドネは速歩《はやあし》をしていた頼もしい二頭の馬の速度を落とし、ゆっくり歩かせた。公園の通路に沿って馬車を進めながら、慣れない動作で力がはいっていたせいで、腕がかすかに痛むのを感じた。

「その調子だ、アリアドネ」ルパートは励ますように言った。「見事だよ。今回がはじめてだとは信じられない。きみには生まれ持った才能がある」

アリアドネは微笑んだが、まだよそ見をする余裕がなく、視線は前方に向けたままだった。こうして実際に手綱を握るまでは、馬車の運転はそれほどむずかしいことではないと思っていた。でもそれは大きなまちがいだった。馬車を動かすには驚くほどたくさんの技術が必要で、安全に走らせるためには、そのすべてをうまく連動させなければならない。

だがなにより大切なのは、馬と気持ちを通いあわせることだ。この馬たちはアリアドネの動きやしぐさにとても敏感で、かすかな不安や迷いまで読みとっている。だが初心者のアリアドネがまちがった動きをしてもけっして動揺せず、やさしく見守っているかのようだ。こんなに忍耐強い馬たちは、めったにいないだろう。

何度か試行錯誤しただけでアリアドネはこつをつかんだ。最初の一分はルパートから与えられた山のような指示を思いだそうと必死だったが、すぐに難なく角を曲がることができ、その瞬間にすべてがすとんと腑《ふ》に落ちた。

アリアドネは慎重に馬車を通路の左端に寄せてとめた。そしてようやく喜びを表に出した。満面の笑みを浮かべてルパートを見る。

「よくやった」ルパートは言った。「すばらしい」

アリアドネは顔が輝き、心臓が早鐘を打っていることにふと気づいた。「ありがとう、殿下。とても……興奮したわ」

「楽しめたかい」ルパートは片方の眉をあげて訊いた。

「ええ」アリアドネは即答し、そのことに自分でも驚いた。「その、道からはずれないように馬車を動かすこつをつかんでからは。混んだ通りでわたしに手綱を渡さなかったあなたは正しかった。いまごろふたりとも天に召されていたかもしれない」

ルパートはアリアドネの目を見た。「もう一度言ってくれないかな」

「ふたりとも天に召されていたかもしれないと？」彼女は困惑した。

「いや、ぼくが正しかったという部分を。きみの口からそんなことばを聞いたのは、憶えているかぎりはじめてだ」

アリアドネはルパートをじろりと見た。「二度と聞けないかもしれないから、この瞬間を味わってちょうだい、殿下」

ルパートは首を後ろに倒し、低い笑い声をあげた。太陽の光を受けて青い瞳が輝いている。

アリアドネはルパートの隣りですっかりくつろいでいる自分に驚いた。これまで犬猿の仲だったのが嘘のようだ。でもこうしてルパートのそばにいて、気持ちが安らいでいるのはほんとうだ。だれかと一緒にいてこんなに気が楽なのは、彼女にとってめずらしいことだった。そしてもうすぐ、自分たちはもっと親密な関係になる。彼に純潔と信頼を捧げるのだ。

まさかこんなことが起きるなんて。

エマの言ったとおりになるのだろうか。もしかするとルパートと友だちどうしになれる？

「そろそろ休憩は終わりにして」思ってもみなかった感情がこみあげ、アリアドネはぶっきらぼうに言った。「つぎはどこへ行きましょうか。それともう屋敷に帰る?」

「きみが帰りたいならそうするが」ルパートは問いかけるような目でアリアドネを見た。「街中へ出てみようと考えていた。行きたいところがあるんだ」

「そうなの? どんなところ?」

ルパートの唇にかすかな笑みが浮かんだ。「行ってからのお楽しみじゃだめかな」

アリアドネは一瞬、考えた。「うれしい驚きは嫌いじゃない。いいわ、殿下。そうしましょう」

「ルパートだ」ルパートはおだやかな声で言った。

アリアドネの手を取って顔の前へ持っていき、手袋の縁からのぞいた素肌にくちづけた。

「ふたりきりのときは、名前で呼びあうことにしよう」

アリアドネははっと息を呑み、手首の内側で脈が激しく打っていることをルパートに気づかれないよう願った。「わかったわ、ルパート、ルパート、わたしをあっと言わせてちょうだい」

ルパートの笑みが広がるのを見て、脈がさらに速くなった。「手綱を握るかい? きみの手綱さばきは見事だった。少しなら街中を走ってもだいじょうぶだろう」

アリアドネは首を横にふった。「褒めていただいてうれしいけれど、街中を走るのは次回に取っておくわ。あなたにおまかせしてもいいかしら」

「わかった、そうしよう」ルパートは手綱を持った。「一度の授業でなにもかもやる必要はない」

アリアドネは上目遣いにルパートを見た。

ルパートは手綱をひとふりして馬を動かし、門へと向かった。

二十分後、ルパートは石造りの大きな屋敷の裏手にある厩舎に馬車をとめた。そこはロンドンの西のはずれで、見わたすかぎり平原がつづき、古風で小さな村がいくつかあるだけの人口の少ない地域だった。

「どなたのお屋敷？　だれかを訪ねるの？」アリアドネは訊いた。

ルパートは顔をあげ、アリアドネの明るい緑の瞳に好奇心と興味が浮かんでいるのを見て取った。「ここは友人の屋敷で、いつでも自由に使っていいと言われているんだ。いま彼は留守にしている」

「まあ」アリアドネの目がかすかに見開かれた。

「必要最小限の使用人しかいない」ルパートはつづけた。「敷地内の小さな田舎家に管理人が住んでいるだけだ。ぼくたちふたりきりと言っていい」

ひざの上で両手を握りあわせ、アリアドネは視線を落とした。

ルパートは手の甲をアリアドネのあごにあて、自分のほうを向かせた。「ぼくの大胆なアリアドネはどこへ行ったんだ？　まさか怖いわけじゃないだろう？」

「もちろんちがうわ」彼女は言った。「今日だとは思ってなかっただけ。まだ昼間なのに」

「そうか、でもいまがいちばんいい時間帯だ。なんでもよく見えるからね」

アリアドネの顔に浮かんだ表情に、ルパートは声をあげて笑った。口ではいろいろ言っていても、彼女はまだこんなに純情なのだ。

そして自分はそんな彼女を堕落させようとしている。

ルパートは嘆息しそうになるのをこらえ、このままリンドハースト邸へ引き返さなくてもほんとうにいいのだろうかと考えた。しかし、約束どおり自分が恋人にならなければ、一度言いだしたら聞かないアリアドネはほかの男を探そうとするだろう。そしてさんざん利用されたあげく、あっさりと捨てられて、身も心も名声も傷つくかもしれないのだ。

それにルパート自身もアリアドネを求めていた。一緒に過ごす時間が長くなればなるほど、肉体の快楽を教えるという常軌を逸した約束を守りたくなっていた。

彼女が欲しい。

「緊張しなくていい」ルパートは言った。「きみを誘惑するためだけにここへ連れてきたわけじゃない。ピクニック用の軽食を馬車に積んである。まずは食事をしよう」

「ええ、そうね」アリアドネの声は少しかすれていた。「すてきだわ」

ルパートはまた笑いそうになった。昨夜、寝室に来てという誘いに乗っていたら、彼女はきっとおどおどしていたにちがいない。

ルパートは口もとをゆるめて馬車から飛びおりた。アリアドネが降りるのを手伝おうと、腕を伸ばしてほっそりしたウエストに両手をかけた。彼女を地面におろすあいだ、その顔から目を離すことができなかった。つばの広い帽子の影が落ちてはいるものの、アリアドネの瞳は、牧草地でおだやかに揺れる六月の草よりもあざやかな緑色だ。肌はすべすべで、そばの庭に生えているバラのようなにおいがする。

いますぐキスをしたい。もう先に延ばしたくない。だが厩舎はそれにふさわしい場所ではない。

ルパートはしぶしぶアリアドネを放した。

馬丁がいないので、馬の世話をするのはルパートの役目だった。皇太子として生まれたにもかかわらず、ルパートは小さいころからたくさんの動物の世話をしてきた。それが王族の沽券《こけん》にかかわるなどと思ったことは一度もなかった。むしろ、動物たちの世話をするのは楽しかった。彼らは正直で嘘をつかない。好き嫌いもはっきりしている。人間以外の生き物が相手なら、下心があるのではないかなどと勘ぐらなくてすむ。

皮肉なことに、アリアドネについても同じことが言える。もっとも、馬や犬や猫にたとえられたら本人は気を悪くするかもしれない。だが彼女は愚かな人間を許さないし、だれが相手でも本音をはっきり言う。その結果、どのような事態が待ち受けていようとも、だ。でもだからこそ、自分たちはこうしてここにいるのではないか。アリアドネが社交界のしきたりを無視し、自分の気持ちに素直にしたがおうとしたからだ。人の好き嫌いについても、アリアドネははっきりしている。

最近のルパートのことはどう思っているだろうか。一カ月前であれば、まちがいなく〝嫌い〟の部類にはいっていただろうが、いまはどうなのか。

ルパートは馬に水をやり、厩舎のそばの日陰につないだ。そこなら涼しくて、のんびりと草を食《は》める。つぎにピクニック用の籐籠を馬車からおろして腕にかけた。アリアドネに歩み寄り、なにも言わずにその手を握ると、屋敷へ向かって歩きだした。

だが屋敷のなかにはいるのではなく、建物をぐるりとまわって、高い石壁に取りつけられた飾り気のない木の扉の前で立ち止まった。掛け金をはずして扉をあけ、こぢんまりした庭へアリアドネを案内した。

「まあ、なんてきれいなの」アリアドネは言った。「花の甘いにおいがする。ああ、まるで蜂蜜のにおいみたい」ルパートの手を放して草花の生い茂る庭の奥へと進み、そこかしこで足を止めては花をながめた。花蜜を集めて飛びまわる蝶のようだ、とルパートは思った。

そしてその姿に見入った。

庭の扉がしっかり閉まっていることを確認してから、あたりを見まわしてちょうどいい場所を探した。

アリアドネが手入れの行き届いた庭を見てまわっているあいだに、ルパートはやわらかい芝生の上に大きな敷物を敷いた。すぐそばに巨木があり、葉の生い茂った枝が頭上に広がって、強い陽射しをさえぎっている。木漏れ日が敷物にまだら模様を作り、そよ風が吹くたびにその模様が揺れて形を変える。

ルパートは籐籠のふたをあけ、軽食を取りだした。

「おいしそう」アリアドネがいつのまにかそばにいた。

「ああ、エマの料理人は一段と腕をあげたようだ」ルパートは料理を手で示した。深皿にはいったパテ、ロブスターとクレソンのサンドイッチ、ウズラのデビルドエッグ（かたゆで卵を縦に切り、黄身をマヨネーズ・香辛料と混ぜあわせて白身に詰めた料理）、新鮮なイチゴ、熟成チーズなどがならんでいる。「まだほかにもある」

「すごいわね、こんなにたくさん。わたしも手伝うわ」アリアドネはひざをついた。色あざやかなスカートがふわりと広がるさまに、ルパートはついさっきまで彼女が愛《め》でていた花々を連想した。

ふたたび籐籠に手を入れた。

アリアドネも同じことをした。籠のなかで手と手が触れあった。

ふたりはさっと視線をあげ、互いの目を見つめた。アリアドネののど元の透きとおった肌の下で、脈が打っているのがかすかに見て取れる。ルパートはアリアドネの手を握り、指をからみあわせた。やわらかな手のひらに親指でゆっくり円を描く。

アリアドネの唇が開き、脈が速くなったのがわかった。

ルパートは微笑んだ。「どっちにする？　パン、それともワイン？」

「いまなんて言ったの？」アリアドネは息をはずませて言った。

「パン？」親指でふたたび円を描くと、彼女の手が震えるのが伝わってきた。「それともワイン？　どっちも籠のなかにはいっていると思う。どうする？」

アリアドネは目をしばたたいた。「パン。いえ、ワイン。ど――どっちでもいいわ」

ルパートはもう少しでその手を強く引き寄せそうになった。籐籠をどかし、軽食などほうっておくのだ。ピクニックを省略して、いますぐアリアドネを敷物の上に押し倒したい。

だがまずは食事をしなければ。お楽しみはそのあとだ。

ルパートは手を離した。「それじゃあぼくがワインをあけよう。パンはきみにまかせる」

アリアドネは籐籠のなかをのぞき、ぼうっとした頭をすっきりさせるようにかすかに首をふった。

ルパートは胸のうちでにやりとした。負けん気が強く、一見恐れ知らずのアリアドネ王女の心をかき乱す力が自分にあったとは。もっと激しくかき乱すのが待ちどおしい。

慣れた手つきでコルク抜きを二、三度ひねり、ワインの栓をあけた。アリアドネが今朝焼いたばかりのパンを取りだし、磁器の皿や銀器やグラスをならべている。

「ほら」ルパートはグラスに金色のワインを注ぎ、アリアドネに差しだした。「感想を聞かせてくれ」

アリアドネはグラスを受け取ると、まず顔に近づけて香りを確かめてから口に含んだ。

「ああ、おいしい」もうひと口飲む。「果実の風味が強いけど甘すぎないわ。今日の食事にぴったりね」

「気に入ってくれてよかった」ルパートは自分のグラスにも注いだ。「ぼくが造ったワインなんだ。ローズウォルドの王室所有の農場でね。試作品のひとつだが、国産のブドウに、フランスとスペインから取り寄せたブドウをかけあわせてみた」

「ほんとうに？　あなたがワイン造りに興味があるとは知らなかった」

「つまり、飲むほうにしか興味がないと？」

アリアドネはくすくす笑った。「ええ、あなたには摂政としてやるべきことがたくさんあるでしょう。でもまさか、ワイン造りも公務のひとつだったとはね」

「だれにでも気晴らしは必要だ。ぼくたち王族にも」

アリアドネはうなずき、またワインを口にした。

「健康を損なう前、父は農作業を楽しんでいた」ルパートは言った。「ジャガイモの栽培がとくに好きだった。育てがいがあると言ってね。ぼくがまだ子どもだったころ、父がピッチフォークとシャベルを持って宮殿の裏にある農場へ行き、自分で土を掘り返していたのを思いだすよ。もちろん使った耕具を片づけて、泥のついたジャガイモでいっぱいの籐籠を厨房へ運ぶのは使用人の役目だったが」

ことばを切り、グラスを口に運んだ。

「母はそんな父にあきれていた。廷臣のなかにも眉をひそめる者がいたよ。いつしか父は〝ジャガイモ王《カルトッフェルン》〟として知られるようになったが、さすがに面と向かってそう呼ぶ者はいなかった。でも農場にいるときの父は幸せそうだった。もし皇太子に生まれなかったら、農夫になっていたかもしれないな。ぼくもその血を受け継いでいるようだが、あいにくジャガイモにはあまり興味がない。料理されて皿に載ったものは別として」

「なんてすてきなお話なの。エマはどうして話してくれなかったのかしら」

「まだ小さかったから、よく憶えていないんだろう。妹がようやく歩きはじめたころ、父はすでに体調を崩していたし、母が亡くなってからは完全に農作業をやめた。それにしても、あのころの父のことを思いだすのは久しぶりだ。いまはすっかり衰弱しているから、むかしのたくましかった父を忘れかけていた。雄牛のように大きくて強かった。ぼくをひょいとほうり、肩にかついで歩いていたよ」

ルパートはワインを飲みながら思い出にふけった。

気がつくと、敷物についた手にアリアドネが手を重ねていた。「お気の毒に。つらいでしょうね」

ルパートはアリアドネの目を見つめた。「ああ、きみならわかってくれるだろう。だがきみの経験したことにくらべたら、ぼくのつらさなどなんでもない。きみはあまり口に出さないが、ご家族を失って悲しい思いをしていることはわかってる」

アリアドネの顔を暗い影がよぎるのを見て、ルパートは言わなければよかったと後悔した。彼女は両親ときょうだいを殺された悲しみをけっして表に出さず、気丈に生きてきた。なかなか人に心を許さないのは、そのことが原因なのかもしれない。だれに対しても一定の距離を置いて接しているが、ときどき親友のエマとマーセデスとのあいだにさえも、壁を作っているように感じることがある。

「ええ、とてもさびしいわ」アリアドネは手を離した。「でもいくら悲しんでも亡くなった人は帰ってこない。人は過去にとらわれるのではなく、未来を見なくちゃいけないわ。家族だってわたしがいつまでもめそめそしていたら心配すると思う。それがわかっているから、わたしは人生を楽しんで生きていくことに決めたの」

アリアドネはひとつ大きく息を吸った。「それはそうと、早く食べないとせっかくのお料理がだめになってしまうわ。いただきましょうか」

ルパートは目の前にならんだ料理をながめた。「そうしよう。さあ、もっとワインを飲んで」アリアドネのグラスにお代わりを注いだ。

アリアドネは皿を手に取った。「ロブスターのサンドイッチはいかが?」

「それとパテを頼むよ」ルパートは微笑んだ。

ふたりは軽食を食べながら世間話をした。

ルパートは、どうしてアリアドネにあんな話をしたのか、自分でもよくわからなかった。元気だったころのことも含めて、父のことはふだん口にしないようにしている。でもアリアドネが相手だと、なぜか素直に話せる。

湿っぽい雰囲気を変えようと思い、ルパートは祖国の宮殿やイングランドの宮殿にいる変わった廷臣の話をした。

アリアドネもとっておきの話を披露した。

やがてふたりは声をあげて笑っていた。

「ワインのお代わりは?」ルパートはワインを手に取った。色つきの瓶を日にかざすと、二センチばかり残っている。「グラス一杯ぶんもない。残すほどでもないだろう」

「やめておくわ」アリアドネは首を横にふった。「いえ、やっぱりいただこうかしら」

堂々とグラスを差しだした。

ルパートがワインを注いだ。

アリアドネは首を後ろにそらしてゆっくりワインを口に含んだ。白鳥のように気品ある首の線だ。彼女をながめていると飽きない。なにごとも無邪気に堂々と楽しんでいる。いまはワインとおいしい料理で満たされているからなおさらだ。

グラスがほとんど空になり、アリアドネが背筋を伸ばしたかと思うと、大きな音をたててしゃっくりした。少女のように笑いながら口に手をあてる。「失礼」

二本めをあけるべきではなかった、とルパートは思った。でもほとんど自分が飲んだので、アリアドネは酔っぱらうほど飲んでいないはずだ。とはいえ彼女がどれくらい飲めるのか、正確なところは知らない。舞踏会や晩餐会でワインを口にするところを見たことはあるが、実際に飲んだ量までは気にしていなかった。もしかして、ワインにはあまり強くないのだろうか。

ルパート自身はすっかりくつろいだ気分だった。だが酒には強いので、これぐらいではまだまだ酔わない。

アリアドネが早くしらふに戻ればいいのだが。このままでは帰ってから彼女を酔わせた言いわけをしなければならなくなる。運がよければ、エマとニックはまだハムステッドの地所の競売会場にいるだろう。今日の午後、ニックの叔母に頼まれて一緒に行くことにしたのだ。ルパートとアリアドネも誘われたが断わった。エマたちはおそらく帰り道に早めの夕食をとるだろうから、時間はまだたっぷりある。

ただし、アリアドネの酔いがひどければ話は別だ。その場合はすぐにリンドハースト邸へ連れて帰り、一回めの授業はまたの機会にしなければならないだろう。

自分は女性の隙を狙うような男ではない——少なくとも、弱みにつけこむようなまねはしない。

アリアドネがまた、おかしくてたまらないというように笑っている。こんな彼女を見るのははじめてだ。グラスを傾け、おおげさなしぐさで底に何滴か残ったワインを飲み干す。ルパートは首を横にふって嘆息し、皿を籐籠に戻しはじめた。

「なにをしているの?」アリアドネが言った。「まだイチゴを食べたいのに」身を大きく前に乗りだし、熟れたイチゴに手を伸ばした。

それをまっすぐ口に運ぶと、真っ赤な実に舌をはわせてから、小さな緑のへたのすぐ下までかじった。

ルパートはイチゴを食べるアリアドネから目を離すことができなかった。唇が濡れてピンクに染まり、まるでキスを誘っているようだ。

「ああ、おいしい! あなたも食べたら」

「いや、もう結構だ」ルパートは欲望を抑えて後片づけをつづけた。

「もう結構だ」アリアドネは低い声でまねて茶化した。「あなたってつまらない人ね、ルパート」

ルパートは半笑いでアリアドネを見た。「飲みすぎたようだね」

「そんなことないわ。でもたとえそうだとしても、だれの責任かしら。わたしにせっせとワインを勧めたのはあなたよ」

「きみが酒に弱いとは知らなかったんだ」

アリアドネはふたたびイチゴを手に取った。「はい。どうぞ」

「ありがとう、でも遠慮しておく」

「いいから」勢いよくひざをついてルパートに近づき、アリアドネはイチゴを差しだした。

「食べて」

ルパートは顔をそむけて籐籠のふたを閉めた。

アリアドネは甘いにおいのするイチゴをルパートの口の前でふった。「王女としての命令よ。食べなさい！」

「命令だって？」ルパートは愉快そうに言った。「きみはぼくが何者か忘れたのかな」

「あなたこそ約束を忘れてるじゃないの。せっかくふたりきりになったのに、キスもしないなんて。そして今度は、わたしが勧めたイチゴを断わってる。わたしと恋人どうしになるのをやめたの、殿下？　このままリンドハースト邸に帰って、ほんとうに馬車の練習だけをしていたふりをしましょうか。あなたの気が変わったのなら、わたしはすぐにでも別の相手を探すわ」

ルパートは欲望の高まりとともに、もうひとつ別の強い感情を覚えた。酔いが言わせたことだとわかってはいるが、いまのことばは聞きのがせない。

別の相手を探すだと？　そんなことは許さない。

アリアドネのウエストに手をかけてその体をぐっと引き寄せた。さっきまでの高潔な考えは、風に吹かれたように消えていった。

「今度、別の相手を探すなどと言ったら」ルパートは警告した。「ぼくはなにをするかわからないぞ」あごの下で結んである帽子のリボンをつかみ、乱暴に結び目をほどいた。

アリアドネははっと息を呑んだ。持っていたイチゴが地面に落ちた。

「ほかの恋人を作ることは許さない」ルパートは帽子を脱がせて脇にほうった。「きみの恋人はぼくだけだ」

そう言うと頭をかがめて唇を重ねた。

11

アリアドネは頭がくらくらしたが、それはワインを飲みすぎたせいではなかった。ルパートのくちづけのせいだ。震えるまぶたを閉じて彼の胸にもたれかかり、めくるめくひとときに夢中になった。

ルパートが思うほどアリアドネは酔っていなかった。ただ、緊張がほぐれて、いつもよりさらに大胆になっていた。アリアドネは吐息をつき、ルパートにうながされるまま唇を開いて彼の舌を招きいれた。

なんていけなくて、なんてすてきなキスだろう。

彼はキスの天才だ。

こんなキスで誘惑してくれる男性がいるとは夢にも思っていなかった。心臓が激しく鼓動を打ち、口から荒い息がもれている。

アリアドネからこうした反応を引きだしたのは、ルパートがはじめてだった。キスの試験をしているとき、恋人候補者のひとりかふたりが舌を入れようとしてきたことがあったが、そのときは嫌悪感しか覚えなかった。

でもルパートが相手だと嫌悪感はみじんも湧いてこない。むしろその反対だ。

このキスが好きでたまらない。

アリアドネは小さくあえいだ。ルパートが唇を軽くなぞったかと思うと、舌と舌をからませて官能的に動かしている。アリアドネは恍惚とした。

気をつけないと、彼のキスの中毒になってしまいそうだ。

敷物の上に押し倒されたときも、アリアドネは抵抗しなかった。頭上に広がる枝のあいだから射しこむ日光がまぶたと頬にあたっていたが、うっとりするあまり、そのことにもほとんど気がつかなかった。

ルパートは彼女の顔にキスの雨を降らせた――額、こめかみ、まぶた、頬、鼻、あご。それからのどにもくちづけた。のど元でいったん動きを止め、しばらくそこに顔をうずめた。シルクのような金色の髪がアリアドネのあごの下をくすぐっている。

つぎにルパートは唇を開き、やさしく、だがじっくりとのどの肌を吸った。アリアドネはつま先までぞくぞくし、反対側にも同じ愛撫をしてもらおうと首を傾けた。

「さっきから思ってるんだが」少ししてルパートはささやいた。「ドレスのボタンが邪魔だ。はずしてもいいかな」

アリアドネは薬を飲んだときのように重いまぶたをあけた。「でもここは屋外よ。た――

建物のなかにはいったほうがいいんじゃないかしら」

だがそう言いながらも、ほんとうは動きたくなかった。あまりに気持ちがよくて、体がバターのようにとろけそうだ。正直なところ、歩けるかどうかも自信がない。

「ここにはぼくたちふたりしかいない」ルパートは耳のすぐ下にくちづけた。そこが感じやすい場所であることを、アリアドネははじめて知った。「管理人も来ないから心配はいらない」

「そうなの？」アリアドネはかすれた声で言った。「気がきく人ね」

ルパートは低く笑った。

アリアドネの肩から後ろへ手をすべらせ、ドレスの背中にならんだボタンを探った。慣れた手つきで上のほうのボタンをいくつかはずし、短い袖を腕の途中までおろした。

白いシルクのシュミーズとコルセットの下で、アリアドネの胸の先端がうずいた。ルパートは頭をかがめると、片方の胸のふくらみにじっくり唇をはわせた。それからもう片方の胸に移り、そちらにも丹念にくちづけた。彼が胸に口をつけたまま、なにかをささやいた。アリアドネはまた同じ愛撫をされるのだろうと思ったが、予想に反し、ルパートはさっき唇をはわせたところを今度は舌でなぞりはじめた。

アリアドネはあえいだ。体が熱く燃えあがり、まぶたが重くなっていく。ルパートは下着の線ぎりぎりまで舌をはわせたかと思うと、いきなりシュミーズの下に手を入れて片方の乳房をむきだしにした。アリアドネはとっさに胸を隠そうとした。ところがひっかかった袖が邪魔をして腕を動かせず、自分がいま、文字どおり彼のなすがままであることを思い知った。

落ち着くよう胸に言い聞かせる。もともとこれは自分が求めていたことではないか。ルパートの恋人になり、知らなかった快楽の世界へと足を踏みいれる。たとえ内心では不安でも、自分はいつだって恐れ知らずに生きてきた。

だから今回も怖がるのをやめよう。このひとときに身をゆだねるのだ。

アリアドネは覚悟を決め、ルパートが美術品でも鑑賞するように、自分の胸をしげしげとながめるさまを見ていた。彼のとろんとした青い目に欲望が浮かんでいる。こうして太陽の下で乳房をあらわにされ、男の人に――ルパートに――見つめられるのは不思議な感覚だ。

「きれいだ」ルパートは言った。「想像したとおり、あわいピンクとクリーム色の肌をしている」

「想像したとおり？　思い浮かべたことがあるの？」

ルパートの目がきらりと光った。「ああ、もちろん。ほかにももっといろんなことを思い浮かべている。これはまだほんの序章だ」

親指の先で乳首をさすられ、アリアドネはぞくぞくした。胸の先端がつんととがって硬くなり、ピンクの色が濃くなった。

ルパートは笑みを浮かべてまた乳首をさすった。指を前後に動かしたあと、円を描くようになでた。

アリアドネの唇からすすり泣きに似た声がもれた。彼の指が動くたびに太ももの奥が激しくうずいている。

ルパートが乳房の下側に手を入れ、その重さと形を確かめるように包んだ。大きな手にすっぽりおさまった胸を、彼は満足げに愛撫した。敏感になった先端を何度も親指でいたぶり、アリアドネを身震いさせた。

それから頭をかがめて乳房を口に含んだ。ピクニックの締めくくりに、とっておきのデザートを味わっているかのようだ。アリアドネの背中が浮きあがり、彼の口に胸を押しつける恰好になった。ルパートは彼女の求めに応じるように、その肌をねっとりと激しく吸った。

アリアドネはしきりに身をよじり、腕をあげようとした。彼に触れたくてたまらない。髪に手を差しこみたい。だがドレスの袖が邪魔で動けない。

「いいから」ルパートがささやくと、温かな息が濡れた肌にあたった。「感じるんだ、アリアドネ」

「で——でも、わたしは……その……ああ——」乳首をそっと嚙まれ、アリアドネの声が途切れた。

「そうだ。もっと求めてくれ。これは好きかな」

そう言うとルパートはもう一方の乳房を下着の下から引きだし、震える肌に舌をはわせて強く吸った。そしてあいたほうの乳房を手でやさしくもんだ。アリアドネの口から甲高い声がもれた。

体じゅうが情熱の炎に包まれている。

「こうされるのが好きかい、アリアドネ」ルパートは胸の先端に歯をあて、それからまた吸った。アリアドネは頭がどうにかなりそうだった。

「え――ええ」

「もっとしてほしい？」

アリアドネはうなずいた。

「ちゃんと口で言うんだ」

「ええ、お――お願い」アリアドネは叫んだ。

「なにをお願いしてるんだ？」

「お願い。もっと」

ルパートは小さく笑った。「きみが懇願するのを聞くのは悪くないな。もう少し聞いていたい」

懇願？　わたしが懇願してる？

いつものアリアドネなら激怒していただろう。どんな状況であれ、ルパートになにかを懇願するなどありえないことだった。でもいまは悦びを感じること以外、なにもできない。彼が欲しい。このままつづけてくれなかったら、狂おしくて死んでしまいそうだ。たとえプライドが傷ついたとしても、この情熱を抑えつけることはできない。

ルパートが乳房から口を離して顔をあげ、濃厚なキスをした。アリアドネは、腕をあげて彼に触れられないことにいらだちながらも、無我夢中でキスを返した。彼にうながされて唇を開き、激しく舌をからませてあえいだ。

ルパートも荒い息をつき、唇を重ねたまま、一方の手で彼女の体をなではじめた。乳房、まだ服に包まれたままの平らな腹部、そして腰や太ももへと手をはわせる。その手がひざで止まった。アリアドネは頭がぼうっとし、彼がスカートのすそをまくりあげていることにもほとんど気づかなかった。ストッキングで覆われた足首とふくらはぎがあらわになっていく。

彼の手がスカートの奥にはいっていった。

「これはなにかな」ルパートはささやいた。「下穿きを着けているのかい、王女様」腰でリボンで結ばれているだけの、薄いシルクの下着をつまむ。

アリアドネはうなずいた。心臓が口から飛びだしそうなほど激しく打っている。「さ――最近の、り――流行なのよ」

「ふしだらだと眉をひそめる人もまだ多いが」ルパートは前の切れこみから手を入れ、太ももにじかに触れた。

アリアドネはぞくりとして唇を噛んだ。

「それでも」ルパートはつづけた。「きみが大胆なものを身に着けていても、驚くことではないのかもしれないな。そもそも、人に見せるためのものじゃないし」

彼はアリアドネの右のひざから太ももの内側へと指をすべらせ、何度もさすった。アリアドネは身震いし、急にことばが出なくなった。

「でもぼくは……」

なんだろう？　アリアドネは陶然として思った。

「……見てみたい気がする」

ルパートはスカートと夏用の薄いペチコートを脚のつけ根まで一気にまくりあげた。

アリアドネははっとし、下を隠そうと身をよじったが、袖がひっかかって手を動かすことができなかった。体の動きに合わせてむきだしの乳房が揺れる。ルパートはしばらくそのさまをながめたあと、ふたたび視線を下へ向かわせた。

彼女は本能的に脚を閉じようとした。いちばん大切な部分は、いまやかろうじて布で隠れているだけだ。

ルパートはのどの奥で低く笑ってアリアドネにくちづけ、耳もとでささやいた。「ぼくの大胆な恋人はどこへ行ったんだ？　まさか見られるのが怖いわけじゃないだろう？」

アリアドネはルパートの青い瞳を見つめた。

そうなのだろうか？

わたしは怖がっている？

これまで自分を臆病者だと思ったことは一度もないし、男女の快楽の世界に足を踏みいれる覚悟もできているつもりだったけれど、まだ慎みが残っていたらしい。でもルパートと恋人どうしになるということは、体に触れるのを許したということだ。彼がキスや愛撫をするだけでなく、生まれたままの姿を見たいと思うのは当然のことだろう。

もしかするとこんなふうに柄にもなく恥ずかしさを覚えるのは、こちらが裸も同然なのに、ルパートがまだ服をぜんぶ身に着けているせいかもしれない──しかもタイにしわひとつ見あたらない。おまけにここは庭なのだ。まさか自分が屋外であられもない姿になるなんて、想像もしていなかった。

ああ、どうしよう。わたしはなにをしているの？

アリアドネは必死にスカートをおろそうとしたが、自由のきかない手では無駄な努力だった。「ほんとうにわたしたちふたりだけ？」

「ああ、そうだ。ぼくがきみを危険にさらすようなことをするわけがないだろう」

ルパートの言うとおりだ。彼なら信用できる。アリアドネはルパートを最初の恋人に選んだ理由を思いだした。

あきらめて体の力を抜いた。目を閉じようとしたが、ふと彼が自分の体をながめるところを見てみたくなった。

気に入ってくれるだろうか？

熱いキスをされて肌がぞくりとした。アリアドネは甘い声をもらしながら夢中で唇を動かした。ルパートがスカートのすそをさらにめくっている。そよ風が吹き、アリアドネの敏感な肌を愛撫のようになでた。

ルパートは片ひじをついた。「うん、すてきな下着だ」笑みを浮かべながら、リボンの結び目の下に指を入れた。「とても……刺激的だよ」

アリアドネは身震いし、荒い息をついた。

ルパートの目がさらにとろんとし、そこに強い欲望の色が浮かんだ。「きみは美しい。ここも」震える太ももに手のひらをあてる。「ここも」頭をかがめて胸に顔をうずめ、左右の乳房に交互にキスをしてから、一方の先端を軽く嚙んだ。

背を弓なりにそらして叫び声をあげた。激しい快感が嵐のように体を吹き抜ける。

ルパートはアリアドネの体をしげしげとながめながら、ゆっくりなでた。太ももからひざへと、じらすように手を動かすと、彼女が歯を食いしばっているのがわかった。お腹もなで、いたぶるような愛撫をつづけた。

アリアドネの体の奥がうずき、脚のあいだに熱いものがあふれてきた。太ももをぎゅっと閉じて、官能的な拷問に耐えた。

ルパートがいったん動きを止め、下腹部に手を置いた。

「脚を開くんだ」指を軽く動かして言った。

アリアドネは衝撃を受けたが、頭とは裏腹に、さらに熱いものがあふれた。体は彼の言うことにしたがいたがっていたものの、すぐにはできなかった。

「いやだったらすぐにやめると約束する」ルパートは言った。

だが問題はそこにあった。アリアドネは触れられるのがいやなのではなく、好きになりすぎてしまうことが怖かった。ただでさえ自分を抑えるのがむずかしくなっているのに、そんなことをしたら、ルパートにすべてを明けわたしてしまうような気がした。

「だいじょうぶだ、アリアドネ」ルパートは小声で言った。「心配しなくていい」

全身が震え、心臓が胸を破って飛びだしそうなほど激しく打っている。アリアドネは観念し、太ももを少しだけ開いた。

ルパートが脚のあいだに手をすべりこませ、秘められた部分に触れた。そして指を一本、奥まで差しこんだ。アリアドネのまぶたが震えた。だが目をつぶることはせず、ルパートの目を見つめつづけた。

ルパートはやさしくゆっくりと指を動かし、彼女の欲望を高めた。

「よく濡れている」

アリアドネは泣くような声で言った。「い――いけないことなの？」

彼は静かに笑った。「いや、まさか。濡れるのはきみが情熱的であることのあかしだ。最初からわかっていたけれど」

ルパートは指をすばやく出し入れした。

アリアドネは唇を噛み、敷物に爪を食いこませてあえいだ。

「そう、それでいい」ルパートは言った。「すべてをゆだねて。ただ感じるんだ」

恥ずかしさも困惑も覚えなかった。こんな悦びがこの世にあるなんて。まぶたが少しずつ閉じ、視界がぼんやりかすんでいく。

親指で禁断の箇所をさすられ、アリアドネはあえぎ声をあげて脚を大きく開いた。ルパートは指を動かす速度をあげ、容赦なく彼女をさいなんだ。

正体のよくわからない欲求に突き動かされて、アリアドネは身をくねらせた。このままではどうにかなってしまいそうだ。

つぎの瞬間、体がふわりと浮いたように感じた。悦びの叫び声が風に乗って流れていく。アリアドネは全身を快感に貫かれ、震えながら絶頂に達した。

世界がぐるぐるまわっているように感じられる。

唇に笑みを浮かべ、快楽の雲間をただよった。

12

ルパートはアリアドネをながめていた。その顔をさまざまな感情がよぎっている。頬が紅潮しているのは、頭上の枝越しに降りそそぐ日光のせいではない。茫然としているが、それは激しい悦びによるものだ。彼女の温かくて湿った内側の肌が指を包んでいる。快楽の余韻で筋肉がときおりぴくりと動くのが伝わってくる。

手を離したほうがいいことはわかっていたが、ルパートはそのままじっとしていた。自分を抑えられる自信がない。股間が硬くなり、解放のときを求めている。いますぐズボンのボタンをはずしてアリアドネを奪いたい。おそらく彼女は抵抗しないだろう。だが自分はアリアドネの純潔を奪わないことを心に誓ったはずだ。いつかアリアドネの気が変わり、結婚しようと思ったときのために。

それにしてもなんて女らしくて官能的な体なのか。まるで目の前にご馳走をならべられ、それを我慢させられている気分だ。だがすべてを食べることはできなくても、少しぐらいの味見は許されるだろう。

それに、欲望が満たされずに苦しいのは事実だが、アリアドネが生まれてはじめて肉体の快楽に打ち震える姿を見ているのは楽しい。これほど美しくて印象的な光景は、ほとんど見た記憶がない。

アリアドネの内側の筋肉がまたぴくりと動き、ルパートははっとした。口もとにいたずらっぽい笑みを浮かべ、どうしようかと考えた。

そのときアリアドネが目をあけた。まだうっとりした表情だが、徐々に現実に戻りつつあるようだ。

ルパートはとつぜん、アリアドネをまだ現実に戻らせたくなくなった。もう少し彼女を欲望で身もだえさせてやりたい。

ルパートはいったん彼女のなかから指を引き抜き、もう一本加えて注意深く差しこんだ。アリアドネの目が見開かれた。すでに濡れていた体がさらにうるおいを増し、つぎの悦びを待ち望んでいるのはあきらかだ。

「ル――ルパート、なにをしているの――もう無理よ」小さな声で言う。

「無理なことはないさ」ルパートは奥まで指を入れて動かした。「だいじょうぶだ」

アリアドネの腰が浮きあがり、そのせいで彼をさらに深く迎えいれることになった。アリアドネはうめき声をあげて体を震わせ、ふたたびまぶたを閉じた。

指を動かしながら頭をかがめ、ルパートは乳房を口に含んだ。ふっくらとした美しい乳房で、大きさもちょうどいい。まるでそれに合わせて造られたように、彼の手にぴったりおさまっている。

ルパートはラズベリーのように赤く色づいた乳首をもてあそんだ。顔をうずめて舌の先で転がした。ライラックと蜂蜜のような甘い味がする。

胸を強く吸われてアリアドネは身をくねらせ、片方のひざを曲げて彼の指を奥まで迎えた。ルパートは左右の乳首を軽く交互に嚙んだ。その一方で、禁断の箇所を親指の先ではじき、円を描くようにさすりはじめた。

しばらくして親指を強く押しつけると、アリアドネが限界に達しつつあるのがわかった。片ひじをつき、彼女が全身を震わせながらクライマックスを迎えるのをながめた。

ルパートは微笑み、アリアドネの頭の下に手を差しこんでむさぼるように唇を吸った。体のほかの部分でも同じことをしたいと思いながら、舌をなかへ差しこんだ。彼女の喜悦の表情を見ているだけで、こちらも絶頂に達しそうだ。しかもこれが自分たちのはじめての逢瀬なのだ。つぎにこうして抱きあうときがいまから待ちきれない。

しばらくしてルパートはアリアドネの体を放した。もうそろそろ帰らなければならない時間だ。二本の指が彼女の蜜で濡れて光っている。だがルパートはすぐにハンカチでふこうとせず、アリアドネと視線を合わせたまま、一方の指を口に含んだ。飴でもなめるように指をしゃぶるのを見て、彼女の目に衝撃の色が浮かんだ。

「うん」ルパートは口からゆっくり指を出した。「おいしい。きみとのピクニックは最高だ、アリアドネ。またぜひ来よう」


その日の午後遅く、アリアドネは湯気をたてている風呂につかり、疲れた体に熱いお湯が染みわたる感覚を楽しんだ。

ひとりになりたかったので侍女は下がらせた。快楽の余韻が体のあちこちに残っている状態では、だれかと一緒にいることなど考えられなかった。

屋敷に着いたとき、エマとニックがまだ戻ってきていないことを知って、アリアドネは心の底から安堵した。もし帰ってきていたら、エマはこちらの顔をひと目見ただけで、なにかがいつもとちがうと気づいていたはずだ。

それはそうだろう。鏡を見れば自分でもすぐにわかる。目はきらきらと輝き、肌は火照って赤くなっている。そしてなによりも、口もとに小さな笑みが張りついて離れない。

ルパートは危険な男性だ——情熱を燃えあがらせるすべを知っている。

いくらちがうと自分に言い聞かせても、胸がどきどきしているのは熱いお湯のせいではない。今日の午後、彼と過ごしたひとときが頭を離れないせいだ。

それにしても、なんてすてきな時間だったのだろう。

自分は悦びを求め、ルパートはそれを与えてくれた。今度はいつ、ふたりきりになれるだろうか。

帰りの馬車で、ルパートは黙って手綱をあやつっていた。練習ではうまくいったものの、アリアドネが手綱を握っていたら、心が乱れて運転に集中できなかったにちがいない。そしてじきに溝にはまるかなにかして、馬車は立ち往生していただろう。アリアドネも帰り道は口数が少なかった。あれだけじっくり愛撫されて満たされたあとで、いったいなにを話せばいいというのだろうか。

それでもいま考えてみれば、ルパート自身は欲望を満たしていなかった。だからあんなによそよそしかったのかもしれない。絶頂を味わうことができなかったから？　もし彼がそう望んだら、喜んで応えていたのに。ただ、どうすればいいのかを教えてくれさえすればよかった。

つぎは今日みたいに、なにもかもを忘れてしまわないようにしよう。自分の欲望を満たすことだけでなく、ルパートのことも考える余裕を持たなければ。

アリアドネは笑い声をもらし、浴槽のふちに頭をもたせかけた。

こんなに急にすべてが変わってしまうなんて。一週間前の自分は、ルパートの欲求のことなどまったく念頭になかった。でもいまはちがう。

どうしてなのだろう。

でもそのことにはなんの意味もない。自分はただ、彼が極上の快楽を教えてくれたから、こちらも公平であろうとしているだけだ。なんといってもルパートは恋人なのだ。自分と同じように、彼にも情事を楽しむ権利がある。

吐息をついて石けんを手に取った。筋肉がうずき、午後の記憶がまたよみがえった。お風呂を出る前に冷たい水を浴びたほうがいいかもしれない。夕食とその後の舞踏会にそなえて、頭と体をしゃきっとさせておいたほうがよさそうだ。

「まあ、なんて人が多いのかしら」その日の夜、エマが言い、彩色の施されたシルクの扇を広げて顔の前であおいだ。

ありがたいことに、アリアドネの顔にも少し風があたった。ふたりは混んだ広間の比較的静かな隅で、椅子に腰かけていた。

エマの言うとおり、この部屋は蒸し暑くて人が多すぎる。だが今夜の舞踏会を主催したレディは、屋敷の広さに対してあきらかに多すぎる客を招くことで有名だった。新聞の社交欄は招待客でごった返したパーティの記事をこぞって書き、彼女はそれを読むのを楽しみにしている。アリアドネが聞いたところによると、記事を切り抜いて帳面に貼っているそうだ。

「めずらしく休憩しているのね」エマは言った。「今夜はずっと踊りどおしなのに」

これもエマの言うとおりだった。アリアドネはつぎつぎとパートナーを替え、ずっとダンスをしていた――ただ、ルパートとだけは踊っていない。

アリアドネは眉をひそめたが、エマが見ているので、無理やり笑顔を作った。「ええ、靴がすり切れそうよ。こうして少しでも休憩できるとほっとするわ」

「わたしも同じよ。いますぐにでも靴を脱ぎたいんだけど、だれかに見られたら困るものね。晩餐のときにこっそりそうしようかしら。エスコートしてくれるのはニックだから、なにも言わないだろうし」

エマとアリアドネはいたずらっぽい笑みを交わした。

「今日の午後、帰ってきたのが遅かったから」エマはつづけた。「聞きそびれていたけれど、馬車の練習はどうだった？　楽しかった？」

アリアドネは目をしばたたいて視線を落とし、扇を開いてごまかした。シルクの扇の後ろに隠れて、乱れた呼吸を整えようとした。

「ええ、楽しかったわ」努めてさりげない口調で言った。「でも思っていた以上にむずかしかった。馬がぐいとひっぱるの。けれどこつをつかんでからは、わくわくした気分で手綱を握ることができたわ」

それはほんとうのことだった。でもその後に起きた熱いできごとのせいで、手綱をあやつった楽しい時間のことをすっかり忘れていた。

「それで、ルパートはあなたをどこへ連れていったの？　一回めの授業はどこで？」

アリアドネはエマの顔を見つめた。不安で脈が乱れている。まさかエマに知られているなどということはないだろう。自分たちが人気のない庭で、ふたりきりで午後を過ごしたことを。そして自分が全裸に近い状態で、夢のような愛撫を受けたことを。いまでも思いだしただけで肌が火照って赤くなる。

「その……ええと……公園よ。グリーン・パーク。まだ空いている時間だったから、周囲の邪魔にはならなかったわ」

エマは淡い金色の眉をひそめた。「なにかあったの？　なんだか……動揺してるみたい。いつものあなたらしくないわ」

「いいえ、なにもないわよ」アリアドネはすぐさま否定した。

エマは渋面を作った。「なにか隠してない？　まさかルパートとけんかになったんじゃないわよね？」

「いいえ。その、まあ、ちょっとした言い争いはあったけれど」そしてキスと愛撫と歓喜の声もあった。

「ああ、アリー。あなたたちの休戦が、せめて今日一日だけでもつづくことを願っていたのに。でもしかたがないわね」

「また一緒に出かけるわ」アリアドネはうっかり口をすべらせた。「これからも授業をつづけてくれるそうよ」そのなかに実際に馬車の授業がどれくらい含まれるかは、よくわからない。でもせっかく苦労していい口実を見つけたのだから、自分たちがまた仲たがいしたことにするのはもったいない。

「ルパートとわたしは軽い口論を楽しんでいるのよ」アリアドネは言った。「だから心配しないで」

「そう」エマは探るような目でアリアドネを見たが、やがてその表情は消えた。「そうね、ふたりとも口論することに慣れているものね。あなたたちがそれでいいのなら、わたしがやきもきすることでもないわ」

アリアドネは笑い声をあげた。エマがその声にぎこちない響きを感じていないことを願うばかりだった。また扇で顔をあおぎ、室内が暑いことに感謝した。これなら頬が紅潮していても不自然ではない。

「見ないでね」エマは言った。「お兄様がこっちへ来るわ。わたしたちが噂話をしていることに気づいたのよ」

「噂をすればなんとやらね」

エマはちらりとアリアドネを見て陽気に笑った。

ルパートが立ち止まり、優雅にお辞儀をした。「エマ。アリアドネ王女」

アリアドネは扇の縁越しにルパートを見て、その完璧な容姿に胸を打たれた。

ひと言で言うと、彼は美しい。それ以外に形容することばが見つからない。金色の髪が気品ある額の後ろにきれいになでつけられ、よけいな装飾のない黒い上着と半ズボンが象牙色の肌を引きたてている。瞳はあざやかな青に輝き、宝石のように謎めいている。

ルパートがこちらを見て微笑み、自分にしかわからない合図をするのではないかとアリアドネは思っていた。

ところがルパートはエマのほうを向いた。今日の午後のことなど、まるでなかったかのようだ。

アリアドネは眉根を寄せた。

「こんなところに隠れていたのか」ルパートはエマに言った。「年配のレディや壁の花に交じって」

エマは笑った。「アリアドネもわたしも隠れてなんかいないわ。ダンスフロアからこんなに近いんですもの。でもこれだけ人が多かったら、たしかに見つけにくいかもね」

ルパートは広間にいる招待客を見まわした。多くの人びとが、壁のそばで肩と肩をくっつけあうようにして立っている。唯一、空いているのはダンスフロアだけだ。「ひどいパーティだな。どうしてぼくを誘ったんだ」

「わたしはなにも言ってないわ」エマは反論した。「今夜はスイスの大使がお見えになるから話がしたいと言ったのはお兄様じゃないの」

「リンドハースト邸へ来てもらえばよかったんだろうが、おまえは外交官や官吏を自宅に招きたがらないだろう」

「あなたは家族を訪ねているのであって、公務をするためにロンドンへ来たわけじゃないでしょう。ローズウォルドに帰れば、いくらでもお仕事をする時間があるわ」

ルパートはやれやれという顔をした。「国家の仕事は、統治者が留守にしているあいだもつづくんだ」

「そうね」エマは言った。「けれど大臣や個人秘書や衛兵がいるし、毎朝、書簡が詰まったかばんだって届いているんだからだいじょうぶでしょう」

彼はにやりとした。「ああ、情報はちゃんと届いている。万が一そうでなかったら、宮殿と議会の人間の首をぜんぶすげ替えてやるさ」

「ええ、でも、いまはとりあえずパーティを楽しんだらいかが？ ダンスはどうかしら。お兄様となら喜んで踊りたいというレディがたくさんいるはずよ」

ルパートはアリアドネに視線を移した。

アリアドネの胸の鼓動が速まった。ルパートはきっとダンスを申しこんでくるにちがいない。そうすれば慣習にしたがって、その後の晩餐も一緒にとることになる。じつを言うと、アリアドネはつぎのダンスをルパートのためにあけておき、何人かの紳士の誘いを断わっていた。そのなかのだれとも晩餐をともにしたくなかった。ルパートと一緒にいたかったのだ。

胸を高鳴らせ、アリアドネは固唾を呑んで待った。

だがルパートはアリアドネから目をそらした。「ああ、つぎのダンスをレディ・サドクリフと約束している」

アリアドネは心臓が止まったように感じた。

レ、デ、ィ、・、サ、ド、ク、リ、フ、ですって！　自分の二十フィート以内を男性が通りかかったら、褐色のまつ毛をしばたたいて青い目でねっとり見つめる、あの名うての未亡人と？　低い声で甘ったるくしゃべり、独特のかすれた笑い声で男性を誘惑するあのずうずうしい女性と？

アリアドネはこれまでレディ・サドクリフのことを歯牙にもかけていなかった。なにしろ品がなさすぎて、一顧だにしたことがなかった。

それなのに、ルパートは彼女とダンスをし、晩餐にもエスコートしようとしている。彼にとって自分と恋人になったのは、なんの意味もないことだったのだ。でもそれはこちらだって同じだ。ルパートとの関係は純粋に欲望にもとづいたもので、それ以上でもそれ以下でもない。

アリアドネは無頓着を装って微笑んだ。ルパートがなにごともないふりをするのなら、自分もそうするまでだ。晩餐の相手をこれからまた探さなければならないのは面倒だが、さっき断わった紳士の全員に別のパートナーが見つかったわけではないだろう。ちょっと愛想をふりまけば、だれか誘ってくるにちがいない。

扇をぱたんと閉じた。「つぎのダンスのお相手がそこにいるみたい。ちょっと行って驚かせてやろうかしら」ルパートのほうを見ずに立ちあがった。「これで失礼するわ」

エマはまた眉をひそめた。「ええ。ほんとうにだいじょうぶ、アリー？　なんだか急に……そわそわして」

「そんなことないわ。部屋が暑いせいよ。どうして窓をあけないのかしら――このお屋敷の女主人は、いまが夏だと知らないのかしらね」

「きっとそのほうがパーティの雰囲気が高まると思ってるのよ」

「男性は汗だくになるし、女性は気を失うかもしれないのにね。幸いなことに、わたしは倒れるほどひ弱じゃないけれど」アリアドネは我慢できずにルパートを見た。「レディ・サドクリフが気つけ薬を持っているかどうか、確かめたほうがいいんじゃないかしら、殿下。あのかたは、ちょっとしたことで倒れると聞いたことがあるわ。つい先週も、公園で小さな犬に吠えられて気を失ったそうよ」

「憶えておこう」ルパートはアリアドネの挑発に乗らなかった。「ではこれで」お辞儀をしてくるりと向きを変え、あっというまに人混みのなかへ消えた。

アリアドネは胸のうちでため息をつき、ふいに強い疲労を覚えた。もうパーティを楽しむ気分ではなく、家に帰りたかった。

それでも自分を鼓舞して笑みを浮かべてみせた。エマがとつぜん立ちあがった。

「見て。ニックが来るわ」

ふたりはニックが近づいてくるのを見ていた。エマの目もニックの目も、互いへの愛できらきら輝いている。

だれかに真剣に愛されるのは、どんな感じなのだろう。

「わたしのダンスのお相手は、きっとどこかで立ち往生してるのね」アリアドネは小声で言い、ニックに挨拶した。「助けに行ってあげなくちゃ。またあとで会いましょう」

「ええ」エマはすでに夫と腕を組んでいた。「楽しんでね」

アリアドネはうなずいて立ち去った。でも今夜、自分が楽しんでいるように見えたとしても、それは芝居にすぎない。

13

アリアドネは羽枕の位置を整えてもたれかかり、腰までかかったシーツをなでつけた。本を手に取ると、しるしをつけていたページを開き、ベッド脇のテーブルに置かれた小さな燭台の明かりで読みはじめた。みな自分の寝室へ下がり、屋敷はしんと静まりかえっている。舞踏会から帰ってくると、侍女が起きて待っていた。アリアドネはドレスを脱ぐのを手伝わせてから、明日の朝は遅くまで寝ていていいと言って、眠そうな顔をした侍女を下がらせた。

遅い時間にもかかわらず、アリアドネは目がさえて眠れなかった。そこで本でも読んで気分を変えようと考えた。ところが、なかなか文字が頭にはいらず、気がつくと今夜の舞踏会のことばかり考えていた。

そして、いらだたしげに息をついた。あごを引き締め、ふたたび本に目を落とした。

十分後、あきらめて本をぱたんと閉じ、脇のテーブルへほうった。なんとか眠る努力をしてみよう。ろうそくを消して部屋を暗くすれば、睡魔がやってくるかもしれない。

アリアドネは火を消そうと身を乗りだした。そのとき扉のほうからかすかな音が聞こえた。あまりに小さい音だったので、アリアドネは一瞬、空耳かと思った。

ぎょっとして耳を澄ませた。

取っ手がまわり、ルパートがはいってきた。静かに扉を閉めて鍵をかける。

ローズウォルド王室の紋章が胸に金糸で刺繍された濃紺のガウンを着て、腰にベルトを巻いている。室内履きを履いているが、その下は素足で、筋肉質のふくらはぎがのぞいている。

湿った髪をきれいにとかし、ひげも剃ったばかりのようだ。

ルパートはまるで毎晩こうしているかのように、静かだが自信たっぷりの足どりで部屋の奥へ進んだ。

アリアドネは口をあんぐりあけたが、気を取りなおして言った。「いったいなんのつもり？」

ルパートはベッドのそばまで来てからようやく立ち止まった。「わかっているだろう。授業のつづきをしようと思ってね」

さっきまでずっと無視していたくせに？　冗談じゃないわ。

アリアドネは腕組みをした。「おあいにくさま。ちょうどベッドにはいろうとしていたところよ」

ルパートの唇の端があがり、どきりとするような笑みが浮かんだ。「ベッドならもうはいっているじゃないか。どうして髪を編んでるんだ?」

「寝るときはいつもこうしてるの」

「つぎからはやめてくれ。髪はおろしたままのほうが好きだ」

「あなたの好みなんてどうでもいいわ。疲れたから眠りたいの。出てって、殿下」

アリアドネは手で追いはらうしぐさをした。

ルパートはそれを無視し、ガウンのベルトに手をかけた。さっさとほどいてはずし、ガウンを脱いでそばの椅子にかけた。

アリアドネの目が釘づけになった。がっしりした肩、彫像のような胸、長い腕、平らな腹部。男性の裸の上半身を見るのはこれがはじめてだ——数えきれないほど見てきた絵画や彫像を別にして。でも本物は、複製とはくらべものにならない。

ごくりとつばを飲み、アリアドネは乱れた息をつきながら視線を下へ向かわせた。

上質の綿の下穿きが引き締まった腰を包んでいる。胸や手脚にうっすらと生えた金色の毛のせいで、やわらかなろうそくの光のなかに立っていると、全身が輝いているように見える。いつもと変わらず美しい。

ルパートはアリアドネの表情を見て微笑んだ。「昼間、きみが下着を見せてくれたから、今度はぼくの番だと思ってね。いまは穿いていないだろうね?」

アリアドネの頬がかっと赤くなった。

これは怒りのせいだ、と自分に言い聞かせた。厚顔無恥なルパートに腹が立っているだけだ。

「ええ」アリアドネは精いっぱい冷たい声音で言った。「ガウンを着て出ていって。今夜はそんな気分じゃないの」

「ほんとうかい？」ルパートはネグリジェを着たアリアドネの上半身に視線を移した。「きみの胸の先端はちがうと言っているようだが」

アリアドネは裏切り者の乳房を隠したくなるのを、必死で我慢した。あごをつんとあげてみせる。「肌寒いだけよ」

ルパートは首を後ろに倒して笑った。「きみはかわいい人だ、アリアドネ。どうしてもっと早く気がつかなかったんだろう」

「かわいいですって？」アリアドネは皮肉めいた口調で言った。「舞踏会ではそんなふうに思っているように見えなかったけど」

「それで怒っているのか。ぼくがダンスを申しこまなかったから？」

「まさか」アリアドネは鼻で笑った。「女性と戯れたいなら、レディ・サドクリフのところへ行ったら？」

ルパートはアリアドネの顔をしばらく見つめた。「つまりきみは、ぼくがほかの女性と会ってもかまわないと言うのかい。きみと――」二本の指を意味ありげにふる。「――付き合っているのに?」

アリアドネは単刀直入に言った。「わたしとの約束を守ってくれるなら、あなたが愛人を作ろうがどうしようがかまわないわ。どうせわたしたちは体だけの関係なんだし」

短い沈黙があった。「きみはとてもものわかりがいいんだな。世間の多くの女性とはちがって」

アリアドネは肩をすくめてシーツに目を落とした。「わたしは現実的なだけよ」ふいにひどい疲労感に襲われた。「もうくたくたなの、殿下。明日にしない?」

シーツを指でもてあそび、ルパートが出ていくのを待った。

だがルパートはさらにベッドに近づき、アリアドネの隣りに腰をおろした。編んだ髪に手を伸ばし、リボンをほどいた。リボンを脇へ置いて髪を指でとかしはじめた。ゆるやかな巻き毛が赤いマントのように肩に広がっていく。

「ジェーン・サドクリフとはなんでもない」ルパートはやさしく言った。

「へえ、ジェ、ジェーンと呼んでるの。晩餐のとき、楽しそうにおしゃべりしていたけれど」

たしかにふたりは楽しそうに見えた。アリアドネはパートナーとならんでついた部屋の反対側のテーブルから、ルパートとレディ・サドクリフをこっそり観察していた。

「会話はしたさ。でもほとんど向こうがしゃべっていた。いったん話しだすと止まらなかったよ。ドレスのことならいくら話しても話したりないらしい」

「あら、レディ・サドクリフは口がうまいという噂を聞いたことがあるわ。それともベッドのなかでだけかしら」

ルパートは笑った。「きみのほうが噂話にくわしいな」

ふたたび怒りを覚え、アリアドネはルパートの手をはらおうとしたが、彼は髪を放してくれなかった。アリアドネの目に涙がにじんだ。抵抗しても無駄だとわかり、両手をひざにおろした。

ルパートは編んだ髪を完全にほどくと、地肌から毛先まで指ですいた。

アリアドネは身震いし、うっとりしている自分をいまいましく思った。

「レディ・サドクリフは愛人じゃないよ、アリアドネ。いままで彼女をそんな目で見たことはなかったし、これから先も付き合う気はまったくない」

「そうなの？」

「ああ、そうだ」

「だったらどうしてわたしと踊らなかったの？　なぜよそよそしい態度を？」

「ばかだな、広間にいる全員にぼくたちのことを勘づかれたくなかったからさ。急にきみと親しくすれば、人びとの憶測を呼びかねない。表面的にはいつもどおりにふるまうのがいちばんいいんだ。いままできみとぼくがダンスをしたり、晩餐をともにしたりすることはなかっただろう」

言われてみればそのとおりだった。これまで舞踏会などの社交の場で、ルパートとアリアドネが一緒に過ごすことはほとんどなかった。その自分たちがとつぜん一緒にいるようになったら、社交界じゅうの噂になることは目に見えている。人びとは男女の密会や新しいスキャンダルに、つねに目を光らせているのだ。新たなゴシップの種をこちらから提供することはない。

「ジェーン・サドクリフのような名うての未亡人を」ルパートはアリアドネの豊かな長い髪を指でとかしながら言った。「晩餐にエスコートすれば、周囲の目をごまかせると思った。どうやらその作戦は少々うまくいきすぎたようだな。きみまで誤解させてしまったとはね」

「社交界の人たちに、ジェーン・サドクリフが愛人だと思わせておこうと?」

ルパートは肩をすくめた。「彼女じゃなくても、似たような相手ならだれでもいい。みんなその話に飛びつくだろうから、きみに矛先は向かないだろう」

アリアドネはルパートの言ったことについて考えた。「ということは、わたしはあなたの愛人なの?」

「興味深い質問だ」ルパートは親指でアリアドネの下唇をそっとなでた。「きみをどう呼んだらいいのか、よくわからない」

彼女はぞくぞくし、快感が体に広がるのを感じた。

「いまは恋人と呼ぶのがいちばんいいだろう」

ルパートは大きな手のひらでアリアドネの頬を包み、腰をかがめてこめかみにくちづけた。

「それで、どうなの？」アリアドネはついに言った。

「どうって、なにが？」ルパートはのどにキスをした。

「あなたにはそういう相手がいるの？　本物の愛人が」

アリアドネは自分がほんとうにそのことを知りたいのかどうか、よくわからなかった。でももし彼に愛人がいたとして、それが自分にとってなんの意味があるのだろう。ふいに大きな意味があるような気がして、アリアドネは愕然とした。

ルパートはいったんキスをやめ、体を離してアリアドネの目をまっすぐ見た。「二人以上の女性と同時に付き合える体力がぼくにあると思ってくれているのなら、じつに光栄なことだ。ロンドンを横断して別の屋敷を訪ね、毎日の予定をこなし、その合間を縫って食事と睡眠をとるわけだからね」

ルパートを見つめ、その男らしい体に宿る情熱と力強さを感じた。この人ならそれぐらい難なくこなすに決まっている。アリアドネは覚悟を決めて返事を待った。

「だがかりにそれができたとしても、ぼくにその気はない」ルパートは真剣な面持ちで言った。「ぼくがいま欲しい女性はきみだけだ。きみだけを求めている。ほかのだれでもなくきみなんだよ、アリアドネ」

アリアドネは深く息をつき、自分が緊張していたことにそのときはじめて気づいた。なぜか安堵すると同時にうれしさを感じた。

「実際のところ」ルパートは薄い綿のネグリジェのボタンに指をかけて言った。「きみの相手をするだけで手いっぱいだと思う。ぼくの空き時間は、ほとんどきみへの授業に使われそうだ」

ネグリジェの前を開いて肩からおろし、一方の乳房を手で包んだ。「でもおしゃべりはこのへんにしておこう。午後のつづきをしようか」

アリアドネは笑い声をあげ、ルパートの首に抱きついた。「ええ、そうしましょう」

ルパートが唇を重ねてきた。アリアドネは昼間ずっとそうしたかったように、その髪に手を差しこんだ。ゆっくりじらすようなキスをされ、アリアドネの体に火がついた。おずおずと舌を入れ、なめらかな口のなかの肌にはわせると、ルパートが満足げにうなった。キスがだんだん激しさを増していく。アリアドネは恍惚とした。

彼の首の後ろに手をあてて温かく引き締まった肌をなぞり、筋肉で覆われた肩や背中をなでた。

その初々しい愛撫にルパートはぞくぞくしながら、両手で乳房をもんだ。昼間のときよりも先端が一層硬くとがり、もっと触れてほしいと求めている。

口に含まれてアリアドネは声をあげ、ルパートの背中にしがみついた。まぶたを閉じて、彼の唇と舌の甘い感触に夢中になった。

気がつくとベッドに仰向けになり、ネグリジェが腰までおろされていた。ルパートがそれを一気に脱がせて無造作にほうった。アリアドネは一糸まとわぬ姿になった。

ルパートがその上に覆いかぶさるようにして手をついた。がっしりした大きな体だったが、アリアドネは怖くなかった。そして前を隠そうとするのではなく、力を抜いてシーツに横たわり、熱い視線を受けとめた。ルパートの顔にゆっくり笑みが広がった。彼女の大胆な反応を歓迎しているのだ。

アリアドネの体の奥がうずき、彼にじっと見つめられて乳首がさらにとがった。ルパートは彼女ののどに手を置き、胸骨から平らな腹部へと動かした。いったん動きを止め、一本の指をへその穴に入れた。

はっと息を呑む。みぞおちの筋肉が収縮する。唇を強く噛み、昼間と同じ愛撫を待ち受けた。

ところがルパートは身を乗りだして唇を重ね、彼女の欲望の強さを探るように濃厚なキスをした。アリアドネは両手を彼の体にはわせ、その形と温度と肌の感触を確かめた。

でも大きな体の隅々までは手が届かない。アリアドネはルパートのたくましい胸に手をあて、そこに生えた金色の毛をもてあそんだ。それからすべすべした背中をなで、ゆるやかな曲線を描く背骨をなでおろした。

情熱に命じられるまま、激しいキスをする。彼にくちづけるたび、肌を触れあわせるたびに、悦びがあふれてくる。

ルパートも同じらしく、高まる欲望に身をまかせるよう彼女をうながした。アリアドネは、全身の血が沸きたって蒸発してしまうのではないかと思った。息の止まるようなキスと抱擁に思わず声がもれる。低くて官能的な喜悦の声だ。

「静かに」ルパートがやさしく言った。「だれかに聞こえたら困るだろう」

アリアドネはぼうっとした頭で、ルパートのことばの意味を考えた。「み——みんな寝ているわ」荒い息をつきながら小声で言った。「そ——それに隣りの部屋にはだれもいないの。だれにも聞こえないわ」

ルパートはまた唇を重ねて濃密なキスをした。「でももし叫びそうになったら、枕を使うんだ」

叫ぶ？

どうしてわたしがそんなことを？

だがルパートはアリアドネにそれ以上、考える暇を与えず、ふたたび両手を動かしはじめた。肩と腕、乳房、みぞおち、腰、太ももやふくらはぎをなでる。それから左右の足首をつかんで脚を大きく開かせた。

そのあいだにひざまずき、片方の足首から太ももまでくちづけると、今度は反対側の太ももから足首へキスをした。同時に舌をはわせ、彼女の脚を湿らせた。彼の唾液で濡れた部分の肌がうずき、ほんの少し空気が動いただけでぞくぞくする。

ルパートは彼女の体じゅうにキスの雨を降らせた。アリアドネは、もう彼の唇が触れていない部分はないのではないかと思ったが、それはちがっていた。

つぎの瞬間、アリアドネは思わず目をあけた。これまでキスをされることなど想像もしなかった場所に、ルパートが顔をうずめている。

屈辱を感じるべきなのかもしれない。きっといますぐやめさせたほうがいいのだろう。でも頭とは裏腹に、体の芯がとろけて激しい欲望が湧きあがってくる。アリアドネは観念し、脚をさらに大きく開いて彼の髪に手を差しこむと、その頭をぐっと引き寄せた。

ルパートがのどの奥から低い声をもらし、アリアドネのやわらかな肌を震わせた。禁断のキスが次第に激しさを増していく。

彼女の唇から出る熱に浮かされたような声が、やがて大きく長くなってきた。

アリアドネはふと、ルパートから枕のことを言われたのを思いだし、ようやくその意味を理解した。これ以上つづけられたら、ほんとうに叫び声をあげてしまうかもしれない。

そのときルパートが舌を使って彼女に魔法をかけた。こんな愛撫は法律で禁止されているのではないだろうか。アリアドネは枕の上でしきりに頭を動かし、シーツをぐっと握りしめた。知らず知らずのうちに腰が浮いている。ルパートが彼女の腰を押さえ、太もものあいだにさらに深く顔をうずめて大胆なキスをした。

アリアドネは全身を震わせた。このままでは体がばらばらに壊れてしまいそうだ。かろうじて残っていた理性を働かせ、枕をつかんで口にあてた。

ルパートが指を入れると同時に、熱く濡れた肌を吸った。

彼女は彼が言ったとおり叫び声をあげた。口に強く押しあてた羽枕が、その声をくぐもらせた。全身が快楽の波に呑みこまれ、悦びが骨まで染みわたっていく。アリアドネは波の流れに身をまかせ、喜悦の海をただよった。

ゆっくりと枕をどけると、太もものあいだからルパートがこちらを見ているのがわかった。

「気持ちよかったかい？」訳知り顔で訊いてくる。

「ええ、とても」声が出せるようになると、アリアドネは吐息混じりに言った。

ルパートはみだらな笑みを浮かべた。「つぎはぼくの番だ」

アリアドネは彼が体を起こし、上に覆いかぶさってくると思って待った。

だがルパートはアリアドネの上体を起こしてすわらせ、その手を下着の腰の部分に導いた。

「脱がせてくれ。ぼくに触れてほしい」

アリアドネはためらった。視線を落とすと、彼の下着の前が大きくふくらんでいる。「ということは、あなたは――その……」消え入りそうな声で言い、ルパートがその先をわかってくれることを願った。

ルパートは金色の眉を片方あげた。「そんなに早く純潔を失いたいのかい」

「でも」アリアドネは自分の生まれたままの姿に目をやった。「ここまで来たんだから、最後までつづけましょうよ。それに今日からはもう、わたしはとても純潔とは言えないし」

ルパートは小さく笑い、アリアドネの長い髪をひと房、指に巻きつけた。「だがきみは、あらゆる意味でまだ純潔だ。ぼくにまかせてくれないか。きみをきずものにすることなく快楽を得る方法はたくさんある。引き返せない道へ進む前に、それを試してみよう」

「けれどわたしは、きずものになってもかまわないと言ったじゃないの」アリアドネはルパートの胸をなでた。「心の準備はできてるわ。すべてを知りたいの」

「そうか」ルパートはふたたびアリアドネの手を取り、硬くなった部分を握らせた。「だったら、まずはこれを試してみようか」

アリアドネの心臓が激しく打った。下着の生地越しであっても、その温もりと驚くほどの硬さが伝わってくる。心の準備はできていると言ったものの、前にならんでいる象牙の小さなボタンをすぐにははずすことができなかった。

ルパートはやさしくため息をついた。「自分でやるよ」

「いいえ、わたしにやらせて！」

「もし気が進まないなら、次回にしようか」

「次回？　でも……その、次回まで待てるようなことには思えないけれど」

ルパートが吹きだすと、アリアドネの手のなかで、硬くなった部分がぴくりと動いた。アリアドネは無意識のうちに、手にぐっと力を入れた。

ルパートがうめいた。「ぼくをいたぶる気かな」

「ちがうわ」アリアドネの指にまた力がはいった。手のなかのものが動き、アリアドネはびくりとした。「ああ！」

「それはこっちのせりふだ」ルパートは低い声で言った。「やりかたを教えてもいいかな」

アリアドネの返事を待たず、その手に自分の手を重ねて股間を握らせた。アリアドネの手のなかで、彼の男性の部分がさっきよりも大きく硬くなった。それが脈打つのが薄い生地越しに伝わってくる。ルパートは彼女の手を包んだ手を、ゆっくり上下に動かしはじめた。

それがさらに大きくなったように感じ、アリアドネは驚いた。思いきって目をあげると、ルパートの赤くなった顔に喜悦の表情が浮かんでいた。美しい、とアリアドネは思った。まぶたが半分閉じて唇が開き、そこから浅い呼吸がもれている。

アリアドネのなかからためらいが消えた。ルパートにこうした表情をさせているのは、この自分なのだ。彼の全身に震えが走るのが手から伝わってきた。

アリアドネはいつもの自信を取り戻し、空いたほうの手をルパートの胸にあてた。「横になったら？」少し押してみたが、ルパートはびくとも動かなかった。「わたしにまかせて」

ルパートは目を大きく見開いた。青い瞳が欲望でうるんでいる。「本気で言ってるのか」

「もちろんよ。それに興味があるの」

「興味がある？　なんに？」

「すべてによ。男性の大切な部分をまだ一度も見たことがないの。少なくとも、直接は」

ルパートはにやりとした。「間接的になら見たことがあるのかい？」

「イチジクの葉で隠していない美術品だけ。わたしがいつもどんなに歯がゆい思いをしているか、あなたには想像もできないでしょうね。絵画や彫刻は、わたしには興味のない女性の乳房であふれてる。でもわたしが見たいのは、男性の……つまり……」

「ペニス？」ルパートが言うと、アリアドネの手のなかのものがまたぴくりとした。肌が火照るのを感じた。「そう——ペニス——」ルパートのことばをくり返し、その身もふたもない言いかたが気に入った。「どうしても見てみたかったの」

「きみは運がいいな。見るだけじゃなくて、さわることもできる」

アリアドネの肌がますます火照った。とくに手のひらが熱い。「まったくそのとおりだわ、殿下」

アリアドネは勇気がくじけないうちに、ふたたび手を動かして大きく突きでた部分をさすり、ルパートが短く息を吸うさまをながめた。

もう一度、胸を押すと、今度はおとなしく倒れた。

14

ルパートはシーツの上で大の字に横たわって待った。心臓が雷鳴のような音をたて、下半身が激しくうずいている。

だが彼女はまだ、じかに触れようとしない。

ルパートはじっと動かなかった。アリアドネのペースにまかせるのだ。だが内心では気がはやり、下着の前をあけて彼女の手を導きたくてたまらなかった。強く握らせて上下にさすらせ、華奢《きゃしゃ》な手のなかで何度も解放のときを迎えたい。

もしなにをしても許されるなら、いますぐ彼女を四つ這いにさせ、どちらもくたくたになるまで後ろから貫きたい。だが自分は彼女の純潔を奪わないことを心に誓った。それがせめてもの〝高潔な〟はからいというわけだ。けれどこちらがその気になりさえすれば、彼女を抱くことができる。さっき本人がそうしていいと言ったのだ。

ルパートは頭のなかでうめき声をあげ、両手をこぶしに握りしめて耐えた。自分はアリアドネに快楽を教えてやると約束した。いったん交わした約束は守らなければならない。たとえそのために、自分自身がもだえ苦しむことになっても。

なんということだ《マイン・ゴット》、アリアドネがこれほど情熱的だったとは。彼女は与えられる快楽を味わいつくしている。今日の午後、庭でクライマックスを迎える彼女の姿を見るのは楽しかった。そしてさっきも、枕で口を覆わなければならないほどの声をあげて絶頂に達していた。

白い太もものあいだに顔をうずめたとき、ルパートはアリアドネがどういう反応をするか心配だった。しかしアリアドネはいやがるそぶりを見せず、禁断のキスを歓迎した。

いまでも甘い蜜の味が舌に残っている。また近いうちにあの悦びを堪能させてやろう。ひとまずいまは、こちらが楽しませてもらう番だ。

アリアドネが下着越しに張りつめた股間をなでている。ルパートは身震いし、我慢するのだと自分に言い聞かせた。だが我慢してもしなくても、彼女が早くボタンをはずしてくれなければ、下着の前が破れるのは時間の問題だろう。

ふと動きを止め、アリアドネがボタンに手を伸ばした。ルパートは息を殺し、その手がボタンの上でうろうろするのを見ていた。やがてアリアドネはいちばん上のボタンに触れ、指先で象牙のボタンをなぞった。

「手伝おうか？」ルパートは思ったよりぶっきらぼうな口調で言った。

アリアドネはさっと顔をあげてルパートを見た。その緑色の目が不安と期待で輝いている。

「いいえ、だいじょうぶ。わ——わたしにやらせて」

ルパートはうなずき、じっとしていた。

アリアドネはゆっくりいちばん上のボタンをはずし、それからふたつめのボタンもはずした。ルパートは最後のボタンを自分でひきちぎりたい衝動をこらえて、彼女がはずすのを待った。アリアドネがまた手を止める。こちらをいたぶるためにわざとやっているのではないか、とルパートは思った。

そのときアリアドネが下着を腰までおろした。

硬くいきりたったものが飛びだした。アリアドネが目を丸くして口をあけ、浅い息をついている。

「まあ《オー・マイ》」かすれた声で言う。「まあ《オー・マイ》」

ルパートは口もとをゆるめた。「その〝まあ〟はいい意味だろうか、それとも悪い意味かな」

アリアドネはルパートの目を見た。「いい意味に決まってるわ。想像していたものとはぜんぜんちがうけど」

「どんなふうに?」ルパートは片眉をあげた。

「絵画や彫像だと、男性は……」

「うん?」ルパートはゆっくりした口調で言い、アリアドネの当惑した様子をながめた。無垢な娘とベッドをともにした経験のないルパートにとって、彼女の反応は新鮮でおもしろかった。「絵画や彫像の男とぼくがどうちがうって？」

「とても大きいわ」アリアドネは思ったことを正直に口にした。「たとえば、あなたの……ペニスを……ギリシャの彫像につけたら、みんなが大騒ぎするでしょうね。それに、長い時間の流れに耐えられないんじゃないかしら。彫像を移動させようとしたら、きっとだれかがそれを……」手を軽くふる。「その……うっかり割ってしまいそう」

ルパートはぞっとすると同時に吹きだした。「裸体像のまねをする趣味がなくて、ほんとうによかったよ」

アリアドネはいたずらっぽい笑みを浮かべた。「やってみたらいいのに。自分のお部屋で」

ルパートは大きな笑い声をあげた。股間がまたずきりとし、今度はうめき声をあげた。

「男性はみんなあなたみたいに大きいの？」アリアドネはつづけた。「芸術家は嘘つきなのかしら」

「そんなことはないさ。大きさは人によってちがう。でも正直なところ、それについていままであまり深く考えたことはない。興味があるのは女性の体のほうだからね。それにもうひとつ忘れてはならないのは、ぼくがいま興奮しているということだ」

「興奮しているときはふだんとちがうの？」

彼はまた笑った。「まったくちがう」

「そう」アリアドネはうなずき、ルパートの下半身をしげしげとながめた。「それから、実際に……はいるの？」

「はいる？」

アリアドネの顔が赤くなった。「なかに。たとえばわたしのなかに」

ルパートの股間がぴくりとした。アリアドネを自分の上にまたがらせて下から突く場面が頭に浮かび、もう少しでうめきそうになった。彼女の秘められた部分は、きっと引き締まって温かくてしっとり濡れていることだろう。

どんなに気持ちいいことか。

「ああ、はいるさ」ルパートは言った。

アリアドネは疑わしそうな顔をした。

「でもいまはそれよりも」ルパートは至福の場面を頭からふりはらおうとした。「ぼくを裸にしてくれないかな」

アリアドネはうなずいた。

「ぐずぐずしてないで、早く下着を脱がせてくれ」

「ぐずぐずしてるわけじゃないわ。質問があっただけよ」

「もう答えただろう。これ以上、ぼくをいたぶらないでくれ」

「わたしがあなたをいたぶってる？」アリアドネの唇に小さな笑みが浮かんだ。

「ああ、でもそんなにうれしそうな顔をするんじゃない。あまり調子に乗ってると、あとで

ら言う。
ルパートは吹きだし、それからまたうめいた。「アリアドネ」食いしばった歯のあいだか
「約束してくれる?」アリアドネはからかうように言った。
お仕置きをするぞ」

「ええ、わかったわ。引きおろせばいい?」

「ふつうはそうやって脱ぐ」

アリアドネは勇気を奮い起こし、下着を脱がせはじめた。ルパートはぞくりとした。彼女の華奢な両手が腰や太ももや臀部に触れている。ルパートは、彼女が下着を脱がせやすいようにいったん腰を浮かせ、ふたたび背中をついた。アリアドネはネグリジェの置かれたほうへ下着をほうった。

そして大きく突きだした股間をまたしげしげとながめた。ルパートは腕を曲げて枕代わりにし、そのさまを見ていた。

アリアドネが浅い息をついている。赤みがかったつややかな金色の髪が顔や白い肩に落ち、そのあいだからつんととがった胸の先端が、こちらを誘惑するようにのぞいている。

そのむかし、エデンの園でリンゴを食べるようヘビにそそのかされたときのイブも、こんな姿をしていたにちがいない。ルパートは悪魔になったような気分だった。自分は彼女を禁じられた道へいざなっている。だがもうすでに道の半分まで来てしまったのだから、あと何

歩か前に進んだところで、どうということもあるまい。

「さわってもいい？」アリアドネは小声で言った。

「ああ、早く！」

アリアドネは不安そうに小さく笑った。それからふたたび両手で彼の体に触れた。ふくらはぎやひざ、太ももに手をはわせ、脚の形と感触を確かめてから、腰や平らな腹部や胸をなでた。

ルパートは鋭く息を吸い、みぞおちをへこませた。「ほんとうにぼくをいたぶる気なんだな。憶えておくよ」

アリアドネははっとし、笑みを浮かべた。「あなたの体はとても温かいわ。それに引き締まっていて硬い」

そう言うと脚や胸をなでてから、最後に残された場所へようやく手を伸ばした。ルパートはとっさに腰を浮かせたが、懸命に自分を抑えてじっとしていた。

「こ――ここも硬いのね。でもなめらかでサテンみたいな感触だわ」アリアドネはため息混じりに言った。うっとりした表情を浮かべ、下から上へとさすった。「こうでいいの？　気持ちいい？」

「ああ、きみが思う以上に。やめないでくれ」

アリアドネがもう一度同じ動きをすると、手のひらのなかのものがさらにいきりたった。

「もっと速く」ルパートはかすれた声で言った。

「こんなふうに？」アリアドネは手を動かす速度を増した。

「もっと激しく。強く握ってくれ」

アリアドネは手に力を入れたが、それでもまだ充分ではなかった。

ルパートは彼女の手に自分の手を重ね、どれくらいの力を込めればいいかを教えた。アリアドネは教えられたとおりに彼を愛撫しはじめた。

ルパートは目を閉じ、長い喜悦の声をのどからもらした。だんだん限界が近づいてくる。そのときアリアドネが、もっとも敏感な先端に親指をあてた。すでに湿っていた部分を指先でさすられ、ルパートの頭が真っ白になった。

つぎの瞬間、絶頂に達し、アリアドネの手のひらとシーツに熱いものをこぼした。激しい快感に全身が震え、しばらくのあいだ、息をすることも考えることもできなかった。

やがてまぶたをあけた。

アリアドネが横にひざまずき、恍惚とも驚愕とも取れる表情を浮かべている。

「ほんとうにこれがはじめて？」ルパートはしわがれた声で言った。

「当たり前でしょう。どういう意味？」

「王女でなかったら、高級娼婦として生きていくこともできただろうな。それほどうまいということだ」

アリアドネの唇の端があがり、緑色の瞳が輝いた。「気に入ってくれたのね」

ルパートは忍び笑いをした。「たったいま、その目で証拠を見ただろう。ああ、気に入ったよ」手を伸ばしてアリアドネを抱きしめる。「最高に気に入った」

彼女の笑みが大きくなり、頬に赤みが差した。「わたしもよ。ふしだらかしら?」

「とてもふしだらだ」ルパートはアリアドネの裸の腰をなでたあと、軽くたたいた。

アリアドネは目を丸くして身をくねらせた。

「疲れただろう」ルパートは言った。「もう出ていったほうがいいかな」

アリアドネは首を横にふった。「あなたがそうしたいのでなければ」

ルパートは手を下へ向かわせ、太もものあいだへすべりこませた。彼女の体はすでに欲望でうるおっている。「もう少しいることにする。今夜の授業はまだ終わっていない」

唇を重ねてじらすようなキスをし、授業のつづきをはじめた。

15

翌朝、アリアドネは遅くまで起きず、朝食も寝室に運ばせた。昨夜の舞踏会で疲れたからと言いわけし、朝食室へは行かなかった。だがほんとうの理由は、ルパートの腕に抱かれて一夜を過ごしたあとで、だれかと、とくにエマと顔を合わせるのが怖かったからだ。万が一、ルパートがテーブルについていたりしたら、なにごともなかったようにふるまう自信がなかった。

昨夜、ふたりのあいだであったことを思いだし、アリアドネは頰を赤らめた。甘い愛撫ととろけるようなキスがあざやかに脳裏によみがえる。シーツの上で身をよじりながら、乳首がとがって太もものあいだが熱くなるのを感じた。

ああ、あの人はいったいわたしになにをしたの？

今度はいつ抱きあえるだろうか？

ルパートが夜明けの少し前に出ていったとき、アリアドネはひどく眠たかった。室内はまだ闇に包まれていて、ルパートはネグリジェを着るのを手伝い——数時間後に侍女がやってきて、アリアドネはそれに心から感謝することになる——自分も下着を穿いてガウンをはおった。

「行儀よくしてるんだよ」ルパートは腰をかがめてくちづけた。

「どうして?」アリアドネはつぶやいた。「お行儀よくするなんてつまらないじゃない」

ルパートはのどの奥で低く笑うと、もう一度キスをしてから、アリアドネに上掛けをかけて静かに部屋を出ていった。

アリアドネはそれから深い眠りに落ち、侍女がカーテンをあけて、まぶしい朝日が部屋に射しこむまで目を覚まさなかった。

それから一時間半近くたったころ、風呂にはいって淡いラベンダー色とベージュの縞柄のドレスを身に着け、アリアドネはようやく部屋を出た。主階段をおりながら、またルパートに会えるのはいつだろうかと考えた。あんなことをしたあとで顔を合わせたら、どんな気分になるのだろう。服を着ていても脱いでもすてきだとわかったいま、あの人を見つめずにいることなどできるだろうか。

アリアドネは口もとをゆるめ、柄にもなく忍び笑いをしそうになるのをこらえた。少女だったころでさえ、そんなことはしたことがない。でも昨夜のことやルパートのことを考えたら自然に笑いがこみあげてくる。まるでシャンパンを飲みすぎたときのようだ。もしいま音楽がかかっていたら、まちがいなく踊りだしていただろう。

スカートのすそをひるがえしながら、アリアドネは軽やかな足どりで階段をおりた。家族用の居間に向かって廊下を進もうとしたとき、エマがひょっこり現われた。幼いフリードリヒを脇にしたがえて、赤ん坊を抱いている。

フリードリヒがアリアドネを見てにっこりし、丸い顔にえくぼを浮かべた。両親の特徴を少しずつ受け継いだ目鼻立ちだが、真っ青な瞳は母親譲りだ。

アリアドネは微笑みかえし、指をひらひらさせた。

フリードリヒはくっくっと笑った。

アリアドネももう少しで一緒に笑いそうになった。

赤ん坊のピーターは小さなこぶしをあごの下に入れ、ぐっすり眠っている。褐色のまつ毛がミルク色の頬に愛らしい弧の影を作っていた。

「おはよう」エマが微笑んだ。「もう起きたかしらと考えていたところよ。今朝は一緒に朝食を食べられなくて残念だったわ」

「ごめんなさい、どうしても起きられなくて。昨夜は遅かったから」

とても遅かったのよ。アリアドネは心のなかで付け加えた。晩餐会が終わったあとも長い夜がつづいて……いや、そのことはぜったいに口にしてはいけない。

「でもいつもより長く寝てよかったみたいね」エマは言った。「すっきりした顔をしてる。肌がつやつやだもの」

「そう？」体の内側が満たされると、外側にも表われるものなのだろうか。あとでくわしく調べてみよう。昨日以来、新しいことを調べるのがまったく苦ではなくなった。

　エマはけげんな目でアリアドネを見た。

　とつぜんフリードリヒが母親のそばを離れて、廊下を駆けだした。アリアドネが首を後ろへめぐらせると、屋敷で飼っている猫の一匹が廊下の先を歩いているのが見えた。

「猫ちゃん！」フリードリヒは叫んだ。「おいで、猫ちゃん」

　猫は顔をあげると、茶と黒の縞柄の脚であわてて走りだした。どうやら子どもの相手をする気分ではないらしい。フリードリヒは、ふだんはおとなしいのだが、ときどき興奮しすぎて猫を強く抱いてしまうのだ。

「フリードリヒ、やめなさい」エマは叫んだ。「モーツァルトをそっとしておいてあげて」

　だがフリードリヒは猫を追いかけるのに夢中で、母親のことばが聞こえていないようだった。

「わたしがつかまえるわ」アリアドネは、赤ん坊で両手がふさがっているエマに向かって言った。

　スカートのすそをあげて駆けだした。フリードリヒは幼児らしくちょこまかと走り、ようやく追いついたときは廊下の端近くまで来ていた。アリアドネはやさしく、だがしっかりとフリードリヒの手を取って止まらせた。

「猫ちゃんをなでたいんだ」フリードリヒは消えた猫をなおも追いかけようとした。

「あとにしましょう。モーツァルトは、いまはほうっといてほしいみたい」

「ぼくはいじわるなんかしないのに。大好きなんだよ」

「ええ、わかってるわ。代わりにタックと遊ばない？　あのわんちゃんはいつだって、体をなでられたり、投げられたものを持ってきたりして遊ぶのが好きだから」

タックとはキング・チャールス・スパニエル犬で、結婚した最初の年に、ニックがエマの誕生日のお祝いに贈ったものだ。とてもおだやかな性格の犬で、忍耐の許容量に底がなく、フリードリヒと生まれたばかりの弟がどんなにうるさくてわがままにふるまっても、いつもおとなしくしている。

フリードリヒは唇を突きだして迷ったが、すぐに微笑んだ。「わかった。モーツァルトとはあとで遊ぶよ。じゃあタックを見つけよう！」

アリアドネは安堵の息をついた。

エマが近づいてきた。腕に抱かれた赤ん坊は眠そうに目をしばしばさせている。「いいの？」アリアドネに訊いた。「これから子ども部屋へ行くところなのよ」

「なんてことはないわ。犬と遊んで満足したら、すぐに連れていくから。ところでタックがどこにいるか知らない？」

エマの顔に笑みが浮かんだ。「この時間はたいていニックの書斎にいるの。窓際に椅子が置いてあって、そこで寝るのがお気に入りなのよ。まず書斎をのぞいてみて。もしいなかったら、大声で名前を呼べばどこからか走ってくるわ」

アリアドネはうなずき、フリードリヒの小さな手をしっかり握ったまま、階段のほうへ戻りはじめた。

「あまり長く遊ばせないで」エマは言った。「フリードリヒにお昼寝をさせなきゃいけないし、あなたもわたしもドレスを着替えなくちゃね。今日の午後、ローズデールズ邸へ招待されているでしょう」

アリアドネは足を止めた。そうだっただろうか。

「行けるかどうかわからないわ」アリアドネは言った。「あなたのお兄様が、馬車の練習に連れていってくださるかもしれないから」

エマはいったん間を置き、眉間に小さなしわを刻んだ。「それはどうかしら。ごめんなさい、アリー。ルパートは一時間以上前に出かけたわ。宮殿に用事があって、帰ってくるのは夕食のあとになるそうよ」

がっかりしたが、アリアドネはそれを表情に出さないようにした。ルパートはふたりの関係を隠しておくために、いままでどおりの生活を変えないほうがいいと言っていた。それでも馬車の練習という口実を考えたのは、ルパートのほうなのだ。まさかたった一日で終わるとは思ってもいなかった。これからは彼の言うことをすべて真に受けないようにしなければ。

アリアドネは作り笑いを浮かべて肩をすくめた。「わたしが勘違いしてたのね。きっとまた別の日に教えてくれるでしょう」

「ルパートも用事があるなら、あなたにそう言うべきだったのに」エマはアリアドネの笑顔が本物でないことを見抜いていた。

「ええ、そうね。でもそこがルパート皇太子なのよ。尊大なあの人らしいわ」

エマは眉根を寄せた。

「だいじょうぶ、心配しないで」アリアドネは言った。「馬車の練習をしないんだったら、あなたと一緒に出かけられるし。園遊会は大好きだもの。アイスクリームがあるといいんだけれど」

「そうね」エマはうとうとしている赤ん坊を揺すった。「アリー、あなた――」

「アイスクリーム！　ぼくも欲しい！」フリードリヒが言い、アリアドネの手をひっぱった。

「お母様、アイスクリームを食べてもいい？」

エマはアリアドネからフリードリヒに視線を移した。「いまはだめよ。あとでね。厨房に作ってくれるよう頼んでみるけれど、約束はできないわ。さあ、アリーおばちゃまと一緒にタックを捜していらっしゃい。きっとお待ちかねよ」

フリードリヒは一瞬考えたのち、うれしそうに飛び跳ねた。「タック！　タック！　タックはどこかな」

アリアドネは笑った。フリードリヒといると自然に笑顔になる。なんて無邪気でかわいい子なのだろう。

「どこかしらね」アリアドネは言い、フリードリヒの手を引いて歩きだした。今日はルパートのことなど忘れて楽しむのだ。

その日の夜、ルパートが寝室にやってきた。シーツのあいだにもぐりこんでキスをし、アリアドネを起こした。アリアドネはまだなかば夢のなかだったので、なにも考えずにキスを返した。だんだん意識がはっきりするにつれ、ルパートが自分を置いて出かけてしまったこと、混んだ広間でちらりと見かけたことをのぞけば、今日、彼に会うのはこれがはじめてであることを思いだした。

「あなたとは口をききたくない」アリアドネは言った。ルパートが唇のつぎに、のどにくちづけている。

「だったら口をきかなければいい」ルパートはかすれた声でささやいた。「話す必要はない」ネグリジェの前にならんだボタンをはずしはじめた。

アリアドネは黙っていた。

「今度からは扉に鍵をかけるようにするわ。だってどんな――ああ――」乳房を手で包まれてアリアドネはあえいだ。「――無作法な人が、許可なくはいってくるかわからないもの」

「ぼくは無作法者じゃないぞ」ルパートは耳のふちに舌をはわせ、耳たぶをそっと噛んだ。「それにぼくには許可など必要ない」

とがった乳首をさすられてアリアドネは身震いした。

「また怒ってるわけじゃないだろう？」ルパートは彼女の唇を舌の先でなぞってから、短いキスを何度かくり返した。「しかたがないじゃないか」

「でもわたしはいやなの」アリアドネはルパートの髪に手を差しこみ、情熱的にくちづけた。「つぎに舞踏会に行ったときは、わたしにダンスを申しこんでちょうだい。あなただってたまには踊ることがあるんだから、別に不自然じゃないでしょう」

ルパートは微笑み、アリアドネの乳首をつまんだ。

アリアドネは背中を弓なりにそらし、子猫のような声をあげた。

「だったらワルツを踊ろうか。空を舞いあがるような気分を味わわせてやろう」ルパートはネグリジェのすそをめくりあげた。「とりあえず今夜は、別の方法で舞いあがらせてやるから」

アリアドネの呼吸が乱れ、全身がかっと火照った。ルパートが太ももを開かせ、彼女の奥に指を一本入れた。

「もう濡れている」ルパートはかすれ声で言った。「ああ、アリアドネ、きみは最高だ」

指を動かして彼女の欲望を高めた。

アリアドネは彼の背中に両手をはわせ、爪を食いこませた。その体が震えるのが伝わってくる。

「ちょっとした実験をしてみようか」ルパートはキスの合間に言った。

「実験?」アリアドネはか細い声で言った。

「ああ。回数の実験を」

「回数?」アリアドネはぼうっとして訊いた。「なんの?」

「ぼくが今夜、きみを何回昇りつめさせることができるか」ルパートはもう一本指を追加して内側の肌をさすると同時に、親指で禁断の箇所に円を描いた。

「ほら、さっそく一回めだ」

そのとおりだった。

アリアドネは歓喜の声をあげながら絶頂に達した。

16

「こんばんは、王女」それから二週間近くたったころ、ルパートが言った。「つぎのダンスの相手はもう決まっているかな」

アリアドネはふりかえり、そのかすれた低い声に肌がぞくりとするのを感じた。幸いなことにここは広間の端で、周囲がにぎやかなおかげでだれかに会話を聞かれる心配はなかった。「いま決まったわ」アリアドネは答えた。「それよりも、一緒にいるところを見られてもいいの？ つい先日の夜もワルツを踊ったばかりでしょう」

ルパートは小さく微笑んだ。「だいじょうぶだ。この前きみが言ったとおり、ぼくたちがお互いを避けているほうがむしろ不自然だ。それにつぎはふつうのダンスで、サパー・ダンスじゃない」

そのとおりよ、とアリアドネは胸のうちで言った。ルパートからサパー・ダンスを申しこまれたことは一度もない。いつも一曲か二曲、ふつうのダンスをするだけだ。

アリアドネはため息をついた。「サパー・ダンスならよかったのに。ほかの人よりも、あなたと一緒に晩餐をとるほうがずっと楽しいに決まってる。火曜日のピクニックを思いだすわ」

ルパートの目の奥がきらりと光った。「ああ、あのピクニックは忘れられない」

彼の友人の屋敷をふたたび訪れて、秘密の庭でふたりきりで過ごしたときのことを思いだし、アリアドネはごくりとつばを飲んだ。

彼がわたしにしてくれたこと。

わたしが彼にしてあげたこと。

厳密な意味では、自分はまだ無垢だ。いくらこちらがそうしようと言っても、ルパートはかたくなに最後の一線を越えようとしない。でも彼が満たされない欲望で悶々としていることはわかっている。抱きあっている途中で、無理やり体をひきはがすようにして離れることもある。ルパートの我慢が限界に近づいているのはあきらかだ。

この人はなぜこんなに頑固なのだろう。

だが、それを言うなら自分も同じだ。

最後に勝つのはどちらだろうか。

「そんな顔をするのはやめるんだ。だれかに見られたら困る」ルパートは小声で注意し、アリアドネのひじに手をかけて後ろを向かせた。

「そんな顔って?」

「いますぐ個室に連れこんでスカートをまくりあげ、頭が真っ白になるまでキスしたくなる顔だ」

アリアドネの肌がぞくぞくし、全身がかっと熱くなった。

それもすてきだ。

「だからぼくは」ルパートは静かに言った。「きみを晩餐にエスコートしないことにしている。きみがさっきのような表情をしたら、あっというまにぼくたちがあやしいという噂が広がって、ヨーロッパ大陸まで知れわたるだろう。こうしてふたりきりで話しているだけでも充分あぶないのに」

アリアドネは片方の眉をあげた。「スカートとかキスのことを言ったのはわたしじゃないわ。でもダンスをやめて、どこか空いた部屋へ行くのもいいかもしれない。そのほうがすてきだと思わない？」

ルパートはうなった。「誘惑がうまくなったな、王女」

「あなたのご指導のたまものよ、皇太子殿下」

ルパートの笑い声が、アリアドネの肌を愛撫のようになでた。「きみといま、ダンスをしていいかどうかもわからなくなってきた。平静を装える自信がない」

「じゃあやめましょう」

「アリアドネ――」

「少しのあいだここを抜けだしても、だれも気づかないわ」

「エマは？」

「ご覧のとおり、ご主人と楽しく過ごしているみたい」

ルパートは広間を見まわし、エマとニックに目を留めて金色の眉をひそめた。「あのふたりは人前でべたべたしすぎだ」不機嫌そうに言う。「夫婦はおおやけの場で、ああしたふるまいをするものじゃない」

「あなたったらほんとうに、考えかたが古くさくて頭が固いんだから。わたしはロマンティックだと思うけど」

「きみはそうだろうな。だがぼくは考えかたが古くさいわけでも、頭が固いわけでもない」

「へえ、だったらわたしと一緒にここを抜けだしましょうよ」

ルパートとアリアドネの視線がからみあった。彼の目が夜空のような深い青に輝いている。

「あとで寝室へ行くよ」

アリアドネは首を横にふった。「いいえ、いまがいいわ。さっき化粧室から戻ってくるとき、廊下の端に空いた部屋があるのに気づいたの。一階の図書室のすぐそばよ。十五分後にそこで会わない？　わたしが先に行ってるから、あなたはあとで来て」

ルパートはいったん間を置き、さらに眉根を寄せた。「このあとのダンスはどうするんだ？　だれかと約束してないのかい」

「ふたりの紳士から誘われたけど断わったわ。ふたりともどうしようもなく退屈な人だから、椅子に腰かけているほうがまだましだと思ったの。だからこれから一時間は抜けてもだいじょうぶよ」

アリアドネはどきどきしながらルパートの返事を待った。

「とうとう決めごとを破るのか」長い沈黙のあと、ルパートは言った。

アリアドネは思わず勝利の笑みを浮かべた。「十五分後ね」手を伸ばし、ルパートの手をぎゅっと握った。「遅れないで」

ルパートの目がまた欲望で暗い色になった。「ああ、わかった。待っててくれ」

十分後、アリアドネは期待で胸を躍らせながら、ルパートと会う約束をした小さな部屋のなかを行きつ戻りつしていた。ろうそくは一本だけ灯している。それなら部屋のなかは見えるが、だれかが外を通りかかっても気づかれることはない。

ここは書斎かなにかのようで、すわり心地のよさそうな古い肘掛け椅子が二脚とソファが置いてある。さっき試してみたところ、ソファはスプリングがよく効いていた。壁には本棚がならび、装丁の革のにおいと古びた羊皮紙のにおいがする。鍵穴つきの幅の狭い机が一方の壁に置かれ、同じく幅の狭い椅子がその下にはいっている。暖炉には薪もなにも見あたらず、しばらく使われていないのはまちがいないようだ。この様子なら、邪魔がはいるおそれはないだろう。

アリアドネは部屋を行ったり来たりし、ルパートはあとどれくらいで来るだろうかと考えた。そのとき扉のほうから足音が聞こえた。

やっと来た。

アリアドネは笑みを浮かべてふりかえった。

だがその笑みはさっと消えた。そこにいたのはルパートではなかった。「セルカーク卿」

アリアドネは眉根を寄せた。

セルカーク卿は部屋の奥へと進んだ。「こんばんは、王女様。あなたがこちらへ向かうのが見えたので、なにをなさっているのかと心配になりました。だいじょうぶですか」

なにも答えず、アリアドネは必死で考えをめぐらせた。セルカーク卿は以前、ルパートがアリアドネに欲望を感じているというようなことを言っていた。もしいまルパートがここに現われたら、自分たちが密会をしようとしていたことがわかってしまうだろう。でも尊大なルパートがその気になれば、セルカーク卿を脅かして、このことは他言無用と約束させることができるはずだ。

というより、そもそもセルカーク卿に現場を見られたわけじゃないのだから、ルパートはわたしを捜して広間に連れ戻そうとしていたということにすればいい。けっしてあわてずに平然としていれば、この窮地を脱することができるだろう。とりあえずいまは自分が応対するしかない。

「ええ、ご心配なく」アリアドネは屈託のない笑みを浮かべた。「ちょっと退屈だっただけです。少しだけ広間を抜けだして、お屋敷のなかを探検してみようと思って」

「なるほど、そうでしたか」セルカーク卿は言い、アリアドネに近づいた。「冒険好きなお姫様だ」

「ええ、そうなんです。閣下にわかってしまいました」

「こんなふうにお話をするのは久しぶりですね」

アリアドネは両手を握りあわせた。「ええ、そうですわね」

正確に言うと、結婚の申しこみを断わった夜以来、話をしていない。あの夜からルパートとの関係がはじまったので、正直なところ、セルカーク卿のことはほとんど脳裏から消えていた。

それにセルカーク卿のほうも、アリアドネに求婚を断わられた悲しみからさっさと立ちなおったようだった。聞いたところによると、裕福な郷士の娘に求愛しているという。もし自分の勘違いでなければ、セルカーク卿がその女性に求婚するかどうかが賭けの対象になっているはずだ。

アリアドネは気まずい空気になることを避けようとして微笑んだ。「お元気でしたか、閣下。社交シーズンを楽しんでいらっしゃいますか？」

セルカーク卿は唇の端をあげた。「いいえ、あまり。求婚に関しては、わたしは運がないようだ。最近、ある若いレディに結婚を申しこんだのですが、断わられてしまいました。いや、ご本人は乗り気だったと思うんですが、父上に反対されましてね。わたしに財産がないことが理由だそうで」

アリアドネは眉をひそめた。

ルパートはどこにいるのだろう？　早く来て。

「お気の毒に」アリアドネは言った。

「あなたもそうだったのですか？　だれかに反対された？　それとも、ほんとうにわたしとは合わないと？」

アリアドネはセルカーク卿を見つめた。整った顔がつらそうにゆがんでいる。自分も彼を傷つけたのだと思うと胸が痛んだ。「ごめんなさい、閣下。わたしたちは夫婦になってもうまくいかなかったと思います。わたしと結婚しなくて正解ですわ」

セルカーク卿の目を奇妙な光がよぎった。「それはじつに残念です」腕を差しだす。「まいりましょう。広間へエスコートします」

アリアドネは首を横にふった。「わたしはもう少しここにいます。閣下はどうぞお戻りになって。わたしのことは心配なさらずに」

「それはできません。一緒に行きましょう」

その声に不穏な響きを感じ、アリアドネの背筋がぞくりとした。「いいえ、結構よ」

ルパートはどこ？　なぜ遅れているのだろうか。

セルカーク卿は嘆息した。「最後の手段に訴えたくはなかったが、どうやらあなたは説得に応じる相手ではないようだ」

「なんですって？」アリアドネは困惑した。「どういう意味？」

セルカーク卿はいきなりポケットからなにかを取りだした——ナイフだ。弱い明かりのなかで刃が邪悪に光っている。セルカーク卿はアリアドネの腕をつかんだ。「来るんだ。声を出すんじゃない」

「なにをする気？　すぐにそれをしまってわたしを放しなさい」

「声を出すなと言っただろう」セルカーク卿は低い声で言った。「わたしは本気だ。へたなまねをしないほうがいいぞ、王女」

「ここで人と会う約束をしているの。わたしがいなかったらきっと不審に思うわ」

セルカーク卿はあざけるように笑った。「だったら急ごう。あなたのお相手を痛めつけたくないからね」

「痛めつけられるのはあなた、あなたのほうよ」

「さあ、どうかな。けがをしたくなければ、おとなしく一緒に来るんだ」セルカーク卿はナイフの刃をアリアドネの脇腹に押しつけた。

ルパートは廊下のどこかにいるにちがいない。扉を出たら、ナイフのことなど忘れて大声で助けを呼ぼう。

ところがセルカーク卿は出口へは向かわず、部屋の奥にアリアドネを連れていった。アリアドネはそのときはじめて、使用人用の隠し扉があることに気づいた。セルカーク卿はかちりと音をたてて扉を開き、アリアドネをなかへひきずりこんだ。

アリアドネは抵抗し、叫び声をあげようとした。だがセルカーク卿はその口をすばやく手で覆った。アリアドネはもがいたが、相手はあまりに強かった。セルカーク卿はアリアドネの口にハンカチを押しこむと、もう一枚のハンカチを結んでそれを固定した。

「悪く思わないでくれ、王女。こうするしかないんだ。さあ、おとなしくついてくるか、それとも無理やり連れていかれるか。好きなほうを選ぶといい」

アリアドネはさるぐつわを噛まされてもなお叫ぼうとし、思いきりセルカーク卿の脚を蹴った。だが悲しいことに、舞踏会用の靴では相手にほとんど打撃を与えられなかった。

セルカーク卿はため息をついた。「無理やり連れていくしかないか。失礼」

ナイフをしまうと、また別のハンカチを取りだしてアリアドネの顔に押しあてた。いやなにおいが鼻をつく。アリアドネは息を止めようとしたが、無駄な努力だった。薬品を吸いこんだとたん、頭がふらふらした。手足から力が抜けていく。これではもう逃げられない。最後にもう一度、弱々しく抵抗を試みた。だが薬の力にはかなわず、冷たい冬の湖のような闇がアリアドネを呑みこんだ。

「ほう、それはおもしろいな」ルパートはいらだちを隠そうともせず言った。「ではそろそろ失礼する」

「いいえ、ここからがいちばんおもしろいんですよ」男は両手をひらひらさせて言った。

記憶は定かでないが、この話し好きの若者はたしかホッジスと名乗った。広間を出て、アリアドネと約束した部屋まであと少しというところで、最後の廊下の角に立っているこの男と出くわしたのだ。時間を聞かれたので、しかたなくベストのポケットから懐中時計を取りだして教えた。

ルパートが立ち去ろうとすると、ホッジスがまた質問をしてきた——今度は天気のことだ。それから最近、馬市場《タッターソール》へ行って馬を買った話を長々としはじめた。

いつものルパートなら相手をふりはらっていただろう。だがホッジスは広間に戻る気配がなかった。見られているとわかっているのに、アリアドネが待つ部屋へ向かうのはためらわれた。すでに約束の時間を十分は過ぎている。アリアドネはなにかあったのかと心配しているにちがいない。部屋に着いたときにまだホッジスがここに立っていたら、逢引きは延期したほうがよさそうだ。欲望で体は火照っているが、だれかに見つかる危険を冒すわけにはいかない。とくにホッジスのような愚鈍な男にだけは。

それにしてもいらいらする。アリアドネに人のいない部屋でこっそり会おうと提案され、こちらもすっかりその気になっていた。それなのにあと数ヤードで彼女に会えるというところで、この若造につかまってしまった。

もうこれ以上、我慢できない。

ホッジスが笑みを浮かべ、ルパートが歩いてきた方向を手で示した。「書斎へ行ってなにか飲みませんか。この屋敷にあるスコッチウィスキーは絶品です」

「ああ、またつぎの機会に」ルパートは背中を向けて廊下を歩きだした。

だが三歩も進まないうちに、ホッジスが前へやってきて行く手をふさいだ。

「ではビリヤードはいかがでしょう?」ホッジスは高い声ですがりつくように言った。

「ほっとひと息つくのに、ビリヤードほどいいものはありません」

ルパートは眉根を寄せた。「わたしは息抜きを求めているわけではない。そこをどいてくれ」

ホッジスはごくりとのどを鳴らした。「あ――あの、ほかになにか楽しんでいただけることを考えますので、殿下」

「結構だ。邪魔をするな」

だがホッジスは動かなかった。

ルパートははっとひらめいた。この男はわざとこちらを足止めし、時間稼ぎをしている。

考えられる理由はひとつしかない。

アリアドネだ。

「そこをどけ」ルパートは厳しい口調で言った。

ホッジスを押しのけ、大股に廊下を進んだ。いちばん奥の部屋の前に着くなり扉をあけた。

だれもいない。

アリアドネはどこだ？　もうとっくに来ているはずだ。もしかしてこの部屋ではないのだろうか。いや、ホッジスは自分をここへ来させまいとしていた。アリアドネに近づけないこと以外に、理由は考えられない。

ろうそくの弱い明かりのなかで、なにか光るものが目に留まった。近づいて拾いあげると、それは耳飾りだった。

アリアドネのものだ――ナシの形をしたサファイアとダイアモンドの耳飾りで、ほんの三十分前に彼女が着けているのをこの目で見た。

それをぐっと握りしめたとき、奥にある使用人用の出入口の扉がちゃんと閉まっていないことに気づいた。ルパートはつかつかと歩み寄り、扉をあけてなかをのぞいた。

ここにもだれもいない。

だがルパートの鼻は二種類のにおいをとらえていた。ひとつはなじみのあるにおいで、もうひとつは背筋がぞっとするにおいだ。

アリアドネはここにいた。

軽やかな香水の香りと、彼女自身の甘いにおいが入り混じった、この独特のにおいはすぐにわかる。

そしてもうひとつは手術室と薬局を連想させるにおいだ。

エーテル。

もはや一刻の猶予もないと悟り、ルパートはくるりときびすを返して部屋を走りでた。廊下はがらんとしていた。

ホッジス。あの悪党め。

ホッジスは——それが本名だとして——どこへ行った？　何者であるにせよ、アリアドネが姿を消したことにあの男が関与しているのは、火を見るよりもあきらかだ。

つかまえなければ。

ルパートは人目も気にせず、広間と正面玄関のほうへ向かって全速力で走った。いったん足を止め、人混みに目を走らせてホッジスの茶色い頭を捜した。だがあまりに人が多すぎる。ダンスをしたり談笑したりする人びとであたりはごった返し、人の動きが邪魔で視界がさえぎられる。

一瞬、その姿が目の隅に映った。ルパートはふたたび走りだした。ぜったいにあの男を逃がすわけにはいかない。

ルパートが追いついたとき、ホッジスはちょうど貸し馬車に乗りこもうとしているところだった。ルパートは腕をつかんでふりむかせた。ホッジスはがたがた震え、ルパートの手からのがれようともがいた。その目に追いつめられたキツネにも似た恐怖の色が浮かんでいる。

「すべて白状しろ」ルパートは言った。「そうでなければ、この腕を引き抜いてやる」

ホッジスは半べそをかきながら話しはじめた。

17

アリアドネはセルカーク卿をにらみつけ、視線でほんとうに人を殺せればいいのに、と思った。頭がずきずきしてひどく気分が悪い。それもこれもすべてこの人のせいだ。三十分ほど前、ふたりは宿屋に着いた。おそらくグレート・ノース・ロード沿いだろう。馬車に乗っているあいだ、ほとんどずっと両手を縛られて座席に横たわっていたため、正確な場所はわからない。

アリアドネが目を覚まして胸のむかつきを訴えたので、セルカーク卿はさるぐつわをはずした。嗅がされた薬品のせいで吐き気がひどく、馬車は何度かとまって、アリアドネが胃のなかのものを道端に戻すのを待たなければならなかった。アリアドネのなかでセルカーク卿の罪状はどんどん増えていった――一番めにして最大の罪状は誘拐だ。

意図せずセルカーク卿の靴に胃のなかのものをぶちまけたとき、アリアドネはひそかに溜飲を下げた。彼は野原で十分ばかり悪態をつきながら、背の高い草で靴をふいていた。

しかしあれももう何時間も前のことだ。太陽はのぼり、また沈んでいった。セルカーク卿は、今夜は宿屋に泊まり、朝になったら目的地へ向かって出発すると言った。

目的地がどこかは知らないが、アリアドネは彼の計画に協力するつもりなどまったくなかった。

「ハムを食べてごらん」個室のテーブルをはさんだ向かいの席で、セルカーク卿が言った。「なかなかの味だ」

アリアドネは鋭い目でセルカーク卿をねめつけると、腕を組んで顔をそむけた。

セルカーク卿は肩をすくめた。「勝手にすればいいさ。でも食べないでつらい思いをするのはきみだ。それとなにか飲んだほうがいい。水分が足りなくて倒れたら困るだろう。とくにあれほど気分が悪かったことを考えれば」下を向いて皿を見る。「申しわけなかったと思っている」

「どのことを？」アリアドネは言った。「わたしに薬を嗅がせて気分を悪くさせたこと、それともナイフを突きつけたこと？　誘拐したことかしら？」

ひと呼吸置いてからセルカーク卿は答えた。「ぜんぶだ」

「申しわけないと思っているなら、わたしを解放してちょうだい。ロンドン行きの馬車に乗せてくれたら、今回のことはだれにも言わないと約束するわ」

セルカーク卿は微笑んで目をきらりとさせ、グラスを口に運んでワインを飲んだ。「きみには気概がある。そんなところが大好きだ。でも残念ながら、このまま帰すわけにはいかないんだ」

「どうして？　わたしが約束を守らないとでも？」

「いや、でもきみの友人が黙っているとは思えない。きみから話を聞きだして、わたしに追手を送るだろう。この国にもヨーロッパ大陸にも、安全な場所はない」

「だったらなぜこんなことをしたの？　わたしがいなくなったことに友人たちはとっくに気づいているわ。わたしが見つかるまで捜しつづけるでしょう」

「そうだろうね。でもこちらがつねに二歩前を行けば、つかまる前に目的をはたすことができる。そうなったら、きみの友人たちにもなすすべはない」

セルカーク卿はパンのはいった小さな籐籠をアリアドネのほうへすべらせた。「さあ、食べるんだ。それからミルクも飲んで。胃が楽になるから」

アリアドネは断わろうと口を開きかけたが、セルカーク卿の目に浮かんだ表情を見てやめた。表面的には紳士然とふるまっていても、この人は刃物をちらつかせてこちらを脅したあげく、薬で意識を失わせて誘拐したのだ。もし食べ物と飲み物を拒みつづけたら、また暴力に訴えるかもしれない。

彼女はパンをひとつ取り、皿に置いてふたつに割った。セルカーク卿が見ている前で、ひとかけらを口に入れた。まだ舌が腫れて乾いているように感じられ、うまく食べられなかった。なんとか飲みこんだものの、また戻してしまうのではないかと思った。

幸いなことにパンはのどを通り、しつこい吐き気も少しやわらいだ。つぎにミルクを飲んだ。ミルクをコップ一杯飲むのは、よちよち歩きの子どもだったころ以来だ。生温くて味気なかったが、しばらくすると頭がすっきりしてきた。

そのあいだじゅう、アリアドネは相手に腹を立てていた。セルカーク卿も黙々と食事をつづけた。

食べ終えるとアリアドネは椅子にもたれかかった。「あなたはさっき、いったん目的をはたしたら、わたしの友人たちにもなすすべはないと言ったわね。その目的とやらはなんなの？　お金に関係があることかしら」

セルカーク卿は空の皿にナイフとフォークをきちんと置き、ナプキンで口をふいた。それからようやくアリアドネを見た。「きみはとても頭の回転が速い。女性にとって美点ではないとされているが、わたしは前からそこが気に入っていた。賢いきみならわたしの計画をあてられるんじゃないか」

アリアドネの頭にいくつかの考えが浮かんだが、どれもぞっとするものだった。「あなたはお金に困っていて、わたしを誘拐して身代金を要求することにした」いちばんましな答えを口にした。

「金のことはあたっている。たしかにわたしは金を、しかも大金を必要としている。でも身代金だって？　本気かい？　それでなにが解決すると言うんだ？」

アリアドネにもそれはわかっていた。彼の言うとおり、なにも解決しないだろう。

「はずれだよ。わたしはきみと結婚するつもりだ。前に求婚したときに首を縦にふってくれれば、こんな面倒なことにならずにすんだのに。だがいまさらそんなことを言ってもしかたがない」

「わたしのことをさっさと忘れて、郷士の娘に求愛してるんじゃなかったの。どうやらうまくいかなかったみたいね」

セルカーク卿の表情が険しくなった。「ああ。彼女は器量もいいし、家も裕福だった。きみのように洗練された作法は身に着けていないが、結婚するには悪くない相手だったよ。ところが、もう少しで万事うまくいくというところで、父親がわたしの身辺を調べはじめた。そしてわたしにギャンブルで作った多額の借金と、商人へのつけがあることを突きとめたらしい」

彼はテーブルの上に置いた手の一方をこぶしに握った。「そいつはわたしのことを財産目当てだとののしり、二度と娘に会うなと言った。彼女はわたしに恋をしていたから、グレトナグリーンへ行こうと説得することもできただろう。だが父親は彼女を外国へやった。イタリアだ。そうなるともうお手上げだ。

そうこうしているあいだに、事態はさらに深刻になってきた。そのときわたしはすでに高利貸しに手を出していたんだよ。近いうちに莫大な財産が転がりこんでくる予定だったものでね。そのもくろみがはずれて、きみのことがまた頭に浮かんだというわけだ」

アリアドネは腕組みをした。「つまり、わたしをグレトナグリーンへ連れていこうというのね」

セルカーク卿はにやりとした。「さすが王女様だ。結婚するのが楽しみだよ」

「何度もがっかりさせて申しわけないけれど、あなたの妻になる気はないわ」

セルカーク卿はため息をついた。「きみがおとなしくついてくるとはもともと期待していなかった。だが、わかっているかな。きみはもうきずものだ。昨晩の時点で、きみが姿を消したことに社交界の面々が気づいていなかったとしても、いまはもう気づいているにちがいない。ロンドンに戻ったら恰好の噂の種だ」

椅子にもたれかかり、ワインを飲んでつづけた。「わたしとふたりきりで何日も過ごしたことが知れわたったら……。いくら王族であっても、いったいどれぐらいの人がきみに背中を向けるだろうか。そんな事態を避けたかったら、わたしと結婚する以外に道はない。身分の差をせせら笑う連中もいるだろうが、駆け落ちするほど愛しあっているとはロマンティックだと言う人もいるだろう」

アリアドネはおそろしい顔でセルカーク卿を見据えた。「駆け落ちですって？　冗談じゃないわ。これは誘拐と恐喝じゃないの」

「ふたりの結婚をもっと前向きにとらえたほうがいいと思ったんだが、きみがどうしても事実にこだわりたいなら、そうすればいいさ。でも駆け落ちしたことにするほうが、傷は浅くてすむ」

アリアドネは目を細くすがめた。「そんなにわたしのお金が欲しいの?」

「ああ、のどから手が出るほど」

「そう、残念だったわね」

「どういう意味だ?」

「あなたは勘違いしているわ。わたしは自分の評判を守ることにそれほどこだわりがないの。わたしのことをもっとよく知ってたら、あなたにもわかっていたでしょうに。はっきり言って、あなたみたいな卑劣な野蛮人の妻になるぐらいなら、ふしだらな女だと後ろ指をさされるほうがまだましよ。結婚なんてありえない」

セルカーク卿はアリアドネの目を見つめ、険しい顔をした。「いや、それがありえるんだ。きみにはかならずわたしと結婚してもらう」

アリアドネは乾いた笑い声をあげた。「するわけがないでしょう。さあ、いますぐわたしをロンドンへ帰しなさい。北へ向かうのは、お互いにとって時間の無駄でしかないわ」

無言でワインを飲みながら、セルカーク卿はアリアドネの言ったことに考えをめぐらせた。

「そんなことはない。勘違いしているのはきみのほうだ。きみは自分が同意しなければ結婚はできないと思っているようだが、それはちがう」

「ばかなことを言わないで」アリアドネは声を荒らげた。「わたしは王女なのよ。あなたと結婚しないと決めたら、無理やりさせられることなんてないわ」

「イングランドにいるかぎりはそのとおりだろう。でもスコットランドへ行ってグレトナグリーンに着いたら、あとは司祭と証人をふたり見つけるだけだ」

「あなたの妻にはならないと言うわ」

「ああ、やってみるといい」自信たっぷりにセルカーク卿は言った。「だが、旅の途中で数えきれないほどきみを犯したと言ったら、司祭はわたしたちを結婚させたがるだろうな。なにしろ子どもができているかもしれないんだ。わたしはせめてもの罪の償いとして、生まれてくるわが子を庶子にしたくないと訴えるさ」

アリアドネは皿の横に置かれたナイフの柄を握りしめた。「わたしを無理やりベッドに連れていくつもり？　言っておくけれど、わたしはぜったいに降参しないわ。とことん抵抗してやるから」

セルカーク卿は顔をしかめて片手をあげた。「そんなにむきにならないでくれ。ほとんどの女性は喜んでわたしのベッドに来るよ」

「わたしはちがう」

こんな人を一度は恋人にしようと考えていたなんて。アリアドネは愕然とした。でもいまはルパートしか欲しくない。こんな卑怯な手を使う悪党には、指一本触れられたくない。

ルパートが約束の時間どおりに来てくれれば、こうして誘拐されることもなかったのに。彼はどこでなにをしていたのだろう。まさかとは思うが、ルパートの身になにか悪いことが起きたのではないだろうか？

そんなことはない、とアリアドネは自分に言い聞かせた。ルパートは無事で、きっとわたしを助けに来てくれる。

それまではなんとか自分で身を守るしかない。

「近づかないで」アリアドネはナイフを握る手にぐっと力を入れた。

セルカーク卿は目をぐるりとまわした。「おおげさだな。わたしは女性に無理強いはしない主義だ」

「でもさっき――」

「きみの純潔を奪ったと司祭に告げると言ったんだ。でもきみがあまりかたくなな態度だと、気が変わるかもしれないぞ。とりあえずいまのところは、きみの貞操は無事だ。結婚したらまたあらためて話そう」

「司祭はあなたの言うことを信じないでしょうね。わたしの財産を手に入れるために、あなたが嘘をついていると訴えるわ」

セルカーク卿はあざ笑うような顔をした。「やってみればいい。だが無駄に終わるだろう。それなりの額の金をわたせば――その用意はしてある――司祭はわたしがきみにさるぐつわを噛ませ、髪をつかんで祭壇にひきずっていったとしても、なにも言わないさ」

セルカーク卿が本気であることがわかり、アリアドネの顔から血の気が引いた。グレトナグリーンに着いたら、この人は目的をはたすためにどんなことでもするだろう。だがスコットランドまではまだ長い道のりだ。その前になんとか逃げる方法を考えよう。

そうできることを願うばかりだ。

18

翌日、アリアドネはセルカーク卿を無視し、馬車の窓からぼんやり外をながめていた。セルカーク卿は向かいあった座席の反対側の端にすわり、一見すると眠っているようだ。みぞおちの前で両手を組み、脚を前に投げだしている。

でも油断はできない。彼はまるで猫のようで、たったいま寝ていたかと思うと、つぎの瞬間には完全に目を覚ましているのだ。アリアドネは昨夜、逃げようとして失敗し、そのことを思い知らされた。

夕食のあと、セルカーク卿はアリアドネを二階の客室へ連れていった。同じ客室に泊まるのだと知ってアリアドネはぞっとしたが、セルカーク卿はそのことばどおり、手を出そうとはしなかった。女中に命じて毛布と枕を持ってこさせ、床に即席のベッドをこしらえた。

アリアドネは服を脱がずにドレスのまま上掛けの下にもぐりこみ、懸命に睡魔と闘った。二時間近くたったころ、セルカーク卿の規則的な深い寝息が聞こえてきて、ときおり軽いいびきがそれに混じった。

アリアドネは音をたてないよう注意しながら、ベッドをおりて出口へと向かい、そっと扉の錠をまわした。ところが二センチあいたかあかないかというところで、扉はいきなり閉まった。

ふりかえるとセルカーク卿が立っていた。

「おっと、こっそり出ていこうとするなんて悪い王女様だな。それにしても、いったいどこへ逃げるつもりだったんだ」

アリアドネは、厩舎から馬を一頭失敬し、全速力で走らせて行けるところまで行くつもりだった。友人のマーセデスも何年か前、人殺しの集団から無事に逃げおおせた。だったら自分にも同じことができないわけがないと思ったのだ。

だが計画は無残に失敗した。

「ベッドに戻って眠るんだ」セルカーク卿は言った。「夜が明けたらすぐに出発する」

アリアドネはとぼとぼとベッドへ向かった。腹立たしいことに、セルカーク卿は即席のベッドを扉の前へ移動させ、アリアドネがまた逃亡を試みないようにした。

そしていま、アリアドネはセルカーク卿にとらわれたまま馬車に乗っていた。

扉をあけて外に飛びおりることも考えたが、馬車はあまりに速く走っていて、ひどいけがを負うのは目に見えていた。そんなことをすれば、ますます逃げるのがむずかしくなる。

新しい武器を手に入れたのがせめてもの救いだ――あわただしい朝食のとき、ナプキンに包んでこっそりしまっておいたフォークだ。どのように使うかはまだ考えてないが、ポケットにはいっていると思うだけで心強い。

これまで旅をするときは、いつも王女にふさわしい豪華な馬車に乗っていた。街道をすべるように走り、がたがた揺れたりしない馬車だ。内装も立派で、乗り心地は申しぶんなかった。

それにくらべると、セルカーク卿の用意したこの馬車はあまりにお粗末だ。ほとんどの人はこうした馬車に慣れていて、とりたてて不満を感じないのかもしれない。だがいまの自分は、とてもおおらかな気分にはなれず、彼のやることなすことすべてに不満を感じている。

アリアドネは目をすがめ、セルカーク卿の寝顔をじろりとにらんだ。胸の前で腕を組み、増える一方の彼の罪状に〝がたがた揺れる馬車〟を追加した。

だがアリアドネはけっして泣きごとを言わなかった。それでは自分の威厳が傷つくし、言ったところで状況がよくなるわけでもない。

ところが時間がたつにつれ、空腹で気分が悪くなってきた。とうとう我慢できなくなり、雑なあつかいに文句を言おうと口を開きかけた。そのときようやくセルカーク卿が目を覚まし、天井をたたいて、つぎの宿屋でとまるよう御者に命じた。

地面に降りたったとき、アリアドネはほっとして涙が出そうになった。長時間、窮屈な姿勢で馬車に閉じこめられていたせいで、脚も腰もがちがちにこわばっている。

でもそうしたことをみじんも顔に出さず、軽蔑の表情を崩さなかった。退屈だという顔さえしてみせたが、ほんとうは疲れて空腹で体のふしぶしが痛くて、少しおびえてもいた。ただ、こんな人の前で弱みを見せたくないという思いだけが、アリアドネを支えていた。

個室に通されると、セルカーク卿はあたりさわりのない会話をしようとしたが、アリアドネが返事をしないのを見てやめた。口もとに苦笑いを浮かべ、ふたりぶんの食事を注文すると、椅子にもたれかかってワインを飲みながら、宿屋の中庭を見おろした。

アリアドネも無意識のうちに中庭に目をやった。馬丁が走りまわって馬の世話をしている。到着して乗客を吐きだす馬車もあれば、乗客を乗せて出発する馬車もある。蜂の巣をつついたような騒ぎがくり広げられ、人も動物も乗り物もせわしなく動いていた。

だが料理が運ばれてくると、アリアドネの興味は、中庭から目の前に置かれた鶏肉のパイとバター炒めのエンドウ豆に移った。

いつも食べているものからはほど遠いものの、料理は意外なほどおいしく、ひと口ごとにアリアドネは元気を取り戻した。

女中が空の皿を下げにやってくると、セルカーク卿は残ったワインを飲み干して、デザートの勧めを断わった。

「時間がないんだ。もう出発しなくては」

「あと少しだけいいじゃないの」アリアドネは言った。あのぞっとする馬車に戻って、ぜったいに行きたくない目的地に近づくのはごめんだった。

「チーズと果物を持ってきてちょうだい」アリアドネは女中に言った。「閣下は甘いものを召しあがりたくないようだけど、わたしはいただくわ」

セルカーク卿は片方の眉をあげた。「箱かなにかに詰めてくれ。馬車のなかで食べられるように」

女中はふたりの顔を交互に見たのち、ひざを曲げてお辞儀をし、デザートを箱に入れて用意するため急いで立ち去った。

女中がいなくなるとアリアドネはセルカーク卿に言った。「お化粧室に行かせてもらえるかしら」

セルカーク卿は少し間を置いてからうなずいた。「どうぞ、王女様。今日は長い一日になる。きみに快適な旅をしてもらうのがわたしの願いだからね」

よくもまあしゃあしゃあと！　アリアドネは心のなかで悪態をついた。快適が聞いてあきれるわ。でも女性を誘拐し、無理やり結婚して財産を奪おうというような人が、いまさらなにを言おうと驚くことではない。

アリアドネが席を立とうとしたとき、中庭から騒々しい音が聞こえた。見おろすと、ちょうど郵便馬車が到着し、乗客がぞろぞろおりてくるところだった。

マーセデスも追っ手から逃げるとき、郵便馬車に乗ったと言っていた。いま着いたあの馬車も郵便物の積み下ろしをして、ここで降りる乗客の荷物をおろし、新しく乗ってくる乗客の荷物を積みこむのだろう。そのあいだに、乗客は体を動かして簡単な食事をとる。郵便馬車は時刻表に忠実で、だれかが遅れても容赦なく出発する。

アリアドネは唇を指で軽くたたきながら、ふいに訪れた好機について考えた。

そしてなにも言わずに部屋を出て、階段に向かって廊下を進んだ。

セルカーク卿がついてきた。

玄関の間に着くと、アリアドネは女性用の化粧室へ向かった。セルカーク卿が後ろを歩いてついてくる。

アリアドネは足を止めてふりかえった。「閣下、どこへ行くつもり?」

「きみと一緒に行く」

顔をしかめ、どうやったら彼をふりはらえるだろうとアリアドネは考えた。「やめてちょうだい。わたしにだって人に見られたくない場面があるのよ。すぐに戻ってくるから」

「きみから目を離したくない」

「四六時中、監視されたくないわ」アリアドネは腕組みした。「そもそも、どこへ行けるというの? わたしはお金も持ってないし、交通手段だってないのよ。五フィートも逃げないうちに、あなたにつかまるに決まってる」

セルカーク卿は眉間にしわを寄せて一考した。「いいだろう、でも女中をひとり付き添わせる。時間はいまから十分だ。わたしの裏をかこうなどと考えないほうがいいぞ。きっと深く後悔することになる」

「わかったわ」アリアドネは言い、失敗したときにどんな罰が待ち受けているのかは考えないことにした。

自分の置かれた状況を受けいれたふりをし、しおらしい顔をした。だが頭のなかではさまざまな可能性をはかりにかけていた。

女中の存在は厄介だが、なんとかするしかない。この機会をのがしたら、二度と逃げられないかもしれないのだ。ぐずぐずしていたらスコットランドに着いてしまう。つぎの機会を待つ余裕はない。

女中がやってきて、セルカーク卿の指示をおとなしく聞いた。

「十分だ」セルカーク卿はくり返した。

「化粧室はすぐそこです」若い女中はにこやかに言いながら、混んだ食堂を抜けて建物の後方へとアリアドネを案内した。

外にある一般用の化粧室とは別に、上流階級の客用に小さな個室が用意されていた。アリアドネはなかにはいって扉を閉めると、郵便馬車の御者が出発の合図の角笛を吹くまで、あとどれくらい時間が残っているだろうと考えた。時間を読みまちがえるとたいへんなことになる。出ていくのが早すぎればセルカーク卿に気づかれて、たちまち連れ戻されるだろう。

でも遅すぎると出発に間に合わず、馬車と一緒に希望も消えてしまう。

それに、扉のすぐ外で待っている女中もどうにかしなければならない。

アリアドネはほんとうに用を足したのだと思わせるため、小さなたらいに水をそそいで手を洗った。手をふいてから扉の掛け金をはずした。

「もういいですか？」女中が言った。

「ええ」何歩か進んでから、アリアドネはとつぜん立ち止まった。「ああ、いけない」

「どうしたんです？」

「どうしよう、二階の個室に扇を忘れてきたわ。急いで取ってきてもらえないかしら？」

女中は眉根を寄せた。「でも閣下が、奥さんから離れないようにとのことでした」

「わかってるわ。でも馬車に戻るのが遅くなると困るし、ふたりで一緒に行ったら時間がかかってしまうでしょう。あの人はわたしがどこにいるかと思って、いらいらするに決まってる。彼を怒らせたくないの」アリアドネは訴えるような目で女中を見た。「お願い。急いで取ってきてくれたら、あの人にはわからないわ」

女中は一瞬ためらったのち言った。「正面玄関のところで待っててください。すぐに戻ります」

女中はあわてて立ち去った。

アリアドネも同じだった。

女中の姿が視界から消えるやいなや、くるりときびすを返し、外へ通じていることを祈りつつ、近くの扉を目指して走った。郵便馬車が出発する間際に駆け寄って乗りこむつもりだった。運賃のことは乗ってから考えればいい。セルカーク卿には、お金も交通手段もないから逃げられないと言ったが、御者か乗客のだれかに助けを求めよう。それに宝石だってある。ロンドンまでの運賃と同額で買いたいという人が、ひとりぐらいはいるはずだ。

アリアドネはぬかるんだ草地を避けながら建物の横をまわった。旅行用の靴ではないので、もうぼろぼろになっている。セルカーク卿が着替えすら用意してくれなかったせいで――これも彼の罪状のひとつだ――アリアドネは舞踏会用の恰好のままだった。実際、立ち寄ったいくつかの宿屋でも好奇の視線を浴びた。それでもさっきの女中も含めて、なにかあったのかと訊いてくれる人はひとりもいなかった。そう、自分を救えるのは自分しかいない。この機会をぜったいにのがすわけにはいかないのだ。

幸運なことに建物の側庭は狭くて人気がなく、だれにも見とがめられなかった。前庭に着くと、アリアドネは足を止め、建物の角に近いところに背中を押しつけてあたりを見まわした。

セルカーク卿の姿は見あたらず、ほっと安堵した。だが同時に、彼はどこにいるのかと不安になった。自分が女中を言いくるめて逃げたことに、気づかれてしまっただろうか。もしかしたらもう捜しているところかもしれない。

恐怖で胃がぎゅっと縮み、心臓が早鐘を打ちはじめた。アリアドネはポケットに手を入れてフォークを握りしめた。武器としてはたいして役に立たないかもしれないが、あると思うだけで少しは勇気が湧いてくる。

さっき見かけた乗客の何人かが、正面玄関から出てきて郵便馬車に乗りこんだ。アリアドネは中庭にさっと視線を走らせ、セルカーク卿の姿を捜した。

まもなく御者が片手をあげて合図らしきものをし、馬車の扉を閉めはじめた。

いまだ。

走ろう。

ひとつ大きく息を吸うと、郵便馬車に向かって全力で駆けだした。

アリアドネが馬車にたどりついたとき、御者はふたつめの扉を閉めようとしているところで、驚いた様子で顔をあげた。

「乗せてちょうだい」アリアドネは震える声で言った。首を後ろにめぐらせ、セルカーク卿が近くにいないことを確かめた。その姿が見えないことにほっと胸をなでおろした。

「ちょうど出発するところですよ」御者はアリアドネのドレスに目を走らせた。「これは郵便馬車ですが」

「わかってるわ。でも乗りたいの」

「あいにく満員でしてね。屋根ならすわる場所がありますが」

屋根ですって？

アリアドネはぞっとしたが、それを顔には出さないようにした。「どんな座席でもかまわないわ。乗せてちょうだい」

「運賃は支払い済みですか？」

もう時間がないので、アリアドネは嘘をつこうかと思った。だが御者はほんとうに運賃が支払われたかどうかを確認するだろうし、そうなったら追いはらわれるのがおちだ。「いいえ、でも乗ってからお支払いするわ」

御者は首を横にふった。「すみません、運賃は先払いになっています。つぎの馬車を待ってください。そろそろ出発しなければ。時間厳守なもので」

「お願い」アリアドネは懇願した。「緊急事態で、一刻も早くここを発ちたいの」ドレスの胸もとにつけたダイアモンドとルビーの美しいブローチを指さす。「運賃よりもずっと価値があるはずよ」

御者はブローチをながめた。「本物ですか？」

「本物に決まってるでしょう」ぴしゃりと言った。「どうかしら？」

「そうですね、ふだんはこんなことをしないんですが、今回は特別です」

アリアドネはブローチに手をかけた。それをはずそうとしたとき、ふいに手首をつかまれた。

いやよ！　アリアドネは心のなかで叫んだ。

「ブローチを戻すんだ」セルカーク卿のなめらかな声がした。「宝石を郵便馬車の運賃と引き換えにすることはない」アリアドネの目の隅に、セルカーク卿が御者に向きなおるのが映った。「妻とちょっとした行き違いがあってね。夫婦の問題は夫婦で解決するよ」

「わたしたちは夫婦じゃないわ！」

御者と乗客の全員がふたりのほうを見た。

だがセルカーク卿は、やれやれというように微笑んでみせた。「かわいそうに、また混乱しているんだね」御者に視線を移し、秘密を打ち明けるように小声で言った。「妻には記憶障害があって、よくいろんなことを忘れるんだ。たとえば自分が結婚していることとか。不幸な事故の後遺症でね。これから故郷へ連れて帰って、療養させようと思っている」

「ぜんぶ嘘よ」アリアドネは言った。「この人はわたしを誘拐して、無理やりスコットランドへ連れていこうとしているの。わたしと結婚して財産を奪うつもりなのよ」

「ほら、ご覧のとおりだ」セルカーク卿は、今度は悲しげな笑みを浮かべた。

御者と乗客の表情が変わるのを、アリアドネは茫然として見ていた。さっきまで興味津々の顔でことのなりゆきを見守っていた人たちが、すっかりセルカーク卿のことばを信じ、アリアドネに同情のまなざしをそそいでいる。

「だまされないで！　彼の言っていることは真っ赤な嘘よ。この人はわたしの財産を狙ってるだけ。二日前、ロンドンで舞踏会があった夜、わたしを薬品で気絶させて誘拐したの。だからわたしはこんな恰好をしているのよ。お願い、みなさん、信じてちょうだい」

何人かの乗客の顔に疑念の表情が戻ったが、もはやどうしようもなかった。だれもかかわりたくないのだ。助けてくれそうな人はだれもいない。

御者が厳しい目でアリアドネとセルカーク卿を交互に見た。「警吏を呼んだほうがよさそうですね。でも時間に遅れるわけにいかないので、この馬車はもう出発します。すみません、奥さん……お嬢さん……どちらかわかりませんが」

「行かないで」アリアドネは追いすがった。

だが彼はすでに御者席に乗りこみ、手綱を握っていた。アリアドネはセルカーク卿に手首をつかまれたまま、郵便馬車が走り去るのを見ていた。

周囲に馬丁や野次馬で小さな人垣ができている。アリアドネは助けを求めようかと思ったが、どうせ無駄だとあきらめた。

怒りに震えながら手をふりはらおうとした。「放して」

「だめだ」セルカーク卿はアリアドネだけに聞こえるよう、冷たい声でささやいた。「よくも面倒をかけてくれたな。さあ、行こう。すっかり遅くなってしまった」

セルカーク卿はアリアドネの手首をさらに強くつかみ、馬車のほうへひきずっていこうとした。

だがアリアドネは足を踏んばって抵抗した。乗ってたまるものか。ぜったいにごめんだ。最後まであきらめるつもりはない。

無意識のうちにポケットに手を入れ、フォークを取りだしていた。そしてセルカーク卿の手の甲に、フォークの歯を思いきり突き立てた。

セルカーク卿は悲鳴をあげて手を離した。

「ちくしょう！　なんてことをするんだ！」

アリアドネはどこへ向かうのかもわからないまま走りだした。頭のなかは、ただここから逃げることでいっぱいだった。

背後が騒がしくなって人の叫び声が聞こえ、ブーツを踏みならす音が近づいてきた。アリアドネはすべりやすいサテンの靴で懸命に走った。つぎの瞬間、後ろから腕をつかまれた。

そんな！　もうつかまってしまったなんて。

アリアドネは片手をあげて身を守りながら、必死であらがった。相手をたたこうとこぶしをかまえたとき、褐色の髪の敵ではなく、金色の髪の救世主が見えた。

アリアドネの体から力が抜けた。自分の目が信じられない。

まさか。

い、い、ルパート。

助けに来てくれたのだ。

ルパートはアリアドネを引き寄せ、たくましい胸に抱きしめた。「もうだいじょうぶだ、アリアドネ」

アリアドネはようやく助かったことを知った。

19

宵闇が近づくなか、アリアドネは温かいルパートの腕のなかでまどろんでいた。がっしりした肩がちょうどいい枕代わりだ。

また馬車に乗っているが、不快さはまったく感じない。馬車は豪華なしつらえで、街道を南へ向けて揺れることなくなめらかに走っている。車輪が回転する静かな音と、ときおり馬のひづめが鳴る音しか聞こえない。

何時間か前に乗っていた馬車とはおおちがいだ。

セルカーク卿の馬車のなかで不安と絶望にさいなまれながら、どうしたら逃げられるかと考えていたのは、つい今朝のことだ。

宿屋で逃げる試みは無残に失敗した。あのときルパートが現われなかったら、いまもセルカーク卿にとらわれたまま、あのお粗末な馬車に乗せられて、おぞましい結婚が待ち受けるスコットランドへ向かっていただろう。

でもあの男の手をフォークで刺したときは、少し胸がすっとした。基本的に自分は暴力には反対だが、さんざんひどい目にあわされたのだから、あれぐらいの仕返しは許されるはずだ。

それにセルカーク卿はいまごろ、手のけがどころではない苦痛に耐えているにちがいない。ルパートがこっぴどい罰を与えたからだ。

ルパートはアリアドネが無事であることを確認すると、安全な場所で待たせた。そして馬車に乗って逃げようとするセルカーク卿を猛然と追いかけた。怒りに燃えながら、セルカーク卿の体をつかんで殴りかかった。

ボクシングがうまいことで有名なセルカーク卿は、必死で防御しつつ反撃した。ルパートとにらみあって弧を描くように動きながら、みぞおちとあごに鋭いパンチを食らわせた。だがそれがかえってルパートの怒りの火に油をそそいだ。ルパートは立てつづけにこぶしを繰り出し、相手の体に容赦なく打ちこんだ。

アリアドネは、このままではセルカーク卿が死んでしまうと思って怖くなった。そのときルパートがふとわれに返り、攻撃をやめた。セルカーク卿は唇から血を流し、うめきながら地面に崩れ落ちた。

しかしルパートの罰はまだ終わっていなかった。腰をかがめると、セルカーク卿の血まみれの顔をたたいて意識をはっきりさせ、ぞっとするような声で言った。「二度と彼女に近づくな。おまえが王女の五十フィート以内にいることがわかったら、今度は殴るだけではすまさないぞ。わたしはこの国の君主ではないが、その気になればおまえなどどうにでもできる。わかったか？」

セルカーク卿は腫れたまぶたを閉じてうなずいた。「は——はい。わかりました」

「もうひとつ、もしまた若い女性を金のために誘拐したりしたら、わたしが黙っていないから覚悟しておけ」

ルパートは倒れたままのセルカーク卿に背中を向けて立ち去った。

それから野次馬を無視し、アリアドネに手を貸して馬車に乗せた——飾りのない黒い馬車で、紋章もなにもついていないので、だれが乗っているのか一見しただけではわからない。

そのときはあまり深く考えなかったが、アリアドネはいま、ほっと胸をなでおろしていた。これなら自分があの宿屋にいたことをだれにも知られずにすむだろう。あの場にいたおおぜいの人たちが、ふたりの紳士がひとりのレディをめぐって激しく争っていたことを話してまわるだろうが、セルカーク卿も身元を明かすのは望まないだろうし、自分たちの正体はわからないはずだ。

いまにして思うと、セルカーク卿が少しかわいそうな気もする。

でも同情する気はない。なにしろ彼はわたしをグレトナグリーンへ連れていき、強引に結婚しようとしていたのだから。

そのことを思いだしてアリアドネは身震いした。

「起こしてしまったかな」ルパートは静かに訊いた。「眠ったほうがいい」

「いいえ、だいじょうぶよ。この二日間のことを考えていただけ」

ルパートはアリアドネの腕をやさしくなでた。「終わったんだ。もう心配しなくていい。あの男は二度ときみに近づかないよ」

「ええ、あなたがあの人に警告するのを聞いたわ。もうロンドンには戻らないんじゃないかしら」

アリアドネを抱くルパートの腕に一瞬、力がはいった。「ああ、そのほうが身のためだろうな。金銭的にも相当追いつめられているようだし」

「そうね。高利貸しに手を出して、せっぱつまっているというようなことも言ってたわ。わたしと結婚すれば、問題がすべて解決すると思っていたみたい」

「ああ、共犯者からそう聞いた。舞踏会の夜、約束の時間に遅れたのは、その男のせいだったんだ。セルカークはそいつに命じて、ぼくを足止めさせた。きみを気絶させて屋敷から連れだすあいだ、だれも部屋に近づかせないようにしたのさ」

ルパートはいらだちもあらわに、手をこぶしに握った。「ぼくがもっと早く気づいていたら、こんなことにはならなかったのに。アリアドネ、すまなかった。すべてぼくのせいだ」

「ううん、あなたのせいじゃないわ。セルカーク卿がなにを考えているかなんて、あなたにわかるわけがないでしょう。わたしだって最初はわからなかった。でもナイフを突きつけられて、薬を嗅がされて……。そのあとはあの人の思いどおりよ」

「きみをナイフで脅しただと？」ルパートは激怒した。「殴るのではなくて、眉間に銃弾を撃ちこんでやればよかった」

「そんなことを言わないで。あなたに人を殺したという重荷を背負ってほしくないわ」

「ああ、それもそうだね」ルパートは言ったが、あまり納得していないようだった。

アリアドネは彼の肩に頭をもたせかけた。馬車が街道を静かに走る音だけが聞こえている。ルパートの体がこわばっていることに気づいた。まるでなにかを必死に抑えているようだ。

「どうしたの？」アリアドネはルパートの胸に手をあてた。「なにか気になることでも？」

「なんでもない。休むんだ」

「こうして休んでいるわ」

肩にもたれかかったまま上を向き、ルパートの額にかかった髪をなでた。頬とあごにあざができているのを見て、思わず顔をしかめそうになった。

ルパートは深みのある青い目でアリアドネを見つめた。「この二日間、きみがあの男とふたりきりだったことが頭から離れない。さっきも訊いたけれど、ほんとうに無事だったのかい、アリー？」

アリアドネはルパートがなにを言おうとしているのかわかった。だがアリアドネが口を開く前に、ルパートがことばを継いだ。

「セルカークになにをされたのか、ぼくに打ち明けてくれないか。なにがあったとしても、きみのせいじゃない。きみはまったく悪くない。なんの落ち度もないんだよ。責められるべき人間がいるとしたら、それはぼくだ。もっと早くあの部屋へ行って、きみを助けるべきだった」

アリアドネは鼻を鳴らした。「やめて。その話はもう終わったでしょう。あなたはなにも悪くない。悪いのはセルカーク卿ただひとりよ。そしてさっき、あの人は当然の報いを受けた」

そして、ルパートの頰をそっとなでた。「いまの質問の答えだけど、あなたが言っているような意味ではなにもされてないわ。たしかに脅かされはしたけれど、その点についてだけは、あの人は紳士だった。昨夜は床に寝ていたし、わたしに触れようとはしなかったわ」

ルパートの腕の筋肉がびくりとした。「同じ部屋だったのか？」険しい声で訊いた。

「ええ、わたしが逃げないように。あの人が警戒したのも当然ね。だってわたしは、ほんとうに部屋から逃げようとしたんですもの。今日の午後は二回めの挑戦だったというわけ」

「あいつの手をフォークで刺しただろう」ルパートの口の端があがり、満足そうな笑みが浮かんだ。「よくやった」

「あの人、驚いていたでしょう？」

ルパートはのどの奥で低く笑い、ふたたびアリアドネの目を見た。「ナイフやフォークがあるところできみの機嫌を損ねないように気をつけなければ」

「そうしてちょうだい。夕食のときのけんかはもうなしよ」

ルパートは吹きだしたが、すぐに真顔に戻った。「無事でほんとうによかった、アリアドネ。ぼくは……不安でたまらなかった」

「わたしも不安だったわ。来てくれてありがとう」

「ぼくが来ないとでも思っていたのか？」

「ううん」アリアドネはルパートの頬に手をあてた。「あなたはかならず来てくれると思ってた。どれだけ感謝しても足りないわ」

ルパートは首をかがめてくちづけた。アリアドネは目を閉じ、熱いキスに夢中になった。

そのときはじめて、セルカーク卿にとらわれているあいだ、自分がどれだけ恐怖を感じていたかがわかった。

そしてルパートの腕のなかにいると、どれだけ安心できるかということも。

アリアドネは身をすり寄せ、唇を開いて情熱的なキスをした。

ルパートはうめき声をあげると、首筋に顔をうずめて、彼女が感じやすい場所にくちづけた。

アリアドネはぞくりとした。

「せっかくの密会の約束がはたせなかったね」ルパートはささやき、アリアドネの背中をなでおろした。指を広げて丸みを帯びたヒップを軽くつかむと、その体をぐっと抱きしめた。

「いまはふたりきりよ」アリアドネは甘い吐息をついた。

「ああ。でも――」ルパートはふたたび唇を重ね、息が止まるようなキスをした。「――行儀よくしなければ。少なくともいまは」

「お行儀よくなんかしたくない」アリアドネはルパートの髪に手を差しこんだ。「ただ忘れたいの」

それは本心から出たことばだった。この二日間のことを頭から消し去りたい。舞踏会の夜、ルパートと密会の約束を交わしたあの心ときめく瞬間から、いまこうして抱きあっているときまでのあいだに起きたできごとを、すべてなかったことにできたなら。

だがルパートは意志が固く、もう一度、ゆっくりキスをしてから顔を離した。

「ここではだめだ」アリアドネをすわりなおらせてから言った。「とりあえずいまはやめておこう。もうすぐ宿屋に着く。たいへんな目にあって疲れただろうから、今夜は泊まっていこう」

「ほんと？」アリアドネの胸がぱっと明るくなった。

「どちらにせよ、夜通し馬車を走らせるにはロンドンは遠すぎる」ルパートはアリアドネの手を握った。「宿屋に着くまで、少し休んで」

休む？　情熱的なキスをしたばかりなのに、とてもそんな気分ではない。

でもいまは我慢するしかない。

アリアドネはルパートの肩にもたれかかり、馬車が走る静かな音に耳を傾けた。次第にまぶたが重くなり、あけていられなくなってきた。

ほっと息をつき、ルパートに体をすり寄せて眠りに落ちた。


それから一時間以上たったころ、ルパートは便箋に最後の一行を書き終えると、すばやく署名した。便箋をたたみ、蜜蠟を垂らして封印した。

「これを大至急ロンドンへ」待機していた使者に手紙を渡した。

使者は会釈をし、急ぎ足で部屋を出ていった。

ルパートは椅子にもたれかかった。ここは宿屋で二番めにいい部屋で、小さなテーブルを当座の執務机にしている。ふだん泊まる部屋にくらべるとお粗末な感は否めないが、ひと晩だけのことなのでこれでよしとしなければならない。少なくとも清潔で静かだし、しかも〝イングランド随一の料理人が作るすばらしい英国料理〟が自慢の宿屋だという。

それがほんとうかどうかは夕食まで待たないとわからない。いまはアリアドネを無事にこの手に取り戻し、降りはじめた雨をしのげる建物のなかで、暖かなベッドで眠れるだけでありがたい。

アリアドネが宿屋のいちばんいい部屋で、大喜びしながら熱い風呂にはいっているあいだに、ルパートはエマとドミニクに手紙を書いてアリアドネの無事を知らせることにした。

アリアドネのあとを追うために舞踏会の会場を出るとき、ルパートは義理の弟であるドミニクに、彼女が誘拐されたこと、ホッジスという男によると行き先はグレトナグリーンらしいということをざっと伝えた。ドミニクは一緒に行くと申し出たが、ルパートは自分ひとりで対処できるし、ふたりともいなくなったら、エマが心配で取り乱すだろうと言って断わった。

そのときはあまり気にしていなかったが、いま思いかえしてみると、ドミニクはこちらの心のなかを見抜くような目をしていた。自分とアリアドネが、たんなる友人以上の関係にあると気づいているのだろうか。でもドミニクはそのことについてはなにも言わず、セルカークの共犯者のホッジスをそばで見張り、アリアドネの失踪に関する噂が流れはじめたら、それを打ち消しておくと請け負った。

そうできればいいのだが。

でもいまそのことを心配してもしかたがない。アリアドネが無事に戻ってきたことだけで充分だ。

召使いが扉をたたき、湯とタオルを持ってはいってきた。ルパートはそれを洗面台に置かせて召使いを下がらせた。不慣れな者の手を借りるよりも、自分で身支度をするほうがいい。

ロンドンを発つ前に、ルパートはいったんリンドハースト邸に帰った。長距離旅行用の馬車の準備ができるまでに、弾丸を込めた銃を用意し、いくらかの現金を金庫から取りだした。一刻も早く発ちたい気持ちはやまやまだったが、なんの計画も身を守る武器もなくあとを追うのは賢明ではないとわかっていた。

夜会服を脱いで旅に適した服に急いで着替えるあいだ、近侍が別の着替えと洗面道具を旅行かばんに詰めた。ルパートはアリアドネの着替えや身のまわりのものも用意するよう命じていた。自分が追いつくころには、そうしたものが必要になっているだろうと思ったのだ。

ルパートは、さっき扉をノックして、小さなかばんを差しだしたときのアリアドネの喜びようを思いだして頬をゆるめた。アリアドネは笑いながらルパートに抱きつき、風呂の用意をしていた女中が見ているにもかかわらず、情熱的なキスをした。

「まあ、王子様が来たみたいですね」女中は陽気に言った。

アリアドネはベッドにかばんを置いて中身を調べはじめた。「ドレスにストッキングに靴だわ。ああ、このみじめな靴をやっと脱げるのね。ほら見て、石けんと歯磨き粉とブラシもある。それにネグリジェも！　なんてお礼を言ったらいいの。まるで誕生日とクリスマスが一度に来たみたい」

ルパートはなぜか胸が温かいものでいっぱいになるのを感じた。アリアドネが緑色の瞳を輝かせ、頬をばら色に染めて微笑むのを、いままでとはちがう気持ちでながめた。それは奇妙な感覚で、あまり突きつめて考えないほうがいいような気がした。

ルパートはそのことを頭からふりはらい、目の前のことに集中した。シャツを脱いでベッドにほうると、旅行かばんをあけて、かみそりと革砥《かわと》とひげそり用の石けんを取りだした。洗面台に持っていき、たらいに湯を注いで夕食のための身支度をはじめた。

20

「ワインのお代わりは？」それから三時間近くたったころ、ルパートはデカンターをアリアドネのグラスの上に掲げて訊いた。アリアドネは首をかしげて微笑んだ。「じゃあ少しだけ。グラスに色がつく程度でいいわ」

ルパートは笑みを浮かべてアリアドネのグラスに半分ワインを注ぎ、それから自分のグラスにも注ぎ足した。そっとデカンターを置く。

こんな宿屋でこれほどおいしいボルドー酒が出てくるとは思わなかった。グラスのなかで熟れた果実のように赤く輝いている。だがアリアドネの紅潮した肌の輝きと、キスを誘っているような官能的な唇の色にはかなわない。

ルパートはアリアドネに見とれて食べるのを忘れていた。スプーンやフォークを口から出し入れしたり、唇についた水やワインを舌の先でなめたりするしぐさがなまめかしい。

アリアドネが酒にあまり強くないことはわかっていたが、あえて飲ませた。だが量はほどほどにとどめるように注意している。酔わせたいのではなく、ただ緊張をほぐしてのんびりしてもらいたいからだ。

この二日間、アリアドネはたいへんな経験をした。本人はなんでもない顔をしているが、彼女が内心で動揺していることをルパートは見抜いていた。

そこでワインや料理をせっせと勧めて楽しい会話をし、つらいできごとを忘れさせることにした。

ベッドにはいったら、なにも心配せずにぐっすり眠って、安らかな夢を見てほしい。ほんとうなら自分が守るべきだったのに、守ってやれなかった。それなのに、彼女はまだ自分を信頼してくれている。

もし追いつくのが遅かったら、どうなっていたことか。

セルカークがもっと卑劣な男で、アリアドネを辱《はずかし》めていたなら。

グラスを握るルパートの手にぐっと力がはいり、傷ついた関節が痛んだ。

だがあれだけ痛めつけて脅しておけば、セルカークは二度と彼女に近づかないだろう。そう思うと少し救われる。

それでも、アリアドネが多くの男にとって魅力的な獲物であることに変わりはない。自分ではそう思っていないようだが、彼女は無防備で世間知らずだ。しかも評判に傷がついた――ロンドンに戻ったら、人びとから後ろ指をさされることは目に見えている――となれば、よからぬ連中がさらに寄ってくるだろう。ルパートが前に警告したように、彼女を利用してさんざんおもちゃにしたあげく、冷たく捨てるような男が。

それに金目当ての男も近づいてくるはずだ。アリアドネは相続財産があれば自由に生きていけると思っているようだし、それはある意味で正しい。でも血のつながった家族の庇護がない彼女は、ふつうの裕福な若い女性よりもずっと狙われやすいのだ。

それからもうひとつ、セルカークの起こした事件が示しているように、愚かな男にとってはアリアドネが王女であることも抑止にはならない。むしろ王族であるからこそ近寄ってくる男も少なくないはずだ。彼女の祖国がもはや存在しなくても、そういう連中には関係ない。

アリアドネはどうしたら安全に生きていけるだろうか。

いちばん手っ取り早いのは結婚することだ。

でもだれと？

アリアドネが誘拐される前、求愛者のなかに適齢期の王族はほとんど見あたらなかった。今回の件が明るみに出たら、王族から求婚される可能性はついえるだろう。たとえアリアドネがその気になったとしても、だ。

もっとも、頑固な彼女が考えを変えるとは思えない。

世間からきずものとささやかれていても、王族より身分の低い貴族なら、アリアドネの血筋に惹かれて結婚してもいいと思うかもしれない。細かいことにこだわらないイタリア人の貴族はどうだろう。イングランド人の貴族のなかにも、王女と結婚できるなら悪い話ではないと考える者がいるかもしれない。

しかもアリアドネはとびきり美しい。それだけでも妻にしたいと思う男は多いはずだ。甘くて情熱的な彼女を自分のものにして、ベッドで抱くことができるのだから。

本人は気づいていないかもしれないが、アリアドネはどこに行っても、男の物欲しそうな視線を集めている。期待に満ちた顔で、遠まわしに口説く男もいる。自分はこの目で何度もそうした場面を見てきた。

彼らがアリアドネに惹かれる気持ちは痛いほどよくわかる。だが、そういう連中とはちがって、自分はすでに彼女のベッドに招かれている。

手放したくない。

彼女は自分のものだ。

ルパートはふいに激しい怒りを覚え、グラスを危険なほど強く握りしめた。それがだれであれ、ほかの男が彼女に触れると思うだけで、頭がどうにかなりそうだ。

またセルカークのことを考えた。あの男とアリアドネは二日間ふたりきりで過ごし、寝室まで同じだったという。アリアドネはなにもなかったと言っているが、あの男が彼女と一緒にいるところを想像するだけで吐き気がする。

いつかアリアドネが結婚する日が来たら、司祭が誓いのことばを言い終わらないうちに、自分はその幸運なろくでなしに殴りかかってしまいそうだ。

ルパートは首をふり、なぜ急にこんなばかげたことを考えているのだろうと思った。今夜の自分はどうかしている。いつも合理的かつ現実的かつ理論的で、じっくり時間をかけてあらゆる角度からものごとをながめ、最善と思われる選択をしてきた。いい君主であろうと精いっぱい努め、国民の安泰こそが唯一の真の関心事だった。個人的な思いを封印してなすべきことをなし、自分の幸せなど二の次にしてきた。だが今夜、そのすべてに疲れた。今夜は自分に正直に過ごしたい。

でも自分に正直に過ごすとは、いったいなんだろうか。

ルパートはワインを一気に飲み、音をたててグラスを置いた。

アリアドネが不思議そうにルパートを見た。ワインと寝不足のせいで目がとろんとしている。

「もう遅い」ルパートは言った。「そろそろ休んだほうがいい」

「まだ疲れてないわ」アリアドネはそう言ったそばからあくびをした。

「ほら、眠そうだ」

「それほどでも」アリアドネは恥ずかしそうに微笑んだ。「デザートがまだでしょう。甘いものはいらない？」

「とくに欲しくない」

甘い食べ物はいらない。甘いきみが欲しい。ルパートは胸のなかでつぶやいた。全身にキスの雨を降らせる場面を想像し、ズボンの前がきつくなった。アリアドネというデザートを味わいつくしたい。

だが今夜は、彼女をゆっくり寝かせてやることを自分に誓ったはずだ。

アリアドネがまたあくびをした。「やっぱり疲れているみたい」

「さあ」ルパートは言った。「部屋へ戻ろう」

立ちあがってアリアドネに腕を差しだした。

アリアドネはルパートの腕に手をかけ、おだやかな笑みを浮かべた。その表情に胸と下半身がずきりとしたが、ルパートは平静を装った。

部屋の入口でふたりは立ち止まった。

「おやすみ」ルパートは扉を大きく押しあけた。

「あら、あなたははいらないの？」

「ああ、遠慮しておく。ゆっくり休んでくれ」

アリアドネはルパートの腕にかけた手にぐっと力を入れた。「あなたと一緒だと思ってた。そのほうが安心して眠れるのに」

ルパートはアリアドネの手に自分の手を重ねた。「なにも怖がる必要はない。この場所は安全だ。だれも勝手にはいってこられない。さっき宿屋の主人と話をして、寝る前にすべての扉と窓に鍵がかかっていることを確認するよう念押ししておいた。今夜、泊まっている客はぼくたちだけだから心配はいらない」

「ええ、そうね、あなたの言うとおりだわ。おかしなことを言ってしまったけど、わたしはひとりでもだいじょうぶよ」

アリアドネの声音に不安な響きを感じ取り、ルパートは眉をひそめた。そしておかしなことを言ったのは自分のほうだと気づいた。彼女は誘拐されるという体験をしたのだ。薬品で気絶させられ、いつなにをされるかわからないという恐怖におびえながら、望まない結婚が待ち受けるスコットランドに向かって、イングランドの半分を旅した。夜、ひとりになりたくないと思うのは当然だろう。もし自分がいなくなったら、一睡もできないかもしれない。

「やっぱり一緒にいるよ。女中を呼んでおくから、着替えをすませるといい。またあとで来る」ルパートはアリアドネの手を取って口もとへ運び、手のひらにくちづけた。「心配しなくていい、アリアドネ。だいじょうぶだよ」

アリアドネの唇にうれしそうな笑みが浮かび、緑色の目が安堵で輝いた。「早く来てね」

「わかった。女中が出ていったらちゃんと扉を閉めておくように。ぼくは鍵を使ってはいるから」

「待ってるわ」

ルパートはアリアドネにもう一度キスをすると、くるりと向きを変えて立ち去った。

アリアドネは洗面をすませてベッドにすわり、ルパートが来るのを待っていた。髪をきれいにとかして、シナモンとグローブのいいにおいのする歯磨き粉で歯も磨いた。旅行かばんのなかにそれがはいっているのを見つけたときは、うれしくて小躍りしたものだ。

さっき女中がやってきて、アリアドネがドレスを脱いで上等のローン生地のネグリジェを着るのを手伝った。それから水と湯がはいった水差しと洗いたてのタオルを何枚か置き、おやすみなさいと言って部屋を出ていった。

アリアドネはルパートに言われたとおり――言われなくてもそうしただろう――扉にしっかり鍵をかけてから、ベッドに腰をおろした。

シーツはきれいに折り返され、枕もふかふかで、とても寝心地がよさそうだ。アリアドネは口を手で覆ってあくびをし、ベッドをながめた。

でもルパートが来るまでは寝たくなかった。彼と話がしたかった。そして腕に抱かれてキスをし、快楽の海におぼれて、このつらかった二日間のことをすべて忘れてしまいたい。

アリアドネは馬車のなかでのつづきをするつもりだった。寝るのはそのあとでいい。いまはただ、ルパートが欲しい。

ところが待っているうちにまぶたが重くなり、疲労感がどっと襲ってきた。またあくびが出て、目に涙がにじんだ。アリアドネは何度かまばたきをした。少しのあいだ、枕にもたれかかって目をつぶろうか。鍵穴がまわる音がしたら、ルパートが来たことがわかる。

アリアドネはベッドにあがり、ふっくらしたガチョウの羽毛枕にもたれかかった。

一分だけ。一分たったら、ちゃんと起きあがろう。

部屋は薄暗く、雨が屋根や窓を打つものうげな音が聞こえる。アリアドネはその音を聞きながら、鍵穴がまわる音に耳を澄ませた。

一分のつもりが二分たち、どんなにがんばってもまぶたをあけていられなくなってきた。ため息をつき、枕の上で頭の向きを変えると、そこから先の記憶が途絶えた。


ルパートはアリアドネの寝室にはいり、扉を閉めて鍵をかけた。夜の闇に包まれて室内がよく見えない。唯一の明かりは、青と白の陶器の容器に立てられた一本のろうそくで、もう半分まで溶けている。

ろうそくを手にベッドに近づき、ぐっすり眠っているアリアドネを見おろした。自分が望んだとおりだ。彼女にはひと晩ゆっくり眠って、心身の疲れを癒やしてほしかった。

だがルパートは心のどこかでがっかりしていた。

アリアドネが起きて待ってくれていることを、自分はひそかに期待していたのかもしれない。彼女が手を伸ばして、シーツのあいだへ招きいれてくれることを。

ルパートは自分の愚かさに苦笑した。今夜はひとりで寝かせたほうがいいなどとよけいな気をまわしたが、ご覧のとおり、アリアドネはワインの酔いと疲れから熟睡している。

このまま自分の部屋へ戻ろうか。そのほうが彼女もベッドを広々と使える。だが自分はアリアドネに、朝まで一緒にいると約束した。彼女が夜中に目を覚ましても、怖くないように。なにもせずにアリアドネの隣りで眠ることを考えると、思わずため息がもれた。ルパートは女性と一緒に寝る習慣がなかった。ベッドで抱きあっても、ことが終わると自分の寝室へ戻るのがつねだった。アリアドネが相手でもそれは変わらなかった。彼女の寝室を訪ねて悦ばせたあとは、自分の部屋に戻って何時間か睡眠をとっていた。

ひと晩一緒に過ごすのは、これがはじめてだ。

ルパートは観念し、ベッド脇のテーブルにろうそくを置くと、上体をかがめてアリアドネをそっと抱きかかえた。アリアドネが吐息をもらして身を寄せてきたが、目は覚まさなかった。ルパートは注意深く彼女の体を横にずらして、自分が寝る場所を作った。

ガウンを脱ぐと、下穿きの前が大きく突きだしていたが、ルパートはそれを無視してベッドにあがった。身を乗りだしてろうそくの火を吹き消す。

仰向けになって目を閉じ、眠れることを願った。

21

大きな雷の音に、アリアドネはふと目を覚ました。

しばらくのあいだ、自分がどこにいるかわからず、土砂降りの雨の音を聞いていた。闇に目を凝らしたが、家具のぼんやりした輪郭がいくつか見えるだけだった。

つぎの瞬間、自分がひとりではないことに気づいた。だが胸にこみあげてきたのは恐怖ではなく、安堵と喜びだった。

ルパート。

彼のことはどこにいてもすぐにわかる。背が高くてたくましいルパートが隣りに横たわっている。温かな肌から、いつものように、ベイラムとライム、そして独特の男らしいにおいがかすかにただよっている。

アリアドネは微笑んで身をすり寄せ、彼の胸に手を乗せた。ルパートはびくりとも動かず、おだやかな寝息をたてている。

いつ部屋にはいってきたのか憶えていないが、彼はちゃんと約束を守ってくれた。

ここへ来てみたら、自分が眠っていたのだろう。そのまま立ち去ることもできたのに、ルパートはそうしなかった。

アリアドネはこれまで、けっして弱みを見せず、どんなことにも負けずに強くあろうとしてきた。人に甘えず、自分だけを頼りに、たとえ世界が音をたてて崩れていくように思えるときでも、まっすぐ顔をあげて生きてきた。両親やきょうだいを失ったときもそうだった。ほんとうは悲しくて孤独で心が押しつぶされそうだったが、そのことを表に出さないようにした。愛していたテオドルが莫大な富を持つ王女を選んで自分を捨てたときも、笑顔で婚約を祝福した。

苦しみも不安も、だれにも見せなかった。

自分のことをだれよりも理解して愛してくれているエマとマーセデスでさえも、鎧の下に隠れた本心を知らない。

それなのにルパートが相手だと、なぜかほんとうの自分が出てしまう。彼の前では自然と仮面がはずれるのだ。ルパートとのあいだには秘密もなにもない。

この気持ちがなんなのか、自分でもわからない。ルパートは恋人であり友だちだ。だがいまでもときどき、エマの腹立たしい兄にすぎないと思うこともある。怒りっぽくて頑固で、皇太子という身分と高貴な血筋からくる誇りでいっぱいなのだ。

それでも彼は、ためらうことなく自分を追いかけてきてくれた。セルカーク卿と闘って助けだしてくれた。そしていま、こうしてそばにいる。わたしがひとりでは耐えられないとわかっているからだ。

アリアドネは吐息をもらし、温かな胸に手をはわせて、ゆるやかに波打つ短い毛に指をからめた。こうしてルパートの肌に触れるのが大好きだ。完璧な体を両手でなでていると、いつまでも飽きない。

かすかに隆起した胸郭を指先でなぞってから、引き締まった腹部をなでた。肩にくちづけると、腕の下にもぐりこみ、唇と舌を使って上半身を愛撫した。

片方の乳首に鼻をすり寄せ、舌でくすぐった。するともっと愛撫をせがむように、先端が硬くとがった。こうしたキスをするのははじめてだけれど、以前からしてみたいと思っていた。いつも彼から口で受ける愛撫がすばらしくて、その半分でもいいから快感を味わってもらいたかった。アリアドネは一方の乳首を軽く噛むと、唇を開いて吸いはじめた。

ルパートののどから低い声がもれた。

アリアドネはいったん動きを止め、彼が起きたかどうかを確かめた。ルパートがそれ以上なにも言わず、動きもしなかったので、ふたたび胸の先端を口に含んだ。唇と舌を動かしながら、手で胸やみぞおちをゆっくりなでつづけた。

しばらくしてもう一方の乳首に唇を移すと、こちらも硬くなったのがわかり、思わず笑みがこぼれた。舌の先でなめながら、手のひらを下へ向かわせた。下着に触れたところで、いったん手を止めた。

前が大きく張りだし、いまにもボタンがはじけそうになっている。以前、教えられた要領で手早くボタンをはずし、彼自身を自由にした。

胸への愛撫をつづけつつ、いきりたったものを根元から先端までなであげた。

ルパートの腰が浮きあがった。アリアドネはさっと顔をあげたが、彼は起きてはいなかった。枕の上でしきりに顔の向きを変えながらも、まだ眠りつづけている。まるで覚めない夢を見ているかのようだ。

ルパートはこの愛撫が現実ではないと思っているのだろうか。

だとしたら幻と現実を区別させてやりたい。

アリアドネは躊躇した。これからしようとしていることは、いままで一度しか経験がなく、しかもほんの数分だけだった。あのときはルパートがすぐに彼女の体を引きあげて唇を奪い、くらくらするような激しいキスをした。

今度はわたしが彼をくらくらさせる番だ。

わたしが求めているのと同じくらい、ルパートにもわたしを求めてもらいたい。

勇気をふりしぼり、みぞおちと太ももをなでてから、彼の大きくなったものを手で包んだ。

温かくてベルベットのようになめらかな感触だが、同時にとても硬く、血管が浮きでている。親指で先端をなでると、そこはすでに濡れていた。刺激を受けて、また珠《たま》のようなしずくが出てきた。

アリアドネは彼を味わいたかった。前回と同じように、すてきな気分になるだろうか。数秒迷ってから、頭をかがめてゆっくりと口に含んだ。

記憶のなかの味よりもすばらしい。甘くてしょっぱくて、まるで極上のデザートのようだ。目を閉じ、舌をまわすようにしてなめてから、軽く吸った。

口のなかで彼自身が脈を打ち、さっきよりも硬く大きくなったように感じられる。

アリアドネは無我夢中でさらに口を大きく開き、彼を奥まで含んだ。頬がへこむほど強く吸う。

ルパートが大きなうめき声をあげ、腰を浮かせた。アリアドネが反射的に身を引こうとすると、彼が手を伸ばし、頭を押さえてその場にとどめた。

「マイン・ゴット」ルパートは大声で言った。「やめないでくれ」

アリアドネはどうしようかしばらく迷ったが、つづけることにした。王女らしくないふるまいかもしれないけれど、自分はこの愛撫が気に入っている。

そもそも、これまで王女らしくふるまったことなどあっただろうか。

笑みを浮かべ、ふたたび彼を口に入れてそのすばらしい感触を楽しんだ。舌をまわしながら大胆に吸うと、ルパートの腰がゆっくり前後に動きはじめた。

ルパートがふいに手の力をゆるめた。「アリアドネ？」

アリアドネは返事をしなかった。というより、この状態ではできるわけがない。ルパートはふたたび彼女の頭に手をかけ、そっと引き離した。硬くいきりたったものがアリアドネの口から飛び出した。

「夢かと思っていた」ルパートは眠気と欲望でかすれた声で言った。

「驚いたかしら」アリアドネはささやいた。「夢じゃないわ」

「そのようだね」ルパートはまたうめき声をあげた。「ああ、アリアドネ。このままだとぼくは壊れてしまいそうだ」

「気持ちよくなかった？」アリアドネは表情を曇らせた。なにかまずいことをしてしまっただろうか。それでルパートは止めたのだろうか？

「気持ちよかったに決まってる！　この状態を見ればわかるだろう」

「だったらどうして？　わたしは楽しんでいたのに」

ルパートは少し間をおいてから言った。「そうなのか？」

「ええ。まだ終わってなかったけど、もしやめたほうがいいなら――」

「いや、そうじゃないんだ。一部の女性は……その、あまり……好きじゃないようだから」

「ほんとうに？」アリアドネはベッドの上にすわった。「わたしは……好きよ」

正直に言うと、好きでたまらない。

「それにもうわかっていると思うけど」彼女は言った。「わたしは一、部の女性じゃないわ」

彼の男性の部分に手を伸ばし、ゆっくりさすった。「わたしはわたし。アリアドネよ」

ルパートはアリアドネの目を見つめた。暗闇のなかでも、その瞳が青く輝いているのがわかる。「きみの言うとおりだ。これからはちゃんと憶えておく」仰向けになって体の脇でこぶしを握った。「つづけてくれ」

「それは命令かしら、殿下？　お望みならやめてもいいのよ」アリアドネは大きく突きだしたものの根元を握り、絞りあげるように手を動かした。

ルパートはかすれた声を出し、びくりと腰を浮かせた。「やめてほしいなんて言ってないだろう。もう一度口に含んでくれ。さもないとお仕置きするぞ」

「わたしの好きなお仕置きをしてくれるの？」

「さあ、どうだろうな」

アリアドネは吹きだした。「それは次回に取っておくわ」上体をかがめて、ルパートに命じられたとおりにした。

ルパートは全身を快感に包まれてまぶたを閉じた。彼女の温かく濡れた口の感触が、最高にエロティックでぞくぞくする。しかもアリアドネはまだ官能の世界の扉をあけたばかりなのだ。もっといろんなことを教えたら、どれほどすばらしい恋人になるだろうか。

彼女には天性の才能がある。

ルパートはこぶしに力を入れ、アリアドネの頭を自分のほうへ引き寄せて、どう動かせば男を天国に行かせられるかを教えたい衝動と闘った。

だがその授業はもう少しあとになってからにしよう。アリアドネにはまだ時間と自信が必要だ。そうは言っても、つづきを教えるのがいまから楽しみで待ちきれない。

その場面を思い浮かべただけで絶頂に達しそうになった。でも彼女の愛撫をもっと長く味わいたくて、なんとかそれをこらえた。下半身が痛いほどうずいている。アリアドネが腰の下に手を差しこみ、爪を肌に食いこませた。

ああ、このままではおかしくなってしまう。

正直なところ、あとどれくらい持ちこたえられるかわからない。

そのときアリアドネがふいに顔を離した。

ルパートは信じられない思いだった。とっさに手を下へ伸ばし、彼女を引き戻そうとした。だがアリアドネはその手をよけて後ろに下がった。

ルパートは今度こそ引き戻そうと、ふたたび手を伸ばした。だがアリアドネは彼の上にはいあがり、体と体を密着させた。ルパートの顔を両手で包み、唇を重ねて情熱的なキスをした。

「抱いてちょうだい、ルパート」耳もとでささやき、顔や首のあちこちにくちづけた。

「もう抱きあっているじゃないか」ルパートはしゃがれた声で言った。

アリアドネが首を横にふると、乱れた髪がルパートの裸の胸をくすぐった。「ううん、ほんとうの意味で抱いてほしいの。わたしを奪って。完全にあなたのものにして」

彼女は純潔を奪ってほしいと言っているのだ。もちろんルパートもそうしたくてたまらなかった。彼女の奥深くまで分けいり、心ゆくまで愛しあえるなら、なにを差しだしてもかまわない。

でもそれは、してはならないことだ。

「だめだ、危険すぎる」ルパートはアリアドネの長い髪を手首に巻きつけて顔を引き寄せ、ことばとは裏腹の激しいキスをした。

アリアドネは翻意をうながすように、両手を胸にはわせて乳首を爪ではじいた。

ルパートはうめいた。やけどしそうなほど熱い血が全身を駆けめぐっている。

いいいいことだ。胸への愛撫が好きなことを彼女に教えるべきではなかった。最近のアリアドネは自分の手に負えなくなっている。

心身をかき乱している。

「お願い、ルパート」アリアドネは懇願した。「あなたが欲しい」

「ぼくはここにいるよ」彼はかすれ声で言った。

「あなたのすべてが欲しいの」アリアドネは軽く触れるように、何度も唇にくちづけた。

そっとやさしく。

誘惑のキスだ。

「セルカーク卿に誘拐されたとき、わたしが考えていたのは、乱暴されて無理やり純潔を奪われたらどうしようということだけだった」

アリアドネは手足をからませ、ルパートの体をなでてキスの雨を降らせた。

「わたしは自分で選んだ人に純潔を捧げたい。そしてあなたを選んだの。はじめての男性はあなたがいい。結果は自分で引き受けるつもりよ。もうこれ以上、待てない。一日も、一分も」

ルパートはアリアドネを抱きしめた。「本気かい？　きみは自分がなにを言ってるのか、ほんとうにわかっているのか？　もしかすると子どもができるかもしれないんだぞ」

「その心配はないと思うわ。そのことは前から気になっていたから、薬草を飲んでいるの。身ごもるのを防いでくれるんですって」

「どうやってそれを手に入れたのかは聞かないでおくが、世のなかに確実なことはひとつもない。危険はつねにつきまとう」

「責任はわたしが取るわ。お願い、ルパート、だめなんて言わないで。あなたもほんとうはわたしを求めているんでしょう？」

ここまで言われて、どうして拒めるだろうか。

股間がずきりとうずき、ルパートをせかした。〝彼女を奪うんだ。いますぐ仰向けにして

深く貫け。おまえは何週間も前から、そうしたかったんじゃないか〞

もしかすると、恋人どうしになる前からそうしたかったのかもしれない。自分はいつから
アリアドネに欲望を感じていたのか。認めたくないが、おそらくずっと前からだ。

しかし、摂政皇太子という立場がいつも障害になっていた。

そしていま、アリアドネはすべてを奪ってほしいと訴えている。

拒むべきであることはわかっている。

だが自分も彼女のすべてが欲しくてたまらない。

それにここまで来てしまったら、どのみちもう遅いのではないか。もうとっくに越えてはならない線を越えているのに、自分はそのことから目をそらしつづけてきただけではないのか。どういう結末が待っているかはわからないが、これは運命のようなものかもしれない。

アリアドネがまた唇を重ね、ルパートの髪に手を差しこんだ。初々しいのに大胆で一生懸命で、こちらに全幅の信頼を置いている。そしてどこか恥じらっている――まるで花嫁のように。

ルパートはそれから数秒、アリアドネの誘惑に最後の抵抗を試みた。そしてすべての抑制を打ち捨てて激しくくちづけた。彼女の唇を開かせ、何度も舌を出し入れした。もうすぐ体のほかの部分でも同じことをするのだ。

アリアドネはすすり泣くような声を出し、夢中でキスを返した。

ネグリジェのすそをつかむと、慣れた手つきで頭から脱がせた。シルクのようにすべすべした肌が、こちらの体に触れている。

ルパートは下着を床に脱ぎ捨てた。

彼女を下にして、太もものあいだにひざをついた。

「ぼくが欲しいと言ってくれ、アリアドネ。ぼくを求めていて、けっして後悔しないと」

「あなたが欲しい」アリアドネは言った。「わたしにはなんの迷いもないわ。すばらしい経験になるとわかっているのに、どうして後悔なんてするの？」

「そのことばを忘れないでくれ」

そう言うとルパートはアリアドネの唇をふさぎ、息が止まるようなキスをした。

22

そのことばを忘れないでくれ？　いったいどういう意味だろうか。

だがアリアドネにそれ以上、考える暇を与えず、ルパートはキスと愛撫で彼女の欲望に火をつけた。

「準備ができているかどうか確かめてみよう」小声で言って耳に舌をはわせてから、耳たぶを軽く噛んだ。アリアドネは身震いし、背を弓なりにそらしてあえいだ。

ルパートが太もものあいだに手を入れ、熱い部分に指を差しこむと、アリアドネの声がさらに大きくなった。内側の肌をさすられながら、アリアドネは彼の背中にぎゅっと抱きついた。

「しっとり濡れている」ルパートは言った。「でもこれではまだ足りないな。あと少しだ」

「ああ」アリアドネは吐息をもらした。「ほんとうに？」身をくねらせて言った。「充分……うるおっているわ」

ルパートはのどの奥で低く笑った。「はじめてのときは、文字どおりしずくが垂れるぐらいのほうがいい」

そのことばにアリアドネの奥から蜜があふれた。だがそれでもまだ充分ではないようだった。

「乳房を寄せてごらん」ルパートは言った。

「なんですって?」

「左右の乳房を手で包んで、中央に寄せるんだ。きみは先端を吸われるのが好きだろう。今夜は新しいやりかたを試そう」

どうしよう、こんなことを言われつづけたら、それだけで熱いものがあふれそうだ。

アリアドネはかすかに震えながら、左右の乳房を外側から手で包み、真ん中に寄せた。

ルパートはふっくらした胸のあいだに顔をうずめた。そして伸びはじめたひげで少しざらざらする頰で片方の乳首をこすりながら、もう片方の乳首を口に含んだ。硬くなった先端を軽く歯に押しつけ、舌の先で円を描きながらじっくり吸った。

今度は顔の向きを変えて同じ愛撫をした。

それを左右の乳房にくり返し、彼女の欲望をどんどん高めた。アリアドネの頭がぼうっとし、体のいたるところがうずいた。

ルパートが指をさらに奥まで入れ、秘められた箇所をさすった。アリアドネは身をよじり、熱に浮かされたような声をあげた。

あとどれくらい耐えられるだろうか。早くクライマックスを迎えさせてほしい。ところがルパートは容赦せず、アリアドネが絶頂に達しそうになると、まるでそれがわかっているかのように直前で愛撫を中断した。

ああ、もう我慢できない！

「お願い」アリアドネはプライドを捨てて懇願した。「ねえ、お願いだから。頭がどうにかなりそうよ」

「まだだめだ」ルパートは言い、アリアドネの乳房からいったん顔をあげた。「きみがもっとうるおって、魂までぼくに捧げるまでは」

ルパートはわざといたぶっているのだ！　ほんとうなら怒るべきなのだろうが、アリアドネはすっかり彼の愛撫に魅せられていた。この狂おしさを慰められるのはルパートしかいない。自分に極上の悦びを味わわせてくれるのは彼だけなのだ。

「脚を開いて」ルパートは命じた。

アリアドネは命じられたとおり、脚を大きく開いた。ルパートが指を引き抜いたときは、このままほうっておかれるのかと思い、もう少しで泣きそうになった。だがルパートはまたすぐ指を入れてきた。今度は二本だ。

アリアドネの背中が浮きあがり、そのせいで彼の指がさらに深くはいった。乳房を持っていたアリアドネの手がだらりと脇に垂れた。

奥まで指を差しこまれ、体の芯にかすかな痛みが走った。ルパートが指を何度も出し入れしている。いったん動きを止め、彼女のなかで二本の指をはさみのように広げた。

「ああ！」アリアドネは痛みに声をあげた。

「だいじょうぶだ」ルパートはささやいた。「こうしておいたほうが楽になる」

ひとつになったときに、という意味だろうか。

アリアドネはふと、さっき口に含んでいたときに彼がどれほど大きくて硬かったかを思いだした。あのいきりたったものを入れる準備をしているのだ。

ルパートが指を閉じたり開いたりして、入口を広げている。そのとき禁断の箇所をなでられ、アリアドネの体を快感が貫いた。

ルパートはふたたび唇を重ね、めまいのするようなくちづけをした。

アリアドネは恍惚とし、夢中でキスを返した。ルパートはめくるめくキスと愛撫で彼女の欲望を高めた。やがてアリアドネの目に涙がにじんできた。

しばらくしてルパートは指を引き抜き、太もものあいだで体勢を整えた。手で太ももを押さえて脚をさらに大きく開かせると、彼女のなかへゆっくり腰を沈めた。

まだ先端しかはいっていないことが、アリアドネにもわかった。

「きみの入口はなんて狭いんだ」ルパートは食いしばった歯のあいだから言った。「狭いことはわかっていたが、想像以上だ」

「だめなの？」

「いや。そんなことはないよ、アリアドネ」ルパートは唇を重ねて彼女の気をそらした。

アリアドネが甘いキスにうっとりしているあいだに、ルパートは彼女の腰を支え、さらにほんの少し奥へ進んだ。

アリアドネは激痛を覚えた――指で広げられたときよりもずっと痛い。

知らないうちに苦悶の声をあげていたらしく、ルパートがいったん動くのをやめてキスをしてきた。額に汗が浮かんで体が小刻みに震えている。必死で自分を抑えているのはあきらかだ。

彼とひとつになるのはもっと簡単で、もっと自然なことだと思っていた。でもルパートはあまりに大きく、自分はあまりに小さい。「はいらないいんじゃない？」アリアドネは蚊の鳴くような声で言った。

「もちろんはいるさ。でもゆっくり進むより、ひと息にいったほうがいいかもしれない」

そう言うと彼女の腰の下に両手を差しこみ、しっかり固定した。それからひと突きでその体を貫いた。

彼女は叫び声をあげ、反射的に逃げようとした。だがその動作のせいで、かえって彼を深く迎えいれることになった。鋭い痛みにうめきながら、ルパートの肩を押したが、彼はびくりともしなかった。

「力を抜いて」ルパートはやさしく言うと、長いキスをしながら片方の手で乳房を愛撫した。やがて痛みがやわらぎ、アリアドネの内側の筋肉が彼を包みはじめた。

ルパートはいったん腰を引いてから、また力強く突いた。彼女のあえぎ声を聞きながら、一定のリズムでその動きをくり返す。

そして片方の太ももをつかみ、背中に脚を巻きつけるよううながした。アリアドネはその首に顔をうずめて、腕と脚を背中にからめた。

ルパートが新たな動きを追加した。彼女の体を突くたびに、円を描くように腰をまわしている。

アリアドネの唇から声がもれたが、今度は快楽の声だった。知らず知らずのうちに、彼に合わせて腰を動かしていた。

「そうだ」ルパートは言った。「そう、それでいい。ぼくがもっと欲しいかい?」

アリアドネは彼の背中に爪を食いこませ、体をぐっと押しつけた。「ええ! あなたが欲しい。もっと深く激しく」

ルパートは腰を動かす速度をあげ、彼女に言われたとおり深く激しくその体を貫いた。

アリアドネは何度もルパートの名前を呼び、突かれるたびに悦びの声をあげた。

天国と地獄がひとつになり、欲望の炎が体じゅうを舐めている。この欲望が満たされなかったら、自分はきっと死んでしまうだろう。

つぎの瞬間、なんの前触れもなく世界が大きく揺れ、アリアドネは虚空に投げだされた。激しい悦びに全身を呑みこまれ、歓喜の声をあげながらクライマックスに達した。これは、なんて美しく、なんてすばらしいのだろう。

こんな悦びを知らずに、いままでどうやって生きてきたのだろうか。この悦びなしに、これからどうやって生きていけるのだろう?

彼がまだ上で腰を動かしている。火照った肌が汗で濡れている。そのときルパートがふいに体をこわばらせたかと思うと、喜悦の叫び声をあげて絶頂を迎えた。

ルパートが体の上に崩れ落ちてきたが、アリアドネは重さも気にならず、守られているような幸せを感じた。

頬と頬をすり寄せ、至福のひとときを味わった。たとえいくつまで生きても、この夜のことはけっして忘れないだろう。

翌朝、アリアドネは唇に笑みを浮かべて目を覚ました。腕を頭上に伸ばすと、敏感な部分も含めて、筋肉にかすかな痛みを感じた。だが昨夜のすばらしい経験を考えたら、これぐらいの痛みはなんでもない。

「おはよう」ルパートの深みのある声がした。

アリアドネはにっこり笑い、ベッドの上を転がるようにしてルパートに近づいた。「おはよう。よく眠れた？」

「ああ」ルパートは片方の腕を曲げ、その上に頭を乗せていた。「二時間ばかり。途中でだれかに起こされたものでね」

アリアドネは彼の胸に手をはわせた。「まあ、だれがそんなことをしたのかしら」身を乗りだしてキスをする。

ルパートは彼女の裸の背中をなでおろし、背骨のつけ根で手を止めて指を広げた。「後悔してるかい」

「してないわ」アリアドネの心臓がひとつ大きく打ち、笑顔が曇った。どうしてそんなことを訊くのだろう。「あなたは？」

アリアドネを見るルパートの青い目は、どこか謎めいていた。でもその表情はすぐに消えた。「いや。していない」

ルパートはアリアドネの髪を指にからめると、その顔を引き寄せて甘く情熱的なキスをした。アリアドネはうっとりし、また愛しあいたくなった。

だが彼はとつぜん体を離した。「そろそろ起きよう。早く支度をして出発しなければ」

「そうね」アリアドネは目をしばたたき、上体を起こした。「そうしましょう」

ルパートは上掛けをはいで立ちあがり、下着を取りに行った。

ルパートが急によそよそしくなった気がして動揺しながらも、アリアドネは下着を穿く彼の後ろ姿に見とれずにはいられなかった。引き締まった腰の筋肉が動きに合わせて収縮する。つぎにルパートはガウンを拾いあげ、袖に腕を通してベルトを腰で結んだ。

「女中を呼んでおくから身支度を手伝わせるといい」ルパートは室内履きに足を入れた。「朝食も運ばせようか？　そのほうが早いと思うが」

アリアドネはシーツを引きあげてむきだしの胸を隠した。「あなたがそうしたほうがいいと思うなら」

ルパートはうなずいて出口へ向かい、部屋を出ていった。

アリアドネはベッドの上で身を起こしたが、そのまま動かなかった。いらだちが黒い雲のように心を覆い、うきうきした気分を消していく。朝はいつもあんなふうに機嫌が悪いのだろうか、それとも今朝は特別なのだろうか？　いままではベッドをともにしても、ルパートは夜が明ける前にかならず自室へ戻っていたので、どうなのかよくわからない。

こぶしでシーツをたたいた。

せっかくの幸せな気分に水を差してくれるなんて。

そしてふと顔をあげ、太陽が高く昇っていることに気づいた。思っていたよりも遅い時間のようだ。彼はただ、急がないと今日じゅうにロンドンに着かないと焦っていただけかもしれない。男の人というのは、ひとつのことで頭がいっぱいになるとほかが見えなくなり、不機嫌になったりする。それは、きっとわたしのせいではないのだろう。

それにあの人はキスをしてくれた。

甘くて情熱的なキスを。

もしかするとひどく疲れていて、強いコーヒーを飲みたかっただけかもしれない。なにしろ彼も自分も、昨夜は寝不足なのだから。

愛しあったときの記憶がよみがえり、アリアドネの体がぞくりとした。

あくびをしながらベッドからおりようとしたとき、太ももの内側に乾いた血がこびりついているのに気がついた。後ろに目をやると、シーツにも赤い染みがついている。純潔を失ったなによりのあかしだ。

ルパートが後悔しているかと訊いてきたのは、このことだったのだろうか。彼に純潔を捧げたことを。

いや、後悔はしていない。わたしの純潔はわたしのものであり、自分の意思で彼に捧げたのだ。

不平も不満もない。なんの後悔もない。

ルパートは洗面器に水を注いで布を濡らすと、下半身についたアリアドネの血をふきとった。

アリアドネのことを考えただけでまた硬くなり、顔をしかめた。できることなら、今朝ももう一度ベッドで愛しあいたかった。誘えば彼女は拒まなかっただろう。腕と脚を広げて歓迎し、互いの欲望を心ゆくまで満たしあえたにちがいない。

自分は一夜ですべての計画を台なしにしてしまった——文字どおり、なりゆきで狂わせたのだ。衝動に負けて分別を失い、肉欲におぼれた。現実主義者であるはずの自分が、最善と思われることをするのではなく、欲求にしたがった。

それでもアリアドネと愛しあったこと自体を後悔はしていない。

それに、すでに起きたことをくよくよ考えてもしかたがない。責任を取り、なすべきことをなすのだ。

アリアドネの考えはどうなのだろうか？

だがいまさらそれも関係ない。アリアドネもみずからの意思で選択したのだ。その結果は自分で引き受けなければならない。

扉をノックする音がした。食事とコーヒーが運ばれてきたようだ。ルパートはほっとし、扉に向かった。

23

「ああ、よかった、帰ってきたのね！」

アリアドネがリンドハースト邸の玄関をくぐるかくぐらないかのうちに、エマが駆け寄ってきて、ぎゅっと抱きついた。

「心配でたまらなかったのよ」エマは叫んだ。「だいじょうぶ？　どこにもけがはない？」

アリアドネは笑いながら友人を抱きしめた。「ええ、このとおり元気よ。イングランドの半分の距離を往復したのに、それほど疲れてもいないし」

アリアドネの隣りに立つルパートが、眉根を寄せて妹を見た。「手紙を受け取っただろう？」

「ああ、受け取った」ニックが魅力的な顔に笑みを浮かべて前へ進みでた。「あれを読んで安心したけれど、それでもエマはおろおろしていて」

「大切なアリアドネが誘拐されたのに、心配するなというほうが無理だわ」エマは言った。

「無事に連れ戻してくれてありがとう、お兄様」

「ああ」ルパートはエマの頭越しにアリアドネを見て、かすかに微笑んだ。

アリアドネの胸の鼓動が速くなった。ルパートが今日、微笑みかけてくれたのは、これがはじめてだ。ロンドンへ戻ってくる馬車のなかはしんとして退屈だった。アリアドネはまた甘い時間を過ごすことをひそかに期待していたが、ルパートは一度、短いキスをしただけで、あとは彼女から離れてずっと本を読んでいた。

御者もすぐ近くにいることだし、途中でやめられなくなると困るからだろうと思い、アリアドネは不機嫌な顔をしないようにした。しかたなく目を閉じると、いつのまにか眠りに落ちていた。

だが目を覚ましたとき、ルパートの腕に抱かれてたくましい肩にもたれかかっていることがわかり、うれしさがこみあげた。いつルパートのそばに移動したのか憶えていないが、気がつくと彼の腕のなかにいた。

わたしがいるべき、安らげる場所。

アリアドネはふと頭に浮かんだその考えに眉をひそめた。そのときエマが腕を組んできて、アリアドネを階段のほうへ連れていった。

「家族用の居間に行きましょう。食事をしながら話を聞かせてちょうだい。長旅でお腹が空いてるでしょうから」

ふたりは横にならんで階段をあがり、ルパートとニックがそのあとにつづいた。

「それとも先に洗面と着替えをすませたいかしら」エマは言った。「そうよね、そうに決まってる。いやだわ、わたしったら興奮してひとりでしゃべってる。気をつけないと、フェリシティ叔母様みたいになって、ニックに愛想をつかされるわ。叔母様はいい人なのよ。でも、いったん話しだすと止まらないの」

階段をのぼりきったところで、四人は立ち止まり、アリアドネとルパートはいったん自分の部屋へ戻ることにした。

ニックが近づいてきて、エマの手を取った。「きみに愛想をつかすことなんてぜったいにないさ――どんなにおしゃべりになってもね。だがフェリシティ叔母は一家族にひとりでいい。ふたりだと……少々厄介だ」

エマが笑うと、ニックは腰をかがめてその頬にやさしくくちづけた。「兄上とアリアドネが着替えをするあいだに、厨房に命じて食事を用意させよう」

「ええ。侍女と近侍がもうお部屋で待っているはずよ」エマは言った。「あまり遅くならないでね」

アリアドネは微笑んだ。そのとき脳裏にひらめくものがあった。まさか、エマはもうつぎの子を身ごもったのだろうか？　でも考えれば考えるほど、そうにちがいないと思えてくる。ニックはことさら妻を気遣っているし、エマの様子を見ていると思いあたるふしがある。いつも冷静な彼女だが、妊娠初期には少し落ち着きがなくなるのだ。

ふたりの後ろ姿を見送るルパートの表情を見て、アリアドネは彼も自分と同じことを考えているとわかった。

ルパートはアリアドネに視線を移した。しかしその顔に笑みはなく、ひどく真剣なまなざしをしていた。

わたしにも同じことを疑っている？　たった一度だけなのに！

でも聞いたところによると、一度だけでも身ごもることはあるという。

アリアドネはごくりとつばを飲み、逃げたくなるのをこらえた。

「着替えておいで」ルパートは言った。「あとで会おう」

彼女はうなずき、自分の部屋へ向かった。

二時間後、ルパートとアリアドネ、ニックとエマの四人は、家族用の居間に置かれたソファに向かいあって腰をおろしていた。

寝室に下がったあと、アリアドネは洗面をすませ、着心地のいい瑠璃《るり》色のシルクのドレスに着替えてそろいの靴を履いた。

ルパートも自分の部屋で風呂にはいってひげを剃り、近侍の手を借りて燕尾服と黒いズボンを身に着けた。

ふたりがエマとニックに合流するころには、すでに絶品の冷菜が用意されていた。ウサギのパイに鶏肉と牛肉のサンドイッチ、やわらかいレタスとクレソン、パセリ、ラディッシュの酢漬け、真っ赤なビート、氷で冷やした小エビとロブスター、ディルマヨネーズ、バラの実のゼリーとレモンのジャム、酵母パン、チーズ、新鮮なクロイチゴ、木の実などがずらりとならんでいる。デザートは小さなケーキの盛り合わせに、香辛料の効いたニンジンのプディングだ。

四人は食べながらあたりさわりのない会話をしたが、アリアドネはエマが――ニックも――誘拐のことと、その後の手に汗握る救出劇について聞きたくてたまらないことがわかっていた。

召使いが皿を片づけて出ていくやいなや、エマがさっそく尋ねてきた。アリアドネは紅茶を、ルパートはワインを飲みながら、それぞれことの顚末《てんまつ》を語った。

「セルカーク卿をフォークで刺したですって？」エマは青い目を驚きで丸くした。

「ええ、そうよ！　さっき使ったフォークみたいに上等ではなかったけれど」

「でもちゃんと刺さった」ルパートはグラスをゆっくりまわした。「あの男は手から血を流して悲鳴をあげていた。それで充分じゃないか」

「彼を止めたかったのよ。でもあなたが現われなかったら、あの人はわたしを追いかけてきてたでしょう。ちょうどいいときに来てくれて、ほんとうに助かったわ」

「本来なら、あいつがきみを誘拐する前に助けるべきだった」ルパートはうなるように言い、ワインをぐっとあおった。

「あれはしかたのないことよ」アリアドネは言った。「意図的に足止めされたと言ってたじゃないの。もしセルカーク卿の計画を事前に知ってたら、そんな人に邪魔なんかさせなかったでしょう？」

わかってるわ、というように微笑んだ。

ルパートはまたワインを飲んだ。

「あの、よくわからないことがあるんだけど」エマが言い、唇を指でとんとんたたいた。

「どうしてあの夜、アリアドネは広間から離れた人気のない場所にいたの？　セルカーク卿はどうやってあなたを見つけたのかしら？」

アリアドネは口をつぐんだ。

そうだ、疑問に思われるに決まっている。もちろんエマとニックにほんとうのことを言うわけにはいかない——ルパートと密会の約束をしていたなんて。

なんと答えればいいのだろう。

「その、セルカーク卿はわたしのあとをつけてきて、ずっと機会をうかがっていたみたい」

アリアドネは最初の質問を完全に無視した。「わたしの行き先がわかったら、だれもその部屋に近づかせないよう共犯者に命じたのよ」

エマは眉根を寄せた。「でも、どうしてルパートもその近くを通りかかったの？　夜遅い時間に、ルパートまでたまたま広間から離れた場所にいたなんて、どうも腑に落ちなくて」

「わたしはしばらく静かな場所でひとりになりたかったの。お兄様もそうだったみたい」

「そう、でも――」

「エマ」アリアドネは友人のことばをさえぎった。「そんなこと、いまさらどうでもいいじゃない。いまはあなたのお兄様がわたしを助けてくれるとき、いかに勇敢だったかの話をしているのよ。ルパートはセルカーク卿を血だらけになるまで殴ったわ。殺してしまうんじゃないかとはらはらしたくらい」

「手のけがはやはりそのせいだったか」ニックが静かに言い、ルパートのあざだらけの手にちらりと目をやった。「殴り合いとはまた荒っぽいことをしたな」

「夜明けに拳銃や剣で決闘するほどの価値もない男だった」ルパートは言った。「そもそも、あの男が約束の場所に現われるかどうかもあやしいものだ。その場で決着をつけるのがいちばんいいと思ってね」

「胸がすっとするわ」エマが言った。「セルカーク卿は当然の罰を受けたのよ。でもこうしてあなたが帰ってきたいま、口さがない噂が広がるのは止められないわ、アリー。ニックとわたしで、あなたがとつぜんいなくなったことをなんとかごまかそうとしたんだけど、残念ながらあまりうまくいったとは言えないみたい。あなたは病気だということにしたの。でもだれも本気にしていない。あなたはいままでほとんど病気になったことがないでしょう。それにセルカーク卿が人に話したら――」

「それはありえない」ルパートは険しい表情で言った。

エマの目が一瞬、大きく見開かれた。「たとえあの人が黙っていたとしても、噂は広がるわ。セルカーク卿に誘拐されてふたりきりで過ごしたことがわかったら、アリアドネはきずものと見なされてしまう」

「でも、なにもなかったのに――」

「社交界の人たちにとっては、なにがあったかなかったかなんて関係ないのよ。そのことはあなただってよくわかっているでしょう」

アリアドネは肩をすくめた。「前にも言ったけれど、ロンドンの社交界にどう思われようとかまわないわ。ごますりや心の狭いおべっか使いがなにを言おうと、わたしは気にしない」

「そういう人たちだけじゃないわ。だれもかれもよ。ここイングランドだけでなく、どこへ行っても人びとはあなたに背中を向けるでしょう」

「おおげさね」アリアドネはふんと鼻を鳴らし、ティーカップを脇に置いた。「誘拐は失敗に終わって、スコットランドまでたどりつきさえしなかったのよ。そんなこと、身分の高い人は気にしないわ。とくにヨーロッパ大陸の国々では。もしイングランドにいづらくなったら、外国に引っ越して幸せに生きていけばいいだけよ。秋のイタリアはとても美しいんですってね。しばらくイタリアで暮らすのもいいかもしれない」

「人はあなたが思う以上に噂好きな生き物よ。王女が財産目当ての男性に誘拐され、もう少しで無理やり結婚させられるところだったとなれば、なおさらだわ。噂はまたたくまに広がるでしょう。それに、問題はセルカーク卿だけじゃないし——」

「どういう意味？」

「わからない？　あなたにはわたしたちがついているし、あなたを姉妹のように思ってる。それでもわたしたちは、血のつながった家族じゃない。あなたの後見人はヨーロッパ大陸にいて、誘拐されたときに助けに来てくれなかった。ルパートを止めればよかったなんて、これっぽっちも思わないけれど、ニックとわたしが行ったほうが——」

「さっぱりわからないわ。なにが言いたいの、エマ？」

「エマの言いたいことはこうだ」ルパートが会話にはいってきた。「世間はきみがセルカークだけでなく、ぼくにも汚されたと思うだろう」

アリアドネは顔をしかめた。そのとおり、自分はルパートとベッドをともにした。けれども、そのことはだれにも言うつもりはない。

「ルパートは家族ぐるみの友人よ」

「ええ、だからその点を利用するの」エマはまた唇を指でたたきながら一考した。「うまくやれば、問題の核心部分をあいまいにできるかもしれない。あなたがセルカーク卿とふたりきりだった時間をごまかして、ひと晩じゅう一緒にいたわけじゃないように見せかけるの。それからだれかに頼んで、ルパートに同行したことにしてもらいましょう。あなたのお目付け役として」

ひざの上で両手を握りあわせ、アリアドネはエマの揺るぎない友情に心を打たれた。「わたしの評判を守るためだけに、そこまでしてもらうのは気が引けるわ」

「なにを言ってるの」エマは励ますように微笑んだ。「第一、あなたとルパートがありもしないことで非難を受けるなんて理不尽だわ。ほんとうにベッドをともにしたわけでもあるまいし。それではまるで恋人どうしみたいじゃないの」

エマはばかばかしいというように笑った。

アリアドネは笑い飛ばすべきだとわかっていたが、口もとにぎこちない笑みを浮かべるのが精いっぱいだった。ルパートの反応を見たかったが、それをこらえ、ひざの上で握った手にぐっと力を入れた。

そうならないように願ったにもかかわらず、だんだん顔が火照ってきた。発疹が広がるように首から頬が熱くなる。アリアドネは両手で頬を押さえたかったが、もう手遅れだった。

途方に暮れてルパートに目をやると、ルパートは観念した表情で見つめ返してきた。

「やはりそうだったのか」ニックがつぶやいた。「ほんとうだったんだ」

「なんのこと？　なにがほんとうだったの？」エマは不思議そうに三人を見た。そしてアリアドネに目を留めた。「アリー、顔が真っ赤よ。どうかしたの？　どうしてそんな――」

アリアドネには友人の心の動きが手に取るようにわかった。エマが視線をすばやく動かし、アリアドネとルパートの顔を交互に見ている。

つぎの瞬間、エマも頬を紅潮させた。「でもあなたたちは――」早口で言い、ことばを探した。「だって……あなたたちは……お互いのことが好きですらなかったじゃないの！」

「それが変わったみたいだ」ニックが言った。「怒らないでほしいんだが」小さく吹きだす。

「以前からなにかあるような気がしていた」

エマはニックをにらんだ。「どうしてわたしに話してくれなかったの」

ニックは笑みをかみ殺そうとしたが、あまりうまくいかなかった。「ふとそんな気がしただけだよ。ぼくがあれこれ言う立場でもないと思って」

「そんなわけがないでしょう。わたしはあなたの妻なのよ」エマはニックを指さした。「このことはあとで話しあいましょう」

そう言うとアリアドネとルパートに向きなおった。「それからあなたたちだけど。いったいいつから？　どこまで進んでるの？　もしかしてもう……その……つまり……」

「寝たかどうか？」ルパートはさらりと言った。

「まあ！」

「落ち着くんだ、エマリン。上品ぶるのはやめてくれ」ルパートはとがめるようにエマを見た。「ここにいるのは全員いい大人だろう。アリアドネとぼくがしたことは、人妻であるおまえにとっては驚きでもなんでもないはずだ。でも質問に答えるなら、ぼくたちはたしかに恋人どうしだ」

アリアドネは肩を落とした。とうとう秘密を知られてしまった。でも自分の顔が真っ赤になったときから、こうなることは目に見えていた。

しばらく無言でうつむいていたが、エマはやがて顔をあげた。「いちばん信じられないのは、あなたたちがずっと関係を隠していて、同じ屋根の下に暮らしていながらニックにもわたしにも嘘をついていたことよ」

エマはアリアドネを見た。その顔に傷ついた表情が浮かんでいる。「アリー、どうしてなの。ルパートはわたしの兄なのよ」

アリアドネは肩を後ろに引いた。「ええ、だから言えなかったの。あなたが気をもむことがわかっていたから。それともうひとつ、わたしが恋人を作ることに反対していたでしょう」

「ええ。いまでも反対よ。あなたはどうしてふつうの女性のように、結婚相手を探さないの？」

「あなたはどうしてわたしの生きかたに反対するの？　そうやってわたしのことを非難するけれど、あなたとニックだって結婚するずっと前から、親密な関係になっていたじゃない」

「親密な関係だと?」ルパートの眉間に深いしわが刻まれた。「リンドハースト、きみは誓いのことばを言う前に妹をベッドに連れこんでいたのか? まさかそんなことになっていたとは――」

「なぜ文句を言うときにかぎって、エマとの結婚にあたってわたしに授けた立派な肩書ではなく、〝リンドハースト〟と呼ぶんだ? まあ率直に言って、そう呼ばれるほうが好みだが。イングランドのすばらしい名前だと誇りに思っているんでね」ニックは腕組みした。

ルパートの目つきがますます険しくなった。「外国の立派な肩書が気に入らないなら、いつでも取り消してやるよ」

「ニックはそんなつもりで言ったのでは――」エマが取りなした。

「いや、そのつもりで言ったんだ。兄上がそうしたいなら――」

「もうたくさん!」アリアドネは大声を出した。「けんかはやめて。これ以上、聞きたくない」ソファにすわりなおしてエマを見る。「エマ、あなたが嘘をつかれて怒るのは当然のことだわ。申しわけなかったと思ってる。ごめんなさい。でもルパートと恋人になるのは、自分で考えて決めたことなの。これはルパートとわたしの問題であって、あなたには関係のないことよ」

「でも――」

「黙ってて」アリアドネは言った。「いまはわたしが話しているの」

ニックに視線を移した。「ドミニク、あなたがイングランド人であることに誇りを持っているのはよくわかるけど、せっかくの贈り物をルパートの顔に投げかえすようなまねは感心しないわ」

「いや、そんなつもりは――」

アリアドネは手をひとふりし、黙るよう合図した。

ニックは口をつぐんだ。

「そこまでする必要はないにもかかわらず、ルパートはあなたに大公の肩書を授けたのよ。ふつうの貴族のままでもよかったのに、あなたを家族の一員として迎えるため、王族の身分に引きあげたの。名誉あるすばらしい贈り物なのに、感謝の気持ちをきちんと示さないのは失礼じゃないかしら」

ニックはルパートを見た。「申しわけない」

ルパートは満足げにうなずいた。

アリアドネはつぎにルパートに向きなおった。「それからあなたも、ドミニクにつっけんどんな態度をとるのはいいかげんにやめたらどう？　ドミニクとエマのあいだにはふたりも子どもがいるのよ。それにわたしの勘違いじゃなかったら、三人めが――」

「なぜ知ってるの？」エマが叫んだ。

アリアドネはそれを無視してつづけた。「ドミニクはあなたの義理の弟で、エマは彼を愛しているわ。お互いに仲良くやっていく努力をしたらどうなの。男どうしでしょう。馬でも娯楽でも世界征服でも、なにかしら共通の関心事があるはずよ」

ルパートは愉快そうに片方の眉をあげた。「ドミニクとはそれなりにうまくやっているつもりだが、きみの提案は心に留めておこう。とくに世界征服の話は楽しそうだ」

ニックがにやりとした。

「それから、わたしたちの秘密を話したことについては――」

「秘密にしておくのはそろそろ限界だったんだよ」ルパートはおだやかな口調で言った。「潮時だった」

「ええ、そうかもしれないけれど、あんなふうにいきなり暴露するなんてひどいわ。事前にわたしに相談してくれてもよかったんじゃないかしら。わたしの秘密でもあったんだから」

「ああ、でもきみのかわいい頰が先に暴露していたと思うけどな」ルパートは身を乗りだし、アリアドネの頰を指でなぞった。アリアドネはまた赤面した。

「つぎからは――」

「また秘密を作る気かい？」

アリアドネは肩をすくめた。「男女のあいだには、なにが起きるかわからないもの」

ルパートは首を後ろに倒して笑った。

アリアドネが目をそらすと、エマがこちらを見ているのがわかった。驚いた表情だが、なにかを考えこんでいるようにも見える。

「話はこれで終わりね」アリアドネは急にひとりになりたくなった。「長い一日だったから、そろそろ失礼してもいいかしら」

「ええ、どうぞ。でももうひとつ、解決しなくてはならない問題が残ってるわ」エマは言った。

「ええ、なに？」

「評判の問題よ。あなたとルパートが……恋人どうしで……あってもなくても、評判に傷をつけるわけにはいかないでしょう。これまで隠しとおしてきたのよね。なんとかして、あなたの――ふたりの――名誉を守る方法を考えなくては」

「ねえ、エマ、わたしはもう大人なんだから、どんなことが起きても自分でなんとかするわ。心配しないで」

「でもアリ――」

「問題はなにもない」ルパートがきっぱりと言った。

エマは困惑顔をした。「どういうこと？　あるに決まっているでしょう」

「ないんだよ。アリアドネとぼくは結婚する。そうすれば彼女の評判に傷がつくことはない」

24

「なんですって？」

「結婚？」

自分とエマのどちらが先に口を開いたのかわからなかった。どちらがより驚いているのかもわからなかったが、それはやはり自分のほうだろうと思いなおした。

結婚するなんて、いったいぜんたいどういうつもり？

アリアドネは疑わしげにルパートを見た。「わたしの聞きまちがいかしら。いま結婚がどうのと聞こえたような気がするけれど、きっと長旅の疲れで耳がおかしくなっているのね」

〝ほら、逃げ道を用意してあげたわ。早く冗談だと言って〟

ルパートは苦笑いを浮かべた。「聞きまちがいじゃないよ。いまこの瞬間から、きみはぼくの婚約者だ」

アリアドネはさっと立ちあがった。「ふざけないで」

だがルパートは真剣だった。「ふざけてなどいない。ぼくは結婚のような重大なことで、冗談を言う人間じゃない。それぐらいのことは、きみももうわかっているんじゃないか」

「でもあなたはわたしとの結婚を望んでるわけじゃないでしょう。ばかげているわ」

「自分のしたことの結果を引き受けなければ」ルパートは立ちあがり、戸棚の前へ行って新しいグラスにワインを注ぐと、ゆっくりデカンターに栓をした。「結婚することが唯一の論理的な選択肢だ」

「論理的？」アリアドネは茫然としてくり返した。「いちばん非、論、理、的な選択肢だわ」

「あの、ニックとわたしはこのへんで失礼するわね」エマが立ちあがり、目顔でニックをうながした。

「すわって！」アリアドネは一瞬エマを見て、すぐにルパートに視線を戻した。

エマはふたたびソファに腰をおろした。ニックはその隣りでずっとすわったままだった。

ルパートは天気の話でもしているかのように、平然とワインを飲んでいる。

「勝手に結婚すると決めるなんて、なにを考えているの？」アリアドネは両腕を組んだ。

「そういうことには、まずわたしの同意が必要でしょう」

「昨夜、きみは同意してくれたと思ったが」

アリアドネの顔が緋文字のように赤くなった。

「ふたりには出ていってもらったほうがいいだろう。妹と義弟に、きみとぼくの秘めごとの一部始終を聞かせるのは気が進まない。ほら、エマはひどく居心地が悪そうだ。エマには明日、話の要点だけ伝えればいい」

「どうせ話すのなら、いまここで聞いてもらっても同じじゃないの」アリアドネは腕を伸ばしてエマを示した。「それに、どうせエマはあとでニックに話すんだから、ニックにもいてもらえばいいわ」

「ひどいわ」エマは反論した。「わたしは口が堅いのよ。ニックになんでもぺらぺらしゃべったりしない」

「そうなのか」ニックは愉快そうに妻を見た。「ぼくに隠していることはなんだい?」

「なにもないわ」エマは言った。「わたしが言いたかったのは――」

ルパートはワイングラスを乱暴に置いた。「エマ。ドミニク。アリアドネとぼくをふたりにしてくれないか。ご覧のとおりの状況だから、少しふたりで……話をしたい」

アリアドネは両手をこぶしに握った。「ここはふたりのお屋敷の居間なんだから、あなたが出ていけと命じることはできないわ。いつどうするかを決めるのはふたりよ」

「わたしたちは出ていくわ」エマは小声で言い、ふたたび立とうとした。

「ここはローズウォルドじゃないのよ」アリアドネは言い、憤然としてルパートに近づいた。「ここではあなたは摂政皇太子じゃないし、みんなにあれこれ命令することはできないわ。わ、わたしにもよ。あなたはそう思ってないみたいだけど」

ルパートのあごがこわばり、目が青い稲妻のように光った。「ほう、そうか」

「わたしたちは行くわね」エマとニックがソファから立ち、出口へ向かって進みかけた。

「待って！」アリアドネは言った。「わたしが出ていくから。ルパート皇太子と話すことはもうないもの。結婚の申しこみも断わったし、話はすべて終わったわ」

「アリアドネ」ルパートはうなるように言った。

アリアドネはそれを無視した。「おやすみなさい。明日の朝、また会いましょう」

「席に戻るんだ、王女。さあ！」

ルパートのおそろしい声にアリアドネはびくりとしたが、負けてはいけないと胸に言い聞かせた。彼は夫でも君主でもないのだ。かりにそうだったとしても、自分はだれの命令も受けない。たとえルパートの命令であっても。

アリアドネは背筋をまっすぐ伸ばして出口に向かい、扉の取っ手をまわした。心のどこかでルパートが引き止めに来るだろうと思っていたが、人が動く気配はまるで感じられず、後ろから手や腕が伸びてくることもなかった。

みな沈黙している。

後ろをふりむかず、そのまま廊下へ出た。背後で扉が閉まると、それまで張りつめていた緊張の糸が切れた。最初は急ぎ足で、やがて駆け足になって部屋に戻った。

「ほかになにかご用はありますか、王女様」それから一時間以上たったころ、侍女が衣服をたんすにかけ終えて言った。

アリアドネは少し考えた。ほんとうはしばらくそばにいてほしかったが、首を横にふって返事をした。「いいえ、なにもないわ。ありがとう」

侍女はさっとひざを曲げてお辞儀をし、おやすみなさいと小声で言って部屋を出ていった。侍女にこちらの音が聞こえなくなるまで三十秒ほど待ってから、扉に駆け寄った。錠に鍵を差しこんでまわし、扉がしっかり閉まったのを確認すると、ようやくほっとした。

部屋に戻ってきたあと、アリアドネはルパートが言い争いのつづきをしにやってくるのを待ちかまえていた。だが彼は来なかった。一度だけ扉がノックされ、心臓がどきりとしたが、扉の向こうに立っていたのはエマだった。

「ルパートはひどく怒ってるわ、アリー」寝室に隣接した居間に落ち着くと、エマは言った。

アリアドネの侍女はネグリジェとガウンを用意しに、寝室へ行っていた。「あんなふうに出ていくべきじゃなかったと思うわよ」

たしかにさっきは衝動的に席を立ってしまったかもしれない。でもルパートはいったいどういうつもりなのだろうか。

「勝手に怒っていればいいわ」アリアドネは言い、あごをつんとあげた。「一方的に結婚を言いわたすなんてひどいじゃないの。わたしは命令されて靴を磨く下僕じゃないのよ。傲慢で腹立たしくて偉そうにふるまう人はたくさんいるけれど、彼はそのなかでも最悪だわ」

「ルパートは皇太子で、国王も同然なのよ。決断をくだして、それを実行することに慣れているの」

「わたしとのことも決断のひとつというわけね」

「いいえ、それだけじゃないと思う。ルパートがあれほど……」

「頑固でどうしようもない人とは知らなかった？」

「抑制を失っているところを見るのははじめてだった」エマはまじめな顔で言った。「ルパートが気むずかしくて手に負えないときがあるのは事実よ。でもいままでは、感情を爆発させることなんてなかった。それなのに今夜……あなたがいなくなったあと、ワイングラスを割ったわ。グラスの脚をまっぷたつに折ったの。ルパートはあなたを守ろうとしているのよ」

「あの人はすべてを支配しようとしているの。それに、義務や名誉にひどくこだわっている。スキャンダルで自分の誇りや評判に傷がつくのがいやなだけよ。きっといまごろ、わたしを助けに行ったことを後悔しているんじゃないかしら」

「ありえないわ。自分への誇りと祖国への忠誠があるからこそ、ルパートが軽々しく結婚を申しこむわけがない。本気でそんなことを――」

「結婚してもお互い不幸になるだけよ。三カ月もしないうちに、いがみあうようになるに決まってる」

「わたしも昨日までならそう思っていたかもしれない。でもいまはそうとも言いきれない気がしてる」アリアドネは椅子の上で身を乗りだした。「ねえ、アリー、どうしてルパートと恋人どうしになったの？　いくら考えてもわからないわ。あなたたちはずっとお互いを嫌っていたじゃない。いつから変わったの？」

アリアドネは肩をすくめた。「わたしは恋人を求めていた。ルパートはそれに応じただけ」

「ルパートがそれに応じた」エマは目を丸くした。「あなたたちのあいだには、わたしが思う以上にきっといろんなことがあったんでしょうね。でもいまは話したくないみたいだし、長い一日で——実際には数日だけど——疲れただろうから、今夜はゆっくり休んでちょうだい」

アリアドネは無理に笑顔を作った。「ええ、そうするわ」

昨夜はほとんど寝ていない。ルパートに純潔を捧げて、ひと晩じゅう愛しあっていたからだ。彼があんなことを言いだすとわかっていたら、そばに近づかせなかったのに。

エマは心配そうに眉をひそめた。「ほんとうにだいじょうぶ？　セルカーク卿とのあいだには……その……なにもなかったのよね？　まさか……？」

「ええ、なにもないわ。それについては心配しないで。セルカーク卿は財産目当ての悪党だったけれど、あなたの考えているような意味では、指一本わたしに触れていない」

しばらくアリアドネの顔をながめたのち、エマは安堵の息をついた。「よかった。これで安心して眠れるわ」椅子から立ちあがった。「寝る前にもう一度、息子たちの様子を見に子ども部屋へ行ってくるわね」上体をかがめてアリアドネの頰にキスをする。「おかえりなさい」

「ただいま」

この屋敷に帰ってきて、ほっとしているのは事実だった。

だがアリアドネは、ことばではうまく表現できないなにかが、自分のなかで変わったのを感じていた。ここはもう、ほんとうの意味で自分の帰る場所ではない。

そしていま、アリアドネは扉を閉めて椅子に腰をおろしていた。エマに言われたとおり、ベッドにはいってぐっすり眠ったほうがいいことはわかっていた。

でも眠れるのだろうか。

ルパートは訪ねてくるだろうか？

それはお断わりだ。

アリアドネは腕組みした。

結婚だなんて！　そもそもルパートは求婚すらしていないのだ。さっき、自分との結婚を望んでいるわけじゃないだろうと言って責めたときも、否定しようとしなかった。愛について、ひと言も触れなかった。

ほんの二十四時間前はあんなに幸せだったのに。彼が求めているのが体だけだとわかっていても、それで満足だった。あのときに戻りたい。どうしてすべてがこれほど複雑になってしまったのだろう。

アリアドネはため息をつき、ベッドに向かった。すでにめくられた上掛けやシーツは、昨夜のものよりずっと上等だ。

なのになぜ、昨夜のベッドが恋しいのだろうか。

そのとき扉の取っ手ががたがた鳴った。だれかがはいってこようとしている。そしてそのだれかとは、ひとりしかいない。

「アリアドネ」ルパートが扉の向こうで静かに言った。「入れてくれ」

アリアドネは体の前でぎゅっと両手を握りあわせた。「いやよ」

短い沈黙があった。

「頭を冷やしてきた」ルパートは言った。「もう怒っていない。ここをあけてくれないか」

「疲れてるからベッドにはいりたいの」

「ああ、わかっている。その前に話そう」

「話はあとにしましょう」

ずっとあとに――永遠に先延ばしに。

「今夜のうちに話しあったほうがいいと思う」

「悪いけど今夜はやめて。あなたも寝たらどうなの、ルパート。明日会いましょう」

返事を待った。だがルパートはなにも言わなかった。耳を澄ませると、彼が扉から離れるのがわかった。

これで終わり？　もうあきらめたの？　こんなにあっさりと。ルパートらしくないが、きっと彼も疲れているのだろう。お互いにもっと冷静なときに話をしたほうがいいと思いなおしたのかもしれない。

アリアドネは組んでいた手をほどき、ガウンを脱いでベッドの足もとにかけた。マットレスにあがって上掛けをかけた。

ろうそくの火は消さず、そのままにしておいた。

自分は臆病者だと自嘲気味に思った。いつから暗闇が怖くなってしまったのだろうか。

目を閉じ、眠れるよう祈った。

五分がたった。

十分が過ぎたが、まだ眠れない。

アリアドネはいらだたしげなため息をついて目をあけた。本でも読むことにしよう。

そのとき扉の鍵穴をこするような奇妙な音が聞こえた。

彼女は上体を起こしてすわった。

ルパートが戻ってきた？　それより、あの音はなんだろうか。

数秒後、答えがわかった。錠がかちりという音につづき、静かに扉が開いた。

ルパートがはいってきて、扉を閉めてふたたび鍵をかけた。

「なにしに来たの？」アリアドネは声をとがらせた。「話したくないと言ったでしょう」

「ああ、そう聞いたよ」ルパートは平然と言った。

「今夜は会いたくないとはっきり言ったのに部屋にはいってくるなんて、どういう神経をしているのかしら。ところでどうやってあけたの？　だれがあなたに鍵を？」

ルパートは大股で近づいた。「だれも。自分ではいってきた。錠をこじあけたのさ」笑みを浮かべ、二本の細い金属の道具を見せた。

「錠をこじあけたですって？　どこでそんなことを覚えたの？」

「子どものころからやってた。宮殿にいた従者のひとりが教えてくれたよ。閉まった扉の向こうに――鍵のかかった扉の向こうに――なにがあるのか知りたいときは、とても便利な技術だ。書類の積まれた机、書き物机、酒棚もあった」

ガウンのポケットに手を入れ、ルパートは道具を戻した。ふたたび手を出すころには、その顔から笑みが消えていた。「だがもう二度とぼくを閉めだそうなどと思うんじゃないぞ。聞こえたかい？」

アリアドネは手をあげて扉をまっすぐ指した。「ええ、聞こえたわ。今度はこっちの言うことを聞いてちょうだい。出ていって！」

だがルパートはベッドの脇をまわった。ベルトをはずしてガウンを脱ぎ、全裸でアリアドネの前に立った。男性の部分が大きく突きだしている。

「ふだん寝るときは裸なんだ」ルパートは言った。「下穿きを着けていたのはきみのためだ。でも昨夜からはそうする意味がなくなった」

「意味はあるわ。部屋に戻るときに女中に出くわしたら、ぎょっとされるでしょう。ガウンを着て出ていってちょうだい」

ルパートはベッドにはいった。

「あなたほど頑固な人は見たことがないわ、ルパート」

ルパートは笑った。「怒ってるときのきみはかわいいな。さあ、熱くなった体を別のことに使おう」

アリアドネは胸の前で腕を組み、ルパートに背中を向けた。「話がしたいんじゃなかったの」

「話はあとにすればいい」ルパートに背中をなでられ、アリアドネはぞくりとした。「ネグリジェを脱ぐんだ」ルパートは片方の手をアリアドネの髪の下に入れ、首筋をなでた。「結婚したら、ベッドにはいるときはネグリジェを着ないほうがいい。どうせ床に脱ぎ捨てられるか、脱がせるのがもどかしくてぼくが破いてしまうだろうから」

アリアドネのまぶたが閉じ、頭とは裏腹に肌がぞくぞくした。「結婚はしないわ」

「するさ」ルパートは彼女の髪を片側にまとめ、首筋にキスをしはじめた。

「いいえ、しない」彼の甘いキスに、アリアドネの呼吸が浅くなってきた。「あなたの気高い決意はご立派だけど、その必要はないのよ。今回のことがどんなスキャンダルになったとしても、つぎになにかおもしろそうな事件が起きたら、社交界はそちらに飛びつくでしょう」

ルパートはネグリジェの肩ひもの下に指を入れて肩からおろし、その部分の肌にもゆっくりくちづけた。

「い——一カ月もしたら」アリアドネは声が震えないことを願った。「だれもわたしの話をしなくなる。それにみんな田舎の領地へ帰る準備で忙しくなるわ。そのころにはわたしのことなんて忘れているわよ」

ルパートはいったんキスをやめて顔をあげた。「きみがそう信じたい気持ちはわかるが、いくらロンドンの社交界の面々でも、もう少し記憶力はいいはずだ。現実に向きあうべきだよ、アリアドネ。きみはきずもので、その責任はぼくにある」

「責任があるのはセルカーク卿でしょう」

「ちがう。彼はきみを誘拐したが、体には触れていない。ぼくは昨夜、きみの純潔を奪った。そしてそのずっと前からきみを汚していた」

「でもわたしがそれを望んだの。そうしてほしいとあなたに頼んだのよ」

ルパートは小さく笑った。「だがぼくはいくらでも断われる機会があったのに、そうしなかった。ことがあかるみに出た以上、責任を取らなければならない。結婚すればすべてが解決する」

アリアドネはふりかえってルパートの目を見た。「この情事はただ楽しむことが目的だと最初に言ったわよね。わたしは評判なんてどうでもいいの。ほんとうよ。あなたと結婚する気はないから、どうぞ後ろめたさなんて感じないでちょうだい。あなたは結婚を申し出た。わたしは断わった。それで終わりよ」

「そうはいかない。忘れてはいないと思うが、ぼくは昨夜、きみと激しく愛しあった。いまこのときにも、きみのお腹にはぼくの子どもが宿っているかもしれないんだ」

「その可能性はかぎりなく低いわ」アリアドネは肩をすくめ、ネグリジェの肩ひもを引きあげた。「そのことが心配なら、あと二週間ほど待てばいいわ。月のものが来たら、子どもはできていなかったということだから」

ルパートはまた肩ひもをおろし、アリアドネの乳房をむきだしにした。「二週間もほうっておいたら、社交界じゅうに噂が広がって収拾がつかなくなる。その危険を冒すわけにはいかない」

「どんな逆風も喜んで耐えてみせるわ」

「ぼくはごめんだ」ルパートはアリアドネの肩に手をかけた。「きみの血筋はぼくと同じように高貴で、家柄も申しぶんない。いずれすばらしい王妃になるだろう」

「王妃なんてつまらなさそう」アリアドネは言った。

「そんなことはないさ。宮殿にいる紳士淑女の全員がきみにひざまずくんだぞ。きみは人を動かすのが好きだろう」

「わたしはあなたの言っているような意味では、人を動かしたりしないわ」

「言いかたを変えよう。きみの望む方向に、人びとを導くことができる」

「あなただって同じのくせに。いつもだれかになにかを命令しているじゃない。いまはわたしに命令しようとしてる」

「ぼくは皇太子だ。人を正しい道に導くのが務めなんだよ」

「ばかばかしい！」アリアドネは言いかえした。「あなたの賢明なるお導きがなくたって、自分の進む正しい道ぐらい自分で決められるわ」

「こうなった以上、そうも言っていられない」ルパートはアリアドネの髪に手を差しこんだ。

「きみとぼくは結婚する。それがたったひとつの合理的な選択肢だ」

合理的。論理的。責任。

心は？

愛はどこにあるの？

「合理的かどうかなんて、わたしにはどうでもいいことよ」アリアドネはルパートの肩に手をかけて、押しかえそうとした。だがやはりその体はびくともしなかった。「まず数週間待って、子どもができたかどうかを確認しましょう。決めるのはそれからでも遅くないわ」

「いや。きみは昨夜、結果は自分で引き受けると言った。だから引き受けるんだ」

「で――でも、それが結婚だなんて思わなかったもの」アリアドネの声音には絶望がにじんでいた。

「あきらめろ、アリアドネ。きみはぼくを恋人にした。今度は夫にするんだ」

「でもあなたは、ほんとうは気が進まないんでしょう。わたしはあなたが望むような花嫁じゃないわ」

ルパートは手を伸ばしてアリアドネのネグリジェを頭から脱がせ、一糸まとわぬ姿にした。

「ぼくはきみを求めている。それで充分だ」

「ルパート、わたしたちは――」

しかしアリアドネがなにか言う前に、ルパートが顔を重ねてその唇をふさぎ、有無を言わさぬ力強いキスをした。

彼を押しのけることも考えたが、どうせ無駄だとアリアドネはあきらめた。それに胸の奥では、彼に行ってほしくなかった。たとえこの先、心がどれだけぼろぼろになるとしても。

アリアドネはルパートの髪に指を差しこんでキスを返した。

25

翌朝、アリアドネは朝食室のテーブルにつき、ルパートとの婚約がいつのまにか既成事実になっていることを悟った。

結婚の申しこみを承諾したおぼえはない。そもそも、結婚するという昨夜の一方的な宣告を求婚と呼べるかどうかも疑問だ。しかも自分は何度もくり返し断わった。ルパート本人はもちろんのこと、エマとニックという証人もそれを聞いていた。

だが一夜明けてみると、当のエマとニックはすっかりルパートの味方になっているようだ。アリアドネは座席についてすぐにそのことに気づいた。ナプキンをひざに広げて顔をあげると、エマが満面の笑みを浮かべてこちらを見ていた。エマの明るい瞳は喜びで輝いていた――いやになるほどルパートによく似た目だ。

昼までにはなんとかしてこの茶番を終わらせよう。ルパートが――エマとニックも――どういうつもりであるかは知らないが、自分は結婚などしない。

でもいまはとても疲れていて、そのことを切りだす気力がない。

ルパートは昨夜、ほとんど寝かせてくれなかった。朝方にもまたアリアドネを起こし、骨までとろけるほど激しく抱いた。いまでもまだ、そのときの余韻で肌が火照っている。

アリアドネは「おはよう」とつぶやくと、召使いが注いだ濃い紅茶にミルクと砂糖を入れてかきまぜた。まつ毛を伏せてカップを口に運び、ゆっくり飲んだ。甘くて熱い紅茶が体に染みわたる。

ふたたび視線をあげると、ニックが新聞の縁越しにこちらをながめているのがわかった。その顔は愉快がっているようにも、同情しているようにも見える。彼はアリアドネとルパートとの争いに決着がつき、ルパートが勝ったと思っているのだ。

ホワイト家の人びとは駆け引きを得意としている。ニックはそのことをよくわかっているのだろう。アリアドネはますます暗い気持ちになった。

「おはよう」ルパートがリネンのクロスのかかったテーブル越しに声をかけてきた。読んでいた新聞を半分に折りたたんで脇へ置く。「料理を取ってきていないようだね。ぼくが用意させよう」

「紅茶だけでいいの」

ルパートはそれを無視し、召使いに合図した。「王女に朝食を、わたしにコーヒーのお代わりを」

「かしこまりました、殿下。すぐに用意いたします」

アリアドネは向かいの席にすわるルパートをにらんだ。「わたしはなにもいらないと言ったはずよ」

「なにか口に入れたほうがいい」

アリアドネは不機嫌な顔で紅茶を飲んだ。

召使いが戻ってきて、料理の載った皿をアリアドネの前に置いた。すべての料理が少しずつ盛りつけられているようだ。

「ひと口食べてごらん」召使いがいなくなるとルパートは言った。「食べはじめると食欲が湧くかもしれない」

アリアドネはルパートに鋭い一瞥をくれたが、なにも言わずにフォークを手に取った。そのときエマがうれしそうにこちらを見ているのに気づいた。

エマをにらみたい衝動を抑え、アリアドネは陰気な顔で卵料理を食べた。腹立たしいことに料理はおいしかった。さらにフォークを口に運んだ。

五分が過ぎ、男性ふたりはふたたび新聞を広げて読みはじめた。エマが紅茶を飲みながら、共通の知人についてあたりさわりのない話をしている。

アリアドネは適当に返事をして食事をつづけた。だがエマと視線が合うたびに、その目がきらきら輝いているのが気にさわった。

とうとうアリアドネは我慢できなくなった。「なに?」強い口調で言った。

エマは驚いたようだった。「なにって？」

「わたしを見るその目よ」アリアドネはフォークを置いた。「それにその笑顔。なにを考えているの？」

「あら」エマはばつが悪そうな顔をした。「わたしはただ、これからもこんなふうにみんなで朝食をとれると思うとうれしくて」

「ルパートが封建時代の暴君のように、もっと食べろとわたしをいじめているのを見ながら？」

ニックが爆笑して新聞をめくった。

ルパートは金色の眉を片方あげた。

「ちがうわ」エマは言った。「こんなふうに四人で一緒に食卓を囲めることがうれしいの」

「これまでもそうしてきたじゃない。どうして今朝だけ特別なの？」

「だってあなたともうすぐほんとうの姉妹になれるから」幸せそうにエマは微笑んだ。「あなたがルパートと結婚したら、わたしたちは正真正銘の姉妹になるのよ。あなたは正式に家族の一員となり、世界じゅうがそれを認めるわ」

家族。

アリアドネののどが締めつけられ、しばらくことばが出なかった。自分は戦争と殺人と病気で家族をすべて失った。しばし物思いにふけり、ふたたびだれかと強い絆で結ばれるのはどんな気分だろうと思った。家族の一員となり、引き裂かれることも取り消されることもない絆で結ばれる。自分にもほんとうの居場所ができるのだ。

もちろんエマとは姉妹になりたいが、そのためにルパートとあやまった結婚をするわけにはいかない。いくら彼のことが欲しくても、愛していても、このまま話を進めるのはまちがっている。

アリアドネは凍りつき、磁器の美しい柄を茫然と見つめた。

〝わたしはいまなにを考えたの？ 頭のなかに浮かんだことばはなに？〟

頭は混乱していたが、アリアドネはそれが真実であるとわかっていた。

〝わたしはルパートを愛している〟

たぶんずっとむかしから。

ベッドで抱きあったとき、とろけそうになったのも当然だ。さっき朝食を食べてしまったように、いくら抵抗しても、結局はなだめすかされてしまう。それも愛している弱みだとすれば納得がいく。気をつけなければ、少しでもそばにいてほしい、愛情が欲しいと、彼の脚にすがりつくようになるかもしれない。

だが愛していようといまいと、ルパートとの結婚がありえないことに変わりはない。夫婦になったからといって、彼が自分を愛してくれるわけではない。

昨夜、ルパートはなんと言っていただろう。

〝ぼくはきみを求めている。それで充分だ〟

充分なんかじゃない。それに自分は幸せなおとぎ話を信じるほど、うぶでもない。

「そのことだけど、エマ――」アリアドネは切りだした。

ところがルパートが口をはさみ、新聞を置いた。「ああ、そのことだが。イングランドで結婚する特別許可をもらえないか、いま問いあわせているところだ。明日かあさってには結婚できるだろう。もちろんローズウォルドに戻ったら、教会と議会の承認を得て正統な儀式を執りおこなうつもりだ。だがそれまで数カ月、結婚しないで待つことはできない。ささやかな式をここで挙げて、ローズウォルドに帰国してから本物の結婚式をしよう」

「明日？」アリアドネは叫んだ。

「あさって？」エマが同時に言った。

アリアドネはルパートがここまで結婚を急ぐことが信じられなかった。

頭がどうかしたにちがいない。明日、いや、あさってでも無理に決まっている。というより、そもそも自分は結婚を承諾してないのだ。

アリアドネが口を開く前に、エマが言った。「いくらなんでも時間が足りないわ、ルパート。アリアドネのドレスを用意しなくちゃ」

そう、ウェディングドレスだ。時間を稼ぐのにこれ以上の口実はない。

「そうよ」アリアドネは言った。「ちゃんとしたドレスも着ないで結婚なんてできないわ」

い。白いドレスは着ないもの」

ルパートは眉根を寄せた。「なにかそれらしいドレスがあるだろう」

アリアドネは首を大きく横にふった。「花嫁にふさわしい色や形のものは一枚も持ってない。白いドレスは着ないもの」

「ああ。未婚の若い女性は白いドレスを着ないからね」

ルパートの皮肉をアリアドネは無視した。「新しいドレスを作らなくては。生地を選んで仮縫いして仕上げるのに、最短でも三週間か四週間はかかるでしょう」

ルパートは細くすがめた目でアリアドネを見た。「一週間だ。仕立て屋を呼び、料金はいくらかかってもいいから、必要なだけお針子を雇って一週間以内に仕上げるように言うんだ」

「でも一週間では——」

「一週間だ」ルパートはきっぱりと言った。「それ以上は延ばせない。さあ、早く食事を終えて。料理が冷めてしまう」

「もう終わったわ」アリアドネはルパートの命令口調に耐えられなくなった。ナプキンをたたんで皿の横に置く。

ルパートはそれ以上なにも言わなかった。アリアドネが我慢の限界に達していることがわかったらしい。

「ぼくはこれで」ニックがコーヒーを飲み干して立ちあがった。「アメリカ大陸から届く貨物のことで、人と会う約束があるんだ。手ごわい相手だから、時間に遅れたくない」

エマもニックとともに朝食室を出ていった。

アリアドネも立ちあがり、テーブルをまわって出口へ向かった。ルパートの横を通りすぎるとき、いきなり手首をつかまれた。

ルパートは鋭い目でアリアドネを見た。「きみがなにを企んでいるか、ぼくが気づいていないと思ってるのか」

「あら、なんのことかしら」

「きみはドレスのことなど、ほんとうはどうでもいいはずだ。結婚式を引き延ばす口実にしているだけだろう」

ああ、もう。この人はなんでもお見通しだ。

「ぼくとの結婚からのがれられるとは思わないでくれ」ルパートは言った。「もう決まったことだ」

「あなたが勝手に決めたことでしょう。わたしは承諾したおぼえはないわ」

「いや、きみは承諾した」ルパートの瞳の色が濃くなった。「昨夜もそうだった。ぼくが触れるたびに」親指で手首の内側をなでられ、アリアドネは身震いした。

ルパートはアリアドネの反応に気づいて笑みを浮かべた。「ドレスを作るんだ。そうすればエマが喜ぶ。だがこれだけは忘れないように。一週間後、きみはぼくの花嫁になる」

26

アリアドネは生まれてはじめて、自分よりも強い人間がいることを思い知った――それはローズウォルドのルパート皇太子だ。

結婚式の準備があわただしく進められ、アリアドネは止めることのできない波に押し流されている気分だった。ウェディングドレスや嫁入り衣装を何度も仮縫いし、それを軍隊ほどの数のお針子がせっせと縫っている。

時間ばかりが過ぎるなか、アリアドネは結婚をやめるよう、ルパートを――エマとニックでさえ――説得する方法を見つけられずにいた。

エマはロマンティックな幻想でも見ているのか、兄がアリアドネを愛していて、アリアドネはそのことに気づいていないだけだと思っているようだ。でもそれはまちがっている。彼がアリアドネを求めているのはたしかだが、愛してはいない。

ルパートが男女の愛についてどういう考えを持っているかは知っている。そんなくだらないものに割く時間はないと彼が言うのを、これまで何度も聞いたことがある。アリアドネは一度など、あなたには心がないのかと食ってかかったことさえあった。ルパートにとって大切なのは名誉と義務だけで、人間らしい感情は持ちあわせていないのだ。いまの彼を動かしているのも、義務をはたさなければという強い思いだけだ――そして欲望と。

ルパートは毎晩、寝室にやってくる。アリアドネが注意するよう頼んでも、気にする様子もなく激しい愛の営みをする。奇妙なことだが、まるで子どもができるのを望んでいるかのようだ。だがそれはまったく理屈に合わない。ルパートは結婚をめぐる争いに、すでに決着がついたと思っているのだから。

ほんとうは、ルパートがたったひとつのことばさえ言ってくれれば、最初から争うことなどなかった。〝愛している〟のひと言があれば、自分は素直に彼にしたがっていただろう。

アリアドネは自分の気持ちに気づいてからというもの、なぜか以前のように、ルパートに面と向かって言いたいことが言えないようになっていた。

ルパートの妻になりたい。

でも一方で、怖くてたまらない。

結婚に必要なのは情熱だけではない。激しく燃えあがった情熱の炎も、やがて下火になっていく。そのとき愛が根底になかったら、夫婦のあいだにいったいなにが残るだろうか。

ある日、ふと気がついたら、彼が冷たく背中を向けていたなどと想像するだけで耐えられない。いさかいと裏切りばかりだった両親のようになるのはごめんだ。ふたりは義務をはたすために結婚したが、自分はそんな人生を送りたくない。そう思ってこれまで生きてきた。それなのにルパートを愛してしまった。

いまでも心のどこかで、彼の愛を得られるのではないかと期待している自分がいる。だがここで彼を拒絶して結婚から逃げてしまったら、それもかなわぬ望みとなる。

こうしてアリアドネが相反するふたつの感情のあいだでもがいているあいだに、日々はまたたくまに過ぎていった。

そして今朝、目を覚ますと、結婚式まで残り三日となっていた。アリアドネはシーツの上で伸びをした。昨夜の激しい抱擁で筋肉に痛みが残っている。

ルパートは皇太子かもしれないが、ほんとうの才能はベッドで女性を悦ばせることにあるにちがいない。

アリアドネは化粧室へ行って洗面をすませ、侍女の手を借りてドレスを着た。

朝食室へ足を踏みいれたとき、ニックとエマとルパートの三人はすでにテーブルについていた。ルパートが着ているのは深みのある緑色の上着で、金色の髪と群青色の瞳をよく引きたてている。

ルパートはアリアドネに微笑みかけておはようと言った。アリアドネもおはようと返事をし、ニックとエマにも挨拶してから、料理のならんだ台へ向かった。

テーブルのいつもの席についたとき、シムズが銀の盆を手に、入口のところに現われた。

「失礼いたします、殿下」シムズは言い、ルパートに近づいた。「こちらがたったいま届きました。緊急のお手紙のようです」

「ありがとう、シムズ」ルパートは手紙を受け取った。ローズウォルドの王家の紋章がついている。ルパートは封蠟をはずして便箋を開いた。

手紙を読むルパートを三人は見守った。ルパートの唇が引き結ばれる。

「どうしたの?」アリアドネは朝食のことも忘れて訊いた。

「そうよ、ルパート」エマが心配そうに言った。「なにがあったの?」

ルパートはアリアドネをちらりと見てから、エマに視線を据えた。「父上の容態が急速に悪化しているらしい。主治医によるといつなにがあってもおかしくないから、すぐさま帰国してほしいそうだ」

「ああ!」エマの唇は震え、目に涙がたまっていた。「なにがあってもおかしくないですって? でも前回の手紙では、ずいぶん体調がよくなったと書いてあったのよ。きっとなにかのまちがいだわ」

ニックはテーブル越しに手を伸ばし、妻の手を取って安心させるように握った。

「ぼくもまちがいであることを祈っている」ルパートは言った。「だがこの手紙によると、予断を許さない状況のようだ」

「すぐに行かなければ」ニックは元海軍大佐らしく冷静に言った。「子どもたちを連れて出発する準備ができ次第、わたしたちもあとを追う。エマは父上が亡くなる前に会いたいはずだ。急ごう」

エマは動揺してうなずいた。「ええ、ええ」ふと口をつぐみ、アリアドネを見た。「でも結婚式はどうするの？　あと数日なのに」

「延期するしかないわ」アリアドネは言った。「お父様の容態がわかってからでも遅くないでしょう」

ルパートはアリアドネを見た。「特別許可を手に入れた。司祭をここに呼ぶこともできる。一時間か二時間あればだいじょうぶだろう」

「その一時間か二時間の遅れのせいで、二度とお父様に会えなくなるかもしれないのよ」

ルパートは額にしわを寄せて迷った。

「わたしは家族を失ったわ」アリアドネは静かに言った。「さよならも言えずに別れることがどれほどつらいか、身に染みてわかってる。行って、ルパート。いま発てば、日が暮れる前に海岸から船に乗れるはず。わたしもエマたちと一緒にあとから行くわ。ローズウォルドで会いましょう。国民もお父様もあなたを必要としているのよ」

ルパートはしばらく険しい目でアリアドネを見ていた。反論しようとしているのかと思ったが、やがてうなずいた。「そうだな、きみの言うとおりだ。一刻の猶予もない」椅子を引いて立ちあがり、呼び鈴を鳴らしに行った。

四人が手紙について話をしているあいだ、気をきかせて外に出ていたシムズが、そっと戻ってきた。

ルパートはシムズのほうを向いた。「すぐに馬車の用意を頼む。それから近侍に着替えをかばんに詰めるように言ってくれ。準備ができ次第、ここを発つ」

「かしこまりました、殿下。ただちに用意いたします」

「わたしたちも出発する」ニックが言った。「エマの父王がご危篤だ。この屋敷を閉めてローズウォルドへ行く。使用人全員にそう伝えてくれ」

「子ども部屋に行って、子どもたちの旅の準備もしなくちゃ」エマは目にたまった涙をハンカチでぬぐった。「そうだ、思いだしたわ。今週はフーパー邸とモンマス邸に招かれていたんだった。お断わりの手紙を書かなくては」

「わたしが書くわ」アリアドネは言った。「書き終えたら荷造りを手伝うから」

「ありがとう、アリー。やさしいのね」エマはぎこちなく微笑んだ。

「ぼくが旅の手配をし、ほかにも必要なことをやっておく」ニックはエマに近づいて肩を抱くと、義理の兄のほうをふりかえった。「ルパート、気をつけて。またあとで会おう」

「ああ、またあとで」

ニックに肩を抱かれたまま、エマが部屋を出ていった。

アリアドネはルパートを見た。「早く行ったほうがいいわ」

「ああ、そうだね」

「わたしたちも一日か二日後には着くから」

「わかってる」

「お父様のことは、お気の毒に思っているわ」

ルパートはうなずいた。「それもわかってる」

大股でアリアドネに歩み寄ると、その体を抱き寄せて、短いが情熱的なキスをした。アリアドネの心臓が激しく打った。

キスははじまったときと同じくらい唐突に終わり、ルパートは彼女を放した。またすぐ会えるとわかっているのに、アリアドネの体を悲しみが貫き、せつなさで胸がいっぱいになった。

ばかね。こんなに愛してしまうなんて。

「間に合うように祈ってるわ」アリアドネは言った。

「さようなら」

ルパートは出ていった。


翌朝、三台の馬車が、ニックとエマ、子どもたち、アリアドネ、子守係、侍女、ニックの近侍と従僕と、山のような荷物を積んでリンドハースト邸を出発した。

ずっと陸路ではエマと子どもたちに負担がかかりすぎるので、ニックは可能なかぎり海路で行くことにした。サウサンプトンの港にニックが所有する二本マストの帆船が係留してあった。元海軍大佐の彼は航路を熟知していて、最短で目的地に到着するにはどうするべきかを心得ていた。急な頼みにもかかわらず、喜んで同行してくれる船員たちもいた。そのひとりがゴールドフィンチで、かつて掌帆長の助手としてニックの艦船に乗っていた陽気な男だ。

ニックはスペインをまわってジブラルタル海峡を通り、イタリアへ渡る計画を立てた。イタリアからはふたたび馬車に乗って山々を越え、北へ進路を取ってローズウォルドを目指す。天候が温暖な季節で、おそらく風も安定しているので、かかる時間は行程の大半を陸路で行くのとそれほど変わらないと判断した。

船に乗った瞬間から、ニックは水を得た魚のようにいきいきし、船員に指示をくだすその顔には大きな笑みが浮かんでいた。

船上でよろけずに歩けるようになると、アリアドネとエマはほとんどの時間を甲板の大きなパラソルの下で過ごした。潮のにおいのする湿った風がふたりの髪を揺らした。

赤ん坊のピーターと幼いフリードリヒもすぐに慣れ、船での生活が気に入ったようだった。ニックは息子たちのことを生まれながらの船乗りだといって感心した。「なにしろふたりは」ニックは言った。「海の男であるぼくの血を引いている」

船員も目を細めて子どもたちをかわいがっている。アリアドネとエマは、ニックがフリードリヒを指揮甲板に連れていって船を〝操縦〟させ、父子ともに心からうれしそうにしているのを、頰をゆるめてながめた。

だがせっかくの楽しいはずの船旅も、エマの父親のことがつねに三人の心に暗い影を落としていた。アリアドネとニックは精いっぱいエマを元気づけようとしたが、彼女の目から不安と悲しみの色が消えることはなかった。だれも口に出さないものの、全員の頭のなかにあるのは、エマがちゃんと父親に会ってお別れができるだろうか、ということだった。

アリアドネはルパートのことも頭から離れなかった。いまごろどのあたりにいるのだろう。旅は順調だろうか。まだ故郷には着いていないだろうか？

夜もあまり眠れなかったが、アリアドネは船の揺れと慣れないベッドのせいだと自分に言い聞かせた。でも夜中にふと目が覚めて、無意識のうちに手を伸ばしてルパートを探し、ひとりなのだと気づくことがしょっちゅうあった。

ベッドで彼が隣りにいるのが、いつのまにか当たり前になっていた。

ルパートが恋しくてたまらない。あの人がリンドハースト邸を発ったとき、心の一部も一緒に持っていかれたかのようだ。

やがて二週間の旅を終え、一行はようやくローズウォルドに到着した。

ローズウォルドの話は前々から聞いていたが、実際の美しさはアリアドネの想像を超えていた。森林に覆われた山々のそばに、緑豊かな渓谷と作物が実った広い畑がある。曲がりくねった小川や深い川がいたるところに流れ、繁栄した小さな町や牧歌的な村があった。一行の馬車が通りかかると、町民や村人は笑顔で手をふって、子どもたちはエマリン大公妃とその家族をひと目見ようと、馬車とならんで走った。みな見知らぬアリアドネのことも歓迎し、大きな声で挨拶した。

アリアドネは宮殿で育ったが、それでも四百年以上にわたってホワイト一族の居城であるノイエヴァルトシュタイン城をはじめて見たときは、思わず息を呑んだ。

白い石でできた巨大なまばゆい建造物は、おとぎ話に出てくる城を連想させる。先端のとがった側防塔が屹立《きつりつ》し、雲ひとつない青空にもう少しで届きそうだ。堂々とした荘厳な建物自体は、まわりを森に守られて大きく横に広がっている。こうした要塞を攻め落とすのは不可能に近いだろうが、ここを何世紀にもわたって守りつづけてきた事実は、ホワイト一族の圧倒的な力と不屈の精神のあかしだ。

ルパートが故郷のことを喜びと誇りを持って語っていた理由がわかった。義務を忠実にはたそうとすることにも、代々受け継いできたものを守るためなら手段を辞さないことにも得心がいく。ルパートは自分自身だけでなく、後世のためにもここを守ろうとしているのだ。

馬車を降りて宮殿のなかに足を踏みいれると、内装は外観よりもさらに豪奢だった。

床は磨きこまれた黒と白の大理石でできていて、壁には波紋柄の美しい絹布が張られている。剞形《くりかた》には金色の葉の模様の凝った彫刻が施されている。天井はそれ自体が芸術品で、古代神話の場面や天使の姿が描かれていた。見事な美術品がいたるところに置かれている——絵画や彫刻、壺や兵器などだ。甲冑《かっちゅう》もいくつか飾ってあるが、エマとルパートの先祖が戦いのときに身に着けていたものにちがいない。

だがそうしたすばらしい美術品をじっくりながめる時間はなく、アリアドネはエマたちとともに、広い廊下をいくつも通って家族用の居住棟に連れていかれた。

旅行用の服を着替えることもせず、まっすぐ病床の国王のもとへ向かった。エマは子どもたちを子守係に預け、子ども部屋へ連れていって昼寝と食事をさせるよう命じた。

ルパートが三人を出迎えに出てきた。笑みを浮かべてはいなかったが、アリアドネと視線が合ったとき、その瞳の色が濃くなったのがわかった。

ルパートは視線をそらした。

ほとんどの人の目には、いつもどおり力強くて自信に満ち、世界の重みを軽々と背負っているように映っただろう。でもアリアドネには彼が疲れていて、すでに悲しみに沈んでいるように見えた。いますぐ抱きしめてキスをし、慰めのことばをかけてあげたい。

だがアリアドネはその場を動かず、黙っていた。

「ルパート、お父様は？」エマがルパートに駆け寄り、その体を一瞬、強く抱きしめてから放した。「まさか——」

「いや、でももう長くはない。おまえが間に合ってよかった。シグリッドとオットーも来ている。いま父上のそばにいるよ」

シグリッドはエマとルパートの姉で、オットー王はその夫だった。エマはかつて、オットー王に嫁ぐことが決められていた。ルパートが最後に折れて、エマに愛するニックと結婚する許可を与えたのは幸いだったと言うほかない。

ありがたいことに、シグリッドもオットー王も、それについてなんとも思っていないようだ。むしろ最後に聞いたところでは、シグリッドはオットー王との結婚生活に満足しているという。しかしシグリッドのことだから、オットー王の妻であることよりも王妃であることに満足しているのだろう。

「父上はおまえに会いたがっている」ルパートは言った。「前もって言っておくが、父上は意識が混濁《こんだく》している。おまえが来たことがわかるかどうか」

エマはひとつ大きく息を吸ってうなずき、ニックがその腰に手をまわした。ふたりは彩色の施された立派な両開きの扉をあけ、その先の部屋にはいっていった。

ルパートはふたりについていかず、アリアドネに向きなおった。「エマの様子は？」

「だいじょうぶよ。もちろんつらそうではあったけど、気丈にふるまっていたわ」

「きみは？」ルパートはアリアドネの手を取った。「旅はどうだった？」

「長旅でくたびれたけど元気よ」

ルパートはなにか思うところがあるように、アリアドネをしげしげとながめた。「ほんとうかい？　もしや……」

「もしや、なに？」アリアドネは一瞬の間ののち、ルパートの言いたいことがわかった。「いいえ、まさか！　わたしは――」声をひそめた。「――身ごもってなんかないわ。先週、月のものが来たもの」

ルパートは心から安堵した顔をした。アリアドネはその反応を意外に思い、なぜかかちんと来た。すべてが不透明で先が見通せないいま、子どもが欲しかったわけではない。でもそんなにあからさまに喜ばなくてもいいだろう。

とはいえ、ルパートを責めるのは酷かもしれない。彼はたくさんのことをかかえていて、もうすぐ父王まで亡くそうとしているのだ。そのときが来たら、ルパートは戴冠し、国王としての義務と責任を一身に引き受けることになる。もちろんいまでも摂政ではあるが、国王とはちがう。国家の運命が彼ひとりの肩にかかってくるのだ。

「アリアドネ、ぼくは――」

ところがルパートが先をつづける前に、大臣とおぼしき身なりのいい男性が近づいてきた。

「申しわけありません、殿下。緊急を要する問題が起きました。少しよろしいでしょうか」

ルパートは顔をしかめてアリアドネの手を放した。「ああ、わかった。すぐに行くから待っててくれ」

「かしこまりました」大臣はお辞儀をして立ち去った。

「すまない」ルパートは言った。「帰国してからというもの、つねにこういう調子でなにかに追われている。宮殿を長く留守にしすぎた報いだよ。すぐに戻ってくる。よかったらエマとニックのところへ行ってくれ」

「いいえ、お別れは家族でするものよ。わたしが行っても場違いだわ」

「そんなことはない。いま父に付き添っている人びとの大半よりも、きみのほうが家族に近い存在だ。部屋は医者と聖職者と、最後に敬意を表しに来た知人であふれかえっている。きみがいたってだれも文句を言わないだろう」

アリアドネは病室が大嫌いだったが、口には出さなかった。「あなたがそうしろと言うならそうするわ。でもそうでなかったら、客室に案内してもらいたいの。長い旅だったから」

「ああ、わかった。疲れていて当然だ。服を着替えて休むといい」ルパートは大股で呼び鈴に近づいて鳴らした。「だれかがすぐに来るだろう。ではぼくはこれで」

アリアドネはルパートが立ち去るのを見ていた。その姿が長い廊下の向こうに消えるのをながめながら、キスをする暇もなかったことを悔やんだ。

27

「国王は崩御された、新国王に栄えあれ」

四日前の朝に聞いたその厳粛なことばが、いまもアリアドネの頭のなかで鳴り響いていた。ローズウォルド国王フリードリヒ四世は亡くなり、息子のルパート二世が王位に就いた。

だが王国の君主になっても、アリアドネにとってルパートはルパートだった。

それでも宮殿の応接室でエマの隣りにすわり、彼のことを見ていると、気さくでいたずら好きな恋人の面影はどこにもなかった。寡黙でおごそかで、身に着けた黒い服と同じくらい堅苦しい態度だ。

宮殿じゅうが喪に服し、全員が喪服を着ている。今日、大がかりな国葬が執りおこなわれ、そのあとの墓前葬には親族だけが参列した。おじやおば、たくさんのいとこや遠縁の親戚などだ。部外者はアリアドネだけだが、エマからどうしても立ち会うように頼まれた。

「あなたも立ち会ってくれなくちゃ」葬儀の前にエマは言った。「あなたとルパートは婚約しているのよ。もう家族も同然じゃないの」

だが婚約のことは、アリアドネとルパート、エマとニックの四人以外、まだだれも知らなかった。アリアドネがここへ来てから、ルパートはそのことにまったく触れないし、見ているかぎりではだれにも話していないようだ。あきらかに秘密にしている。

とはいえ、アリアドネが墓前葬に参列していることに対し、だれも異を唱えなかった。国王が息を引き取るときに家族と一緒にその場にいても、だれもなにも言わなかった。アリアドネはそうした陰うつな空気が大の苦手だったが、ソファのエマの隣りにすわり、悲しみに沈む友の手を握っていた。ニックも反対側にすわり、同じようにしていた。

ついに父王が亡くなると、エマはふたりの肩に顔をうずめて泣いた。

アリアドネは、少なくとも最後にお父様に会えたのだし、お父様もあなたと孫たちに会えたのだから、と言って慰めた。みんなちゃんとお別れを言うことができたのだ。

ルパートはカーテンの引かれた薄暗い部屋の向こう側に立っていた。まっすぐ腕をおろし、同情を拒んでいるのはあきらかだった。父王が天に召されたあと、アリアドネはお悔やみを言おうとしたが、ルパートはやさしくそれを制した。

「気遣ってくれてありがとう。でもぼくはだいじょうぶだ。父はずっと前から病床についていたし、この日が来ることはわかっていた。いまは安らかに眠っている。それで充分だ」

ルパートは涙ひとつ流さなかったが、アリアドネには彼が悲嘆に暮れていることがわかっていた。ローズウォルドへ来てから、彼が一度も寝室を訪ねてこないことも、アリアドネには悲しかった。

そしていま、アリアドネは小さくため息をつき、ティーカップを口に運んでいた。エマも紅茶がなみなみと注がれたカップを持っているが、まったく口をつけていない。アリアドネはエマの手からそっとカップを受け取り、テーブルに置いた。

「寝室へ行って休んだほうがいいんじゃないかしら」アリアドネは言った。「お腹に赤ちゃんもいることだし。あなたがこっそり抜けだしても、だれも気がつかないと思うわ」

エマは物思いから引き戻され、苦い笑みを浮かべた。「わたしの家族のことを知らないのね。わたしの一族では礼儀作法はぜったいで、お悔やみを言いに来た人が全員帰るまで、家族はここにいなくちゃならないの。わたしはだいじょうぶよ。それにシグリッドが、みんなが長居しないよう、適当なところで帰らせてくれるでしょうから」

アリアドネは、部屋の向こうで弔問客に応対している洗練された金髪の美女を見て、なるほどと納得した。

弔問客がひとりずつ、あるいは数人ずつ近づいてきて、お悔やみのことばを述べ、フリードリヒ王の思い出を短く語った。エマは悲しみと疲れを押し隠して、そのひとりひとりに丁寧に接した。ニックがそばで妻を励ましている。アリアドネは、エマがニックを信頼し、支えが必要なときは遠慮なく甘えていることを知っていた。それに子どもたちの存在も――いまは子ども部屋だが――エマに喜びと笑顔をもたらしている。

しばらくしてアリアドネはエマとニックのそばを離れ、飲み物と軽食のならんだテーブルへ向かった。朝食をほんの少し口にしただけで、それからなにも食べていない。昼に召使いから食事を勧められたが断わった。だがいまになってひどくお腹が空き、夕食まで待てそうにない。

アリアドネは美しい柄の磁器の皿を手に取り、料理をながめてどれにしようか迷った。そのときそう遠くないところから、ふたりの女性の会話が聞こえてきた。

「それで、あなたはどちらを選ぶと思う？」ひとりが言った。「みなさんお見えになってるわね。最高級のシルクをお客に見せる小売商みたいに、とっておきの商品をあのかたの鼻先にちらつかせてる」

「エステラ、弔いの席でなんてことを言うの。前国王が亡くなったばかりなのよ。新しい国王はまだ花嫁のことなんて考えていないでしょう」

「ご本人はそうかもしれないけれど、大臣たちはすっかりその気よ。もちろんご家族のなかにも、熱心なかたがいらっしゃるわ」

「シグリッド王妃のこと？」

「ええ、決まってるでしょう。愛のためにイングランド人と結婚した妹君のほうじゃないわ。ご主人は王族の身分を授けられたらしいけど」

もうひとりの女性がなるほどと言い、ふたりは会話をつづけた。

「例のご家族と美しいお嬢様がたのことだけれど、みんな神妙なふりをしながらも、新しい国王の前で商品を精いっぱい魅力的に見せようとしているのがわかる？　あのかたも数カ月は喪に服さなければならないでしょうけど、それが明けたらそろそろ花嫁を娶って跡継ぎを作らないとね。跡継ぎが欲しくない国王なんて、どこにもいないでしょう」

「ええ、まったくそのとおり。お相手は王族なんでしょうね」

「まちがいないわ。ロレーヌのソフィア王女が有力だと思うの。フランスの君主制が復活したいま、ロレーヌとのつながりができればローズウォルドの地位は強化されるし、王女の持参金は二千万フランだと聞いているわ。それに顔もきれいだしね」

「どれがソフィア王女？」

「ほら、あの窓際の。背の高いギリシャの壺の左側にすわっているわ」

アリアドネはそちらに目をやった。ほっそりした若い女性が、色白の顔に沈痛な表情を浮かべている。

「きっと美しいお子が生まれるでしょうね。そう思わない？」最初の女性が言った。

高い鼻と薄い唇が好きならね。アリアドネは心のなかで言い、取り分け用のスプーンを持つ手にぐっと力を入れた。あの娘とルパートのあいだに子どもが生まれることは永遠にない。

「ケルンテンのアナ・ルイーザも有力よ」エステラという名の女性はつづけた。「なにしろハプスブルク家の血を引いているんですもの。父上は皇帝のご親戚だそうよ。両家にとってまたとない縁談でしょうね。新国王は皇帝との結びつきができるし、彼女は王妃になれるんですもの。もし賭けるとしたら、わたしはこっちにするわ」

「あまり愛想がよくないのが気になるけど」

「冷たい性格だと言いたいの？」

もうひとりの女性は笑った。「二月のノルウェーの気候みたいにね」

アリアドネはふたりの視線の先をたどった。部屋の隅で、気位の高そうな娘が、同じくらい厳しい表情を浮かべた年配の女性の隣りにすわっている。ふたりが母娘であることはひと目でわかる。まるでコルセットに鋼の棒でもはいっているかのように、ふたりともしゃんと背筋を伸ばしている。おそらくほんとうに棒がはいっているのだろう。

「国王が彼女を選ぶとしたら、慰めはほかに求めなくてはならないでしょうね。でもほとんどの男性は、ひとりかふたり跡継ぎが生まれたら、愛人を作るものよ。それより早いときもあるくらい。王族の結婚に相性は関係ないし、ルパート王も例外ではないわ」

背筋を冷たいものが走り、アリアドネは目をそらした。もうこれ以上、聞きたくなかった。取り皿をぼんやりながめたが、自分がそれを持っていたことさえ忘れていた。もう空腹はまったく感じない。いまの会話で食欲が失せてしまった。でもそれがなぜなのか、自分でもわからなかった。

イングランドを発つ前は、ルパートとの婚約を解消する方法を懸命に考えていたのに、自分のなかでなにが変わったのだろう。もっとも、自分がいまも彼と婚約しているのかどうかは不明だ。

ルパートが別の花嫁を探すつもりなら、むしろほっとするべきだろう。

それなのにどうして胸が騒ぐのだろうか。

彼があの娘たちのどちらかと結婚すると思うだけで、怒りで全身が熱くなる。吐き気がする。

だが詮索好きな人びとであふれかえっているこの場所で、それを表に出すわけにはいかない。アリアドネはひとつ息を吸って真顔に戻り、いっさいの表情を消した。

それからエマのところに戻った。

ルパートは部屋の反対側から、アリアドネがエマに身を寄せてなにかをささやくのを見ていた。そのすぐあと、アリアドネは席を立って応接室を出ていった。

あとを追いたかったが、我慢するよう胸に言い聞かせた。この数日、夜も我慢して彼女の寝室へ行かないようにしている。

これほど近くにいながら触れないでいるのは、まるで拷問のようだ。だが彼女が身ごもっていないとわかった以上、あえてまた危険を冒すべきではないだろう。以前、子どもができなかったのは、たまたま運がよかっただけだ。もっともそのときは、身ごもっていたらいたでいい、という気分だった。あと数日で結婚する予定だったこともあるし、それよりなにより、子どもができたらアリアドネをつなぎとめておけると思った。

だがローズウォルドに帰ってきてから、すべてが変わってしまった。

ルパートは危篤の父の看病をしながら、摂政としての務めをはたして国王になる準備を進めなければならなかった。

もちろんいつかこの日が来ることはわかっていたし、父を失う心の準備もできているつもりだった。しかし、これほどの重荷をほんとうに背負う準備ができる人間が、はたしてこの世にいるのだろうか。親を亡くした悲しみに耐えながら、君主としての地位を引き継がなければならないのだ。

そしていまや自分は国王だ。生まれたときからこうなることが運命づけられていた。ルパートはまだ幼いころから、国王の務めとはなにかを教えられてきた。国を統治するうえではもちろんのこと、私生活においても、どうふるまうべきか、なにを期待されているのかをたたきこまれた。

君主交代のこのとき、廷臣も国民もルパートの統率と導きを待っている。いくらいますぐアリアドネを一族の礼拝堂に連れていき、誓いのことばを交わしたくとも、あわただしすぎる結婚を不審に思う者は少なくないはずだ。

周囲は子どもができたと勘ぐるかもしれない。イングランドでのスキャンダルを聞きつけ、アリアドネを恥ずべき女性として軽蔑するだろう。どちらにしても噂はつきまとうだろうが、父王が亡くなってすぐに結婚などすれば、騒ぎが大きくなるのは目に見えている。

そこでルパートはアリアドネとの結婚を待つことに決めた。

服喪期間は最低でも一年とされているが、そこまで延ばすのは論外だ。この際、しきたりにかまっていられない。数カ月後にまず婚約を発表し、それから結婚する。

どんなに待っても半年から八カ月が限度だ。アリアドネが結婚を承諾してくれたら、国家行事として盛大な式を挙げよう。

ルパートは眉根を寄せた。ロンドンでは彼女に逃げる暇を与えず、祭壇に立つようせきたてても、なんとも思わなかった。ところがいまは、なぜかもう一度、アリアドネに結婚を申しこまなければならない気がしている。彼女は首を縦にふってくれるだろうか。望んだ答えが得られないのではと心配することなど、人生ではじめてだ。

それにアリアドネを花嫁にするには、もうひとつ障害がある。大臣らは自分たちの結婚を喜ばないだろう。軽率な選択だと批判し、考えなおすよう説得してくる大臣はひとりやふたりではないはずだ。父でさえも、死を前にしてルパートに苦言を呈した。

ルパートは指にはめた印章指輪をまわした。正方形の見事なルビーと金でできた国王の指輪だ。言い伝えによると、ローズウォルドの初代国王の戦利品だという。父との会話を思いだし、ルパートの眉間に刻まれたしわが深くなった。

「ルパート、わたしにはもうあまり時間がない」父の声はかぼそくてかすれていたが、かつての力強さと威厳を思わせる響きがあった。「自分の義務を忘れてはいけない」

「ぼくはつねに義務をいちばんに考えている。そのことは父上もよくわかっているはずです」

「だったらなぜ妻を娶らないのだ」父はぜいぜいと息をした。弱った肺のなかで、鍵束がぶつかって鳴っているかのような音だった。「わたしに孫を授けてくれる気はないのか。いまごろここで遊んでいてもおかしくなかったのに」

「孫ならいるじゃないですか。エマとシグリッドの息子たちが。昨日、父上も会ったでしょう」

「だがあの子たちは国王の地位を受け継げない。それができるのはおまえの子どもだけだ」

父はことばを切り、激しく咳きこんだ。いったん発作がおさまり、医者がふたたび話の聞こえないところへ下がると、父はうるんだ目でしっかりルパートを見据えた。「孫を。誓ってくれ」

「結婚して子どもをもうけることを誓います、父上」ルパートは言った。「跡継ぎのことは心配いりません」

「心配でならんのだ」父は苦しそうに息を吸った。「ずっと心配だったが、いままで我慢して黙っていた」

ルパートは天を仰ぎそうになるのをこらえた。これまでも父からはさんざん、早く結婚して孫の顔を見せろと言われてきた。

「花嫁選びを先延ばしにしないと約束してくれるか」父は言った。

ルパートはアリアドネのことを考え、ふいに彼女がそばにいてくれたらと思った。だがいまは父を安心させることがなにより大切だ。「約束します」

フリードリヒ王は枕の上でうなずいた。白い髪が細い束となって顔のまわりに垂れている。

「王族の血を引いた貞潔な女性を」

「わかっています」

アリアドネは条件を満たしている。貞潔という部分に関しては、それを守らなかったのは相手が自分のときだけだから、問題はないだろう。

「その一族と結びつくことによって、ローズウォルドの地位がさらに確固たるものになる相手を。この国が生き残るだけでなく、ますます栄えるために、自分にできることはすべてしなければならない。富と政治的な力のある花嫁を選ぶんだ。相手の同盟国がこの国の同盟国となり、われわれに立ち向かおうとする敵が、ローズウォルドという名前を思い浮かべただけで震えあがるように」

ルパートははたと口をつぐんだ。

なんと答えればいいのか、ことばを探した。イングランドでアリアドネと結婚しようとしていたときは、妻としてローズウォルドに連れ帰るつもりだった。そうすれば父も大臣らも、黙って現実を受けいれるしかないからだ。

だが自分たちは結婚しなかった。これから先、ひと悶着起きるのは避けられないだろう。

アリアドネには家族がいない。祖国さえ残っておらず、先祖代々受け継いできた土地は分割され、ちぎれた肉片に飢えた犬の群れが群がるようにして、あっというまになくなってしまった。ノーデンブルクはもはや人びとの記憶のなかにしか存在しない。アリアドネと結婚しても政治的な利点は得られない。持参金はそれなりにあるようだが、とても国王に嫁ぐのに充分な額ではない。

つまり、アリアドネは身ひとつで嫁いでくることになる。以前の自分なら、彼女と結婚すると考えただけで笑っていただろうが、いまはちがう。周囲がなにを言おうと、寝室のなかでも外でも、アリアドネにそばにいてほしい。

花嫁を選ぶのに、だれかの許可をもらうつもりはない。たとえ相手が死にゆく父親であっても、だ。しかしいまは国王が専制君主だった時代ではない。封建的な皇太子が自分に反対する者の首を容赦なくはねていい時代ではないのだ。周囲の意見にも耳を傾けなければならない——少なくとも、傾けるふりだけでもしなければ。

ルパートは父のベッドの横にすわり、自分が心の奥底では父にアリアドネとの結婚を祝福してもらいたいと思っていることに気づいた。それでも彼女の名前を出すことはためらわれた。父は以前、アリアドネのことを美しい娘だと言ったことがあるが、義理の娘として認めるかどうかは別の次元の話だ。

「相手との相性はどうなんです？」ルパートは思いきって言った。「国民にとってのいい王妃よりも、自分にとっていい王妃を選ぶのはいけないことでしょうか。ぼくを幸せにしてくれる女性を」

「幸せ？」父は言い、また苦しそうに息をした。「幸せと結婚になんの関係があるのだ。だから男は愛人を作るんだろう。相性は農民の結婚にとっては大切だろうが、国王が考えることではない。なぜ急にそんな感傷的なことを言いだした？　おまえはつねに分別をわきまえていたのに」

父の疲れた目が細くなった。「イングランドに長く滞在しすぎて、妹に感化されたんだな。エマリンがすべてを捨てて、あのイングランド人の伯爵のもとに走ったのはしかたがない。だがおまえは――」そこでことばを切り、水を求めた。

「父上はリンドハーストのことを気に入っていると思っていました」

「リンドハーストは善良な男だが、エマリンは国王と結婚するはずだった。それなのにエマリンはオットーに背を向け、代わりにシグリッドが結婚した。あの子は賢い。なにが大切か、ちゃんと見きわめる目を持っている」

そう、そのとおりだ。シグリッドは地位と富にこだわった人生を送ってきた。だが姉の幸せそうな顔はおろか、満足そうな顔も見た記憶がない。ときどき、人生の選択を後悔しているのではないかと思うこともある。

自分はどうだろうか。

ほんの数カ月前までは、先の見通せる道を歩き、結婚も祖国とホワイト一族にとって有利な相手とするのが当然だと思っていた。しかしいまはそれが正しいことなのかどうか、わからなくなっている。

ルパートは父と最後に話しているとき、長いあいだ持ちつづけてきた確信が揺らぐのを感じた。これまで生きてきてはじめて、名誉と義務を守るよりも大切なことがあるような気がした。

だがアリアドネに求婚したのは、そもそも名誉のためではなかったか。純潔を奪ったのだから、自分には彼女の評判を守る義務がある。それ以上のなにかがあったのか？　評判を守るためというのは口実で、じつはほんとうに欲しかったからではないのか――アリアドネを。

エマが聞いたら、恋に落ちていると言うだろう。

でもそれはばかげている。いくらなんでも、自分はそこまで変わっていない。

彼女を求めていて、ベッドで激しく抱きあいたいと思っているのは事実だ。それにアリアドネには、ほかにもたくさんの長所がある。きっとすばらしい王妃、すばらしい伴侶になるだろう。自分の前でもひるまず、なにかから尻尾を巻いて逃げだすこともしない。それにもうひとつ、彼女と一緒にいると楽しいのだ。

だからといって、愛しているわけではない。

ただ、アリアドネなら一緒にいても退屈しないだろうと思うだけだ。大臣らが用意した花嫁候補の一覧から、だれかひとりを選んで結婚しても、きっとそうはいかないだろう。

父の最後のことばは、利点の多い花嫁を選べということだった。自分に喜びをもたらしてくれる相手を選ぶことが、なぜいけないのだろうか。

ルパートはふたたび応接室を見まわした。黒ずくめの王族や貴族たちがカラスの群れを連想させる。いや、ハゲワシと言ったほうがいいかもしれない。朽ちていく父の骨を拾いに来たハゲワシだ。

ルパートの唇に苦い笑みが浮かんだ。今日ここにいる王族の若い娘のほとんどは、花嫁候補としての自分を見せにやってきたのだ。それぐらいのことはわかっている。目的は弔問だけではない。

でもこのなかに欲しい女性はいない。

ルパートはアリアドネが出ていった扉に目をやり、あとを追いたい衝動に駆られた。

だがそれを抑えてブランデーグラスを口に運んだ。

28

葬儀が終わると宮殿は静けさを取り戻し、数日のうちに、ホワイト家の親戚の大半とそれ以外のほぼ全員が、最後にもう一度お悔やみを述べて帰っていった。

アリアドネはほとんどの時間をエマのそばで過ごしていた。エマはイングランドに帰ることばかり話している。お腹に子どもがいるので、帰国をあまり先延ばしにすると、長旅がつらくなるからだ。シグリッドと子どもたちも残っていたが、オットー王は祖国で喫緊の用事があると言って、葬儀の翌日にローズウォルドを離れた。

ルパートとは、夕食のときと、その後のカードゲームなどの娯楽のときに顔を合わせているだけだ。ふたりきりで過ごす機会はなく、いまだに寝室も訪ねてこない。

アリアドネはルパートに直接、自分たちの関係はどうなっているのか問いただすことも考えた。もう恋人としての関係は終わったのだろうか。結婚も取りやめることにしたのだろうか？　でもルパートは、父親を亡くしたばかりで悲しみに暮れているのだ。

そう思うと結局、なにも言えずに黙っているしかなかった。

ところが六日めの夜、ホイスト（ブリッジの元になったと言われるトランプゲーム）のペアの組分けが終わり、みなで席を移っているとき、ルパートからそっと脇に連れだされた。

「このあと図書室で待っている」ルパートはアリアドネだけに聞こえるように言った。「ふたりきりで会いたい」

アリアドネの心臓の鼓動が速まった。彼と視線を合わせると、瞳の色が濃くなっているのがわかった。アリアドネはかすかにうなずいた。「わかったわ」ルパートに負けないくらい小さな声で答えた。

ホイストは得意だったが、今夜のアリアドネは悪手ばかり打って、ペアを組んだ相手を失望させていた。ルパートとの密会のことが気になって、どうしてもゲームに集中できない。なんの用事だろう。それにどうして図書室なのだろうか。どちらかの寝室でもいいはずなのに。もしかしたら別れ話を切りだすつもりかもしれない。

アリアドネの胃がぎゅっとねじれた。

ゲームが終わるころ、ペアの相手は――まだ宮殿に残っているホワイト家の親戚のひとりだ――腹立たしげにカードをほうり、もったいぶった足どりで酒棚のところへ行った。まもなくブランデーグラスを手に席へ戻ってきて、アリアドネをじろりと見た。

にらまれてもしかたがない。今夜のカードゲームは自分のせいで惨憺《さんたん》たる結果だったのだ。今度、埋め合わせをしよう。アリアドネはふたたびルパートとの密会に思いをはせた。

隣りでエマが手で口を覆ってあくびをした。「ああ、くたびれたわ。あなたは？　疲れてない？」

「そうね、それほどでも。どうぞ先に行ってちょうだい。わたしは図書室へ寄って、なにか読みたい本がないか探すわ」

「ここの広い図書室でも見つからなかったら、ほんとうは本を読みたくないということよ。でもほかにやることがなくて退屈なのはわかるわ。あまり夜更かししないでね」

「ええ」アリアドネは言った。エマと一緒に出ていくニックに微笑みかけ、彼が妻の腰にいとおしそうに手を添えるのを見て、柄にもなくうらやましくなった。

ほかの人びとも、ちらほらと寝室へ下がりはじめた。シグリッド王妃もそのひとりだ。アリアドネは王妃と世間話をしながら一緒に廊下へ出て、主階段の前で別れた。シグリッドは階段をあがり、アリアドネは図書室へ向かった。

エマが言っていたとおり、立派な図書室だ。床から天井まである本棚に、文字どおり何万冊もの蔵書がならんでいる。床には赤と茶のやわらかい色合いのウールのトルコじゅうたんが敷かれ、広い図書室を居心地のいい空間にしていた。フラシ天張りのソファや椅子がいくつも置かれて、磨き粉とインクと羊皮紙の温かみのあるにおいがただよっている。

別の機会に訪れていたら、すばらしい図書室だと感心していただろう。だがアリアドネはまわりをゆっくりながめることもなく、そわそわしながらルパートが来るのを待っていた。

扉のところで足音が聞こえたが、やってきたのは男の使用人だった。

「なにかお手伝いできることはございませんか、王女様」

アリアドネは首を横にふった。「いいえ、ありがとう」

使用人はお辞儀をして下がった。

十分が過ぎ、二十分がたった。アリアドネは時間を持てあまし、本でも読むことにした。ちょうど十七世紀のフランスの詩人の本を開いたとき、ふたたび扉の向こうで足音がした。今度はルパートだった。

本をもとの場所に戻し、アリアドネはくるりとふりかえった。「気が変わったんじゃないかと思っていたところよ」

「いとこのジェフにつかまってね。ぼくが部屋を出たがっているのがわからないのか、なかなか解放してくれなかった」ルパートは両開きの扉を閉め、図書室の奥へと進んだ。厚いじゅうたんを踏む足音は静かだった。

「閣下はカードゲームのとき、わたしにいらいらしているようだったわ。わたしのせいでひどい負けかたをしたから」

ルパートはにやりとした。「たまには負ける経験も必要だ。気にすることはない」

アリアドネはルパートに歩み寄り、数センチ手前で立ち止まった。ほんの数週間前までなら、迷わず胸に飛びこんでキスをしていただろう。でもいまは、そうしていいのかわからい——彼がそれを望んでいるのかどうかも。

ルパートも抱きしめようとはしなかった。

いつものように虚勢を張ることができず、アリアドネはその場に立ちつくした。

彼を愛しているから自信が持てなくなっている。愛のせいで自分は気弱になった。でも弱い自分は許せない。しかも、すべてがあまりにも一方的だ。

アリアドネはつんとあごをあげ、問いかけるように微笑んだ。「ふたりきりで会いたいと言ったわね、陛下。なんの用件かしら」

ルパートはかすかに顔をしかめた。「きみに会いたかった。最近はほとんど顔を合わせる機会がなかっただろう」

「まったくと言っていいほどなかったわ」アリアドネは両手を握りあわせ、黒いシルクのスカートに押しつけた。「国王になったいま、あなたにやらなければならないことが山のようにあるのはわかってる。それに、お父様を亡くして悲しんでいることも」

アリアドネは短く息を吸った。「でも寝室を訪ねてくることはできたはずよ。意思に反して、ことばが勝手に口をついて出た。少しでもあなたを慰めたかったのに、わたしにその機会すら与えてくれなかった」

ルパートは眉根を寄せて目をそらした。「この状況ではそうしないほうがいいと思った。宮殿ではもっと慎重にならなければ。きみの評判に傷をつけたくない」

「イングランドを発つ前から、とっくに評判は傷ついていたわ。これ以上、傷つきようがないでしょう」

「きみはその点をまちがっている。いずれきみはぼくの王妃になるんだ」

わたしが？

アリアドネはそのときまで、ルパートがまだ自分と結婚するつもりでいるのかどうか、確信を持てずにいた。でも彼の考えに変わりはないという。だったらどうして最近はよそよそしかったのだろう。以前は夜になると寝室へやってきて、夜明けまで帰らなかったのに、いまはなぜそうしないのだろう？

もちろんルパートと結婚するつもりはないので、いまさら気にすることでもないかもしれない。だがアリアドネはルパートの態度が変わったことが気にかかっていて、そんな自分に困惑を覚えていた。

どうしてだろう。

なぜ来てくれなくなったの。

「葬儀が終わったばかりなのに、正式に婚約を発表するのはまだ早すぎる」ルパートは言った。「でもきみとの約束をあらためて確認しておきたかった。だからここでふたりきりで会いたいと言ったんだよ」

アリアドネの心臓がひとつ大きく打った。「そう」

ルパートはポケットに手を入れ、黒いベルベット張りの小さな箱を取りだした。ルパートがふたをあけたとき、アリアドネは思わず息を呑んだ。

そこにはいっていたのは指輪だった。どこにでもありそうな指輪ではない。大きなきらめくエメラルドの指輪で、その深みのある謎めいた緑の色合いは、山奥の深い湖を連想させる。上品な金の台は、少なくとも一世紀は前に鋳造されたものだろう。

「王室に伝わる宝物《ほうもつ》からこれを選んだ」ルパートはシルクのクッションから指輪を手に取った。「きみの瞳に似ていると思って。気に入ってくれるといいんだが」

気に入らないわけがない。おおげさでもなんでもなく、これほど見事なエメラルドはいままで見たことがない。

「ええ」アリアドネは言った。「きれいだわ」

「きみの指に合うか試してみよう」

ルパートは返事を待たず、アリアドネの左手を取って指輪をはめた。アリアドネは止めるべきだとわかっていたが、声が出なかった。

気がつくと左手の薬指に、伝説に出てくるような美しい指輪が輝いていた。

だがそれをながめているうちに、とつぜん胸に疑念がよみがえってきた。自分は一度も結婚を承諾していないのだ。

ルパートはいまだに愛していると言ってくれない。

「ルパート、わたし――」

それと同時にルパートも口を開き、アリアドネの声がかき消された。「ほら、ぴったりだ」満足そうな口調だ。「そうだろうと思っていた。きみの手はほっそりしているから」

ルパートはアリアドネの手を取り、手のひらにくちづけた。

アリアドネの胸の鼓動が速くなった。もしかして彼はわたしを愛しているのだろうか。気持ちはもう伝わっているはずだと思っていて、わざわざ口に出す必要を感じていないだけかもしれない。

ルパートがアリアドネの手を放した。「もう遅い時間だからきみも疲れただろう。そろそろおやすみを言ったほうがよさそうだ」

「その必要はないわ」アリアドネはルパートの頬をそっとなで、伸びはじめたひげで少しざらざらする温かい肌の感触を楽しんだ。「わたしの寝室へ来て。ずいぶん久しぶりだもの」

ルパートの瞳の色が濃くなった。「ああ、でも危険を冒すわけにはいかない」

「前はうまくいったわ。ここでもだいじょうぶでしょう」

ルパートはアリアドネの手に自分の手を重ね、頬に押しつけた。一瞬、まぶたを閉じてから、まっすぐ彼女の目を見た。「残念ながらそれはできない。ここは妹の屋敷とはちがう。だれかに気づかれる可能性はとても高い」

そしてアリアドネの手をおろした。

「でもあなたは国王じゃないの」

「ああ、だからこそ、きみがぼくの愛人だという噂が宮殿に広がるのを避けたいんだ。きみはぼくの花嫁になる女性なのに」

「その両方になってはいけないの？」

ルパートは苦笑し、アリアドネの額にくちづけた。「だめだ。さあ、寝室へ行って。明日また会おう」

アリアドネは反論したかったが、無駄だとわかっていた。ルパートはいったんこうと決めたら、てこでも動かないのだ。また明日の夜にでも話そう。根気強く誘って、少しずつ彼の気持ちを変えていけばいい。

「わかったわ。おやすみなさい」アリアドネはしぶしぶ後ろを向いて出口へと向かい、両開きの扉の一方をあけて部屋を出た。


ルパートはまたしてもアリアドネを引き止めたい衝動に駆られた。

だが両手をぐっとこぶしに握って我慢した。

気をまぎらわせようと思い、広い図書室を横切ってユリノキ材のこぶりな戸棚に近づき、上に載ったクリスタルのブランデーのデカンターに手を伸ばした。グラスにたっぷりそそぎ、ゆっくり口に含んで飲んだ。ブランデーがのどを落ち、食道に焼けるような感覚が広がった。

ふたたびグラスを口に運ぼうとしたとき、扉の近くで物音がした。

アリアドネが戻ってきたのだろうか。

ルパートは期待に胸を躍らせてふりかえった。

だがそこにいたのはシグリッドだった。黒いサテンの衣擦れの音をたてながらはいってくる。「もう寝たかと思っていたよ」ルパートは言い、ブランデーを飲んだ。

「寝室に戻ろうとしたんだけど」シグリッドは部屋の奥へ進んだ。「本でも読んだら眠くなるかと思って」

ルパートはけげんそうに片方の眉をあげた。「いつから読書好きになったんだ?」

「好きじゃないわ。涙が出るほど退屈だもの。だからこそ、今夜は読もうと思ったのよ。お父様が天に召されてから、あまり眠れないの」

「嘘に決まってる」ルパートはブランデーを飲み干してグラスを置いた。「ここでなにをしてるんだ、シグリッド。というより、いつから話を聞いていたのかい」

シグリッドはばつが悪そうに唇を突きだし、肩をすくめた。「あなたがノーデンブルクのアリアドネと深い関係になっていて、彼女に婚約指輪を渡したことまではわかったわ」

寝室まであと半分というところで、アリアドネはやはり本を借りてくればよかったと思った。今夜は眠れそうにないので、本でもあれば気晴らしになるだろう。

もちろんいちばんいい気晴らしは、ルパートが寝室に来てくれることだが、さっき本人にきっぱり断わられた。だがもしまだ図書室にいたら、考えなおすよう説得できるかもしれない。いま思うと、さっきは少々簡単に引き下がりすぎた。もう一度だけ誘惑してみることにしよう。ルパートはまだいるだろうか。

数分後、図書室の前に着くと、わずかに開いた扉の向こうから人の話し声が聞こえた。ルパートの低くてなめらかな声がする。それに答える女性の声にも聞きおぼえがあった。シグリッドだ。

アリアドネははいるべきかどうか迷った。そのとき自分の名前を耳にした。

「アリアドネが好きかどうかは関係ないの」シグリッドが言った。「アリアドネ王女のことは大好きよ。たしかに無分別なところはあるけれど、魅力的でとても楽しい女性だわ。でもこれは人柄の問題じゃないのよ。血統を考えなければ」

「血統は申しぶんないだろう」ルパートの厳しい声がした。

「アリアドネの血統には、もうなんの力もない。そのことはあなたもよくわかっているでしょう。利点という面にかぎって言うと、アリアドネと結婚するのは農家の娘と結婚することと変わらないわ」

アリアドネは足に根が生えたようにその場に立ちつくした。引き返したほうがいいとわかっているのに体が動かない。そっとこぶしを胸にあて、激しい心臓の鼓動を感じた。

「あなたはローズウォルド王なのよ」シグリッドはつづけた。

「祖国と代々受け継いできたものを守るため、あなたに莫大な富をもたらして、君主としての立場をより強固にしてくれる花嫁を選ばなければならないわ。あなたをより偉大な国王に、ローズウォルドをより偉大な国家にする相手を」

「言われなくても、自分の務めぐらい承知している」ルパートは吐き捨てるように言った。

シグリッドは引き下がらなかった。「今夜のことがあるまでは、わたしもそう信じていたわ。でもあなたはあまりに軽率な選択をした――手遅れになる前に考えなおしなさい」

「考えなおすことなどない。すでに誓ったことだ」

「だったら取り消せばいい。アリアドネはものわかりがいい人よ。きっとわかってくれるでしょう」

「さっき言ったとおり、ぼくは名誉にかけて彼女と結婚しなければならない。結婚の申しこみを取り消す気はない」

「ええ、わかってる、イングランドで起きたスキャンダルのことよね。でも噂はいつか忘れ去られるものよ。事態を収拾する方法はかならずあるわ」

アリアドネにはルパートが歯をぎりぎり嚙む姿が目に浮かぶようだった。

「収拾するかどうかなど、どうでもいい」ルパートは言った。「いいかい、シグリッド。父上の話も聞かなかったのに、姉上の言うことを聞くわけがないだろう」

アリアドネははっと息を呑み、こぶしを口に押しあてた。

「お父様に話したの?」シグリッドは言った。「アリアドネと結婚することを?」

ルパートは一瞬、間を置いてから言った。「彼女の名前を出したわけじゃないが、自分の意思で花嫁を選びたいということは話した」

「お父様は賛成しなかったのね」

「ああ。でもこれはぼくが決めることだ。考えを変えるつもりはない」

「いったいどうしたの、ルパート。よりによってあなたの口から感傷的なことを聞く日が来るなんて、夢にも思っていなかったわ。アリアドネを愛しているの? だからどうしても結婚したいと?」

アリアドネの脈が速く、呼吸が浅くなってきた。まぶたを閉じてルパートの返事を待った。

「理由はもう言ったはずだ」ルパートはぶっきらぼうに答えた。「ぼくが愛のために結婚するような男に見えるかい? ぼくはアリアドネをきずものにした。その責任は取らなければならない。結婚する以外に選択肢はない。ぼくは彼女に結婚を誓った。軽率だろうとなんだろうと、それを撤回する気はない」

「宮殿じゅうが反対しても?」

「ああ。それでも、だ」

アリアドネは震える肩を壁にもたせかけ、頬にひと筋の涙を流した。

〝ルパートはわたしを愛していなかった。彼にとってわたしは、山のようにある義務のひとつにすぎない〞

お荷物になるのだけはごめんだ。愛のない結婚もぜったいにする気はない。

アリアドネは背筋をまっすぐ伸ばし、手の甲で涙をぬぐった。

あわれみはいらないし、欲しくもない。悲しいことに、どうやら自分はルパートの気持ちと欲望の強さをはかりちがえていたらしい。彼がもう前のように欲望を感じていないのはたしかだ。どうして急に寝室を訪ねてこなくなったのか不思議だったが、やっと理由がわかった。さっきこちらが誘っても断わり、早く寝室に下がるように言ったのもこれで合点がいく。

きっとイングランドを離れてから、頭を冷やして考える時間があったのだろう。自分のしたことをふりかえり、あんなに結婚を急ぐべきではなかったと悔やんだにちがいない。もちろんあのときは、父王がこれほど早く亡くなるとは思っていなかったはずだ。父王の死で目が覚めたのだ。だがルパートは結婚を約束した。そしてルパートについてひとつだけたしかなことがあるとしたら、それは彼が一度した約束はどんなことがあっても守るということだ。

そのとき左手に輝くエメラルドの指輪が視界の隅に映った。アリアドネは身震いし、それをはずすか、寝室に走って逃げるか迷った。

だがそのどちらもしなかった。

あごをあげて扉を軽くたたき、図書室に足を踏みいれた。

29

アリアドネを見て、ルパートの心臓が一瞬止まりそうになった。

なんということだ、どこまで話を聞かれただろうか。

その顔をひと目見て、答えがわかった。

「お邪魔してごめんなさい」アリアドネは部屋の奥へ進みながら言った。「本をお借りしようと思って」

「あら、わたしと同じね」シグリッドが言った。アリアドネがたったいま来たばかりであることを願っているのはあきらかだ。

アリアドネはシグリッドに鋭い一瞥をくれた。「とぼけないでください、王妃陛下。わたしもしらじらしいことを言う気はないわ」

「そろそろ失礼するわね」シグリッドは言った。

「あら、どうぞ気になさらないで。わたしの私生活について、いろいろとくわしくご存じのようだし」アリアドネは言った。「まさかあなたがたおふたりが、ルパートとわたしの関係について話しているなんて思ってもみなかった。でも古いことわざにもあるとおり、自分の噂を立ち聞きするときは、たいてい悪い話だと言いますものね。もっともわたしの場合、たまたま聞いてしまったわけだけれど」

冷たく背をそむけ、今度はルパートに向きなおった。

「アリアドネ、きみがなにを聞いたにせよ——」

アリアドネはルパートのことばをさえぎった。「わたしたちの結婚がとんでもないまちがいだということは、さっきのお話でよくわかったわ。わたしは最初から結婚する義務はないと言っていたでしょう。責任を取ってほしいなんて一度も言ってないのに、あなたが英雄のまねをしたがっただけ。今回のことはすべてわたしが悪いの。あなたとの関係を取り返しのつかないところまで深めるべきではなかったわ。それに、これも受け取るべきではなかった」

いったん黙り、アリアドネは指輪をはずしてルパートに差しだした。

「きみの指輪だ」ルパートは荒っぽい口調で言い、動揺で胃がねじれるのを感じた。

アリアドネは首を横にふった。「いいえ、これは受け取れない。結婚の申し出も受けられないわ——ちゃんとした求婚は一度もされてないけれど」

ルパートは痛いところを突かれてたじろいだ。

「あなたは勝手に結婚すると決めて、わたしが断わっても聞く耳を持たなかった。あらためて返事をするわね。結婚を申し出てくださってありがとう、ルパート王。でもお断わりするわ。どうぞ国家の誉《ほま》れとなる立派な花嫁を見つけてちょうだい」

「きみは立派な花嫁になる。手放すつもりはない」ルパートは硬い声で言った。深呼吸をして自分を落ち着かせる。「今夜のきみは疲れて混乱している。このことは明日、聴衆がいないときに話そう」ルパートはシグリッドをじろりとにらみ、早く出ていけばいいのにと思った。なぜ今夜、図書室に来たりしたのだろう。

シグリッドはひどく恥じいったような顔をして部屋を出ていった。

ルパートはすぐにアリアドネに視線を戻したが、アリアドネは目を合わせようとしなかった。

「なにも話すことはないわ。あなたは義務感で結婚を申し出たんでしょうけれど、あいにくわたしにその気はないのよ」

「アリー――」

アリアドネはルパートの手を取り、指輪を握らせた。「ルパート、わたしはあなたと結婚したくないの。これほどはっきりした返事はないでしょう。一緒にいられて楽しかったし、とても感謝してる……すばらしい授業をしてくれたことを。でももう終わったのよ。あなたが負い目を感じる必要はまったくないわ」

ルパートは奥歯を噛みしめ、アリアドネを抱き寄せてその体を揺すりたい衝動と闘った。

あるいは彼女がいまのことばを取り消して許しを請うまで、激しいキスをするのもいい。結婚したくないだと？

アリアドネがそう思っているのなら、むしろ喜ぶべきではないか。これで大手をふって、もっと有利な結婚相手を探せるのだ。それなのに、どうして安堵の感情が湧いてこないのだろう。胸をナイフでえぐられたような痛みを感じるのはなぜだろうか。

でもアリアドネの意向などどうでもいい。彼女が欲しい。どんなことをしてでも、かならず自分のものにしてみせる。たとえ不幸な結末が待っているとしても、一度結婚すると決めたのだからそうするまでだ。

「きみがそんなふうに思っているとは残念だよ、王女。でも結婚を取りやめるつもりはない」

「そんな――」アリアドネはことばを失った。

「ぼくの婚約者として、これをちゃんとつけるんだ」ルパートはアリアドネの手をつかんで指輪をはめた。

「もう夜も更けた。そろそろ休もう」冷たく言った。「寝室に案内しようか、それともひとりで戻るかい？」

アリアドネの顔はこわばっていた。その緑色の瞳は感情でいっぱいだったが、それがなんなのか、ルパートにはよくわからなかった。「ひとりで行くわ」アリアドネは抑揚のない声で答えた。

「そうか。じゃあおやすみ」

アリアドネはうなずき、背中を向けて立ち去った。

翌朝、ルパートはアリアドネがすでにテーブルについていることを期待しつつ、大股で朝食室へはいった。だがそこにいたのは、いとこのジェフと――昨夜、アリアドネがホイストで機嫌を損ねた相手だ――義弟のドミニクだけだった。

エマは自室で朝食をとることにしたようだ。シグリッドは昼前に部屋から出てくることはない。アリアドネも今朝は、部屋に食事を運ばせることにしたにちがいない。

こちらを避けるつもりなら、そうすればいい。だがそう長くは避けられないだろう。

自分がそうはさせない。

ルパートは、十一時半に家族用の居間へ来るよう、アリアドネ王女に伝えるよう執事に命じた。断ることは許さない。

執事はさっとお辞儀をして出ていった。

ルパートは料理のならんだ台へ向かい、適当に選んで皿に載せてから席についた。ルパートとジェフとドミニクは二言、三言ことばを交わし、それぞれ新聞を広げた。だがルパートはアリアドネのことと、昨夜の図書室でのできごとのことばかり考えていた。

シグリッドに話を聞かれたのは不運だったと言うしかない。姉も人のことにくちばしをはさむのを、いいかげんにやめるべきだろう。それにアリアドネが本を借りに図書室に戻ってきたことも運が悪かった。

でも起きてしまったことは、いまさらどうしようもない。

それでも自分がアリアドネとその評判を守りたい一心であることは、本人もわかっているはずだ。正式に求婚をしなかったことのなにがそんなに気に入らないのだろうか。はじめて結ばれたあの夜、自分たちは結婚の誓いを交わしたのも同然だ。それに正直に言うと、彼女に断わる機会を与えたくなかった。

にもかかわらず、アリアドネは断わった。

〝あなたと結婚したくないの……〟

いまでもあのことばを思いだすと胸が苦しくなる。だがなんとかして彼女の気持ちを変え、それ以外の問題にも対処しなければならない。廷臣たちは反対するだろうが、新しい王妃を受けいれる気がないなら、国王である自分の不興を買うだけだ。大臣や廷臣の代わりはいくらでもいる。

ジェフが朝食を食べ終え、王室所有の森林公園で乗馬と狩りをすると言って出ていった。

若いとこがいなくなると、ドミニクが顔をあげて新聞をたたんだ。「ルパート、話したいことがある」

ルパートは片眉をあげて新聞をおろした。「ほう。なんだい」

「その、今朝――」

扉をそっとたたく音がして、執事がなかにはいってきた。「失礼いたします。お邪魔して申しわけございませんが……」

「ああ、なんだ、ミューラー」ルパートは執事のほうを見た。

「ただいま王女のお部屋を訪ね、お世話係の女中と話をしてまいりました」

「それで？」

年配の執事はもともとまっすぐだった背筋をさらにしゃんと伸ばした。「アリアドネ王女は今朝、宮殿をお発ちになったそうです」

「発っただと？　どういう意味だ。どこへ行ったんだ？　女中はいつ戻るか言ってたか？」

「もうお戻りになる予定はないそうです。今朝早く馬車の用意を命じられ、英国へお帰りになったとのことでした」

「なんだと？」ルパートは勢いよく立ちあがった。体じゅうの血が煮えたぎる。「だれが馬車を使う許可を出したんだ？　それになぜもっと早くわたしに知らせなかったのか？」

執事の顔が青ざめた。「わたくしも存じませんでした。陛下にただちにお伝えするべきことだとも――」

「いや、ただちに知らせるべきだった。厩舎の人間はいったいなにを考えていたのか。女性がひとりで厳しい長旅をするなどもってのほかだ。王女を馬車に乗せた者を突きとめ、一時間以内に宮殿から追いだせ」

「そういうことなら、わたしは荷造りをしなくては」テーブルの反対側の端にすわっていたドミニクが言った。

ルパートはさっとそちらを向き、鋭い目で見据えた。「なんだって？　いまなんと言った？」

「ミューラーが来る前に、話があると言ったのはそのことなんだ。アリアドネが今朝、出ていったことを話そうとしていた」

「なぜきみは知っていた？」

「彼女を馬車に乗せたのがわたしだからだ。でもアリアドネはひとりじゃない。ゴールドフィンチという男を同行させた。わたしの元部下の船乗りで、腕っぷしも強いし、信頼できる男だよ」

「ミューラー、下がってくれ」ルパートは静かに言った。

執事は見るからにほっとした様子でお辞儀をし、急いで立ち去った。

ルパートはしばらく間を置いて心を静めてから、ふたたび義弟を見た。「なぜそんなことをしたんだ。どうしてアリアドネを行かせた？」

「本人に頼まれてね。ここにいるのはもうあと一日も耐えられないし、わたしが協力しなかったら、自分ひとりで行くと言い張った。アリアドネがどういう性格か、あなたもわかっているだろう。せめてだれかを付き添わせるべきだと思った」

ああ、彼女の性格はよくわかっている。でもいったいなぜこんなことを？　どうして自分になにも言わずに行ってしまったのか？

「すぐにあとを追う」ルパートの声は、自分の耳にもひきつって聞こえた。「まだそれほど遠くへは行ってないだろう」

ドミニクは言いにくそうな顔をした。「アリアドネはあなたがあとを追おうとするだろうから、そうしないように伝えてほしいと言っていた。もう話しあうことはないし、なにを言われても気持ちは変わらないから、と。それから……その……あなたに渡してほしいと頼まれたものがある」

「そうか」ルパートは抑揚のない声で言った。

胸が締めつけられて息ができなくなり、溺死するのはこんな感じなのだろうかと思った。まるで氷の浮かぶ湖に突き落とされて、顔を押さえつけられているかのようだ。

ドミニクがベストのポケットに手を入れ、緑色の光るものを取りだした。

婚約指輪だ。

アリアドネが指輪を返してきたのだ。もう二度と受け取るつもりはないのだろう。

ドミニクはルパートに近づき、テーブルの手の届くところに指輪を置いた。「申しわけない。行かないように説得したんだが。あなたにさよならと伝えてほしいと言っていた。幸せを祈っている、とも」

幸せだと?

これから先、さまざまなことが自分を待っているだろう。しかし断言してもいいが、そのなかに幸せは含まれていない。ルパートは無言で指輪を拾いあげ、手に食いこむほど強く握りしめた。

「やはり追いかけるつもりかい?」しばらくしてドミニクは訊いた。

彼女を無理やり連れ戻して祭壇に立たせることもできる。法的に自分のものにして縛りつけるのだ。だがそんなことをしたら、アリアドネはルパートを憎むだろう。本人が自分の意思で結婚を承諾しないかぎり、ほんとうの意味で彼女が自分のものになることはない。アリアドネの愛がなければ、自分の人生は無意味だ。

愛?

彼女が自分のもとを去り、すべてが手遅れとなったいま、ようやく失ったものの大きさに気づくとはなんという皮肉だろうか。

昨夜、姉に言ったことは本心ではなかった。

アリアドネを愛している。もしもこの手に取り戻せるのなら、なにを差しだしても惜しくない。それがたとえ王国でも。

「いや」ルパートは感情のこもらない声で言った。「アリアドネは昨夜、わたしと結婚したくないと言った。彼女はここを出ていくことを望んだんだ。その気持ちを尊重しようと思う」唇に苦い笑みを浮かべた。「アリアドネは鳥かごのなかで生きていける女性ではない。それが金の鳥かごであってもね。だから自由にしてやりたい」

30

「アリアドネ！　来たのね！」アルデン国の元王女で、いまはレディ・マキノンとなったマーセデスが、マキノン城の家族用の居間を妊娠六カ月の体で精いっぱい急いで近づいてきた。腕を大きく広げてアリアドネをぎゅっと抱きしめる。「ああ、会えてうれしいわ。手紙は読んだけれど、いつ到着するのかはっきりわからなくて」

「長い旅だった」アリアドネは小さな声で言った。「ようやくスカイ島に着いてほっとしたわ」

それは本心だった。

ミスター・ゴールドフィンチは親切でやさしく、スコットランドに着くまでなにかと面倒を見てくれたが、それでもこの数週間はいままで経験したことがないほどつらかった。あの朝、ノイエヴァルトシュタイン城を離れたときから、アリアドネはひどい虚無感に呑みこまれていた。まるで自分の大切な一部を置いてきたかのようだ。

おそらくそのとおりなのだろう。

心を失ったのだから。

日中もつらかったが、とくに夜が最悪だった。いまでも思いだすだけで耐えられない。

でもやっとこうして、友人のいる慣れ親しんだ場所へたどりついた。ここにはルパートを連想させるものはなにもない。ルパートはスコットランドのマーセデスとダニエルの屋敷を一度も訪ねてきたことがないのだ。だからルパートの思い出だらけのエマとニックの屋敷にいるのとはちがって、彼の面影に苦しむことはないだろう。

ローズウォルドを離れたいと言ったとき、ニックはとてもよくしてくれた。エマはというと、アリアドネの気持ちに理解を示してはくれたものの、最後まで行かないでほしいと言っていた。

だがあの状況では、自分がルパートの前からいなくなるしかなかった。

これからなんとか立ちなおり、ひとりで生きていく強さを取り戻すしかない。ただ、なにからはじめればいいのかがわからない。いままで家族の死以上に悲しいことはないし、あれほどの苦しみは二度と味わわないだろうと思っていた。でもルパートがいないとすっかり途方に暮れ、まるで魂が抜けてしまったかのようだ。

内面の苦悩がアリアドネの顔に出ていたらしい。

マーセデスがその手を取ってソファに連れていき、隣りあって腰をおろした。「わたしにすべて話して」

アリアドネはのどになにかが詰まっている気がして、首を横にふった。「無理よ」

「話せるようになったら話してちょうだい。時間はたっぷりあるから」マーセデスは思いやりのこもった声で言った。「もうすぐ冬になるものね。この子が生まれるとき、あなたがそばにいてくれると思うとうれしいわ」

アリアドネはマーセデスの丸くなったお腹を見た。

ばかげたことだとわかっていたが、ふいに自分にも子どもができていればよかったのに、と思った。かなわぬ想いならば、せめてルパートの分身をいつくしみ、愛し愛されて暮らしたかった。

ああ、軽い気持ちではじめたことが、どうしてこんな苦い結末を迎えてしまったのだろう。ルパートの言っていたことは正しかった。わたしはあまりに世間知らずで、自分がどんな危険を冒しているのかわかっていなかった。これほど高い代償を支払うことになるとは、思ってもみなかった。

ずっとこらえていた涙がとつぜんあふれてきた。この数週間、どんなに苦しい夜にも流さなかった涙だ。

アリアドネはマーセデスの腕のなかで泣きじゃくった。

ルパートは秘書官が公務の一覧を読みあげるのを、うわの空で聞いていた。視線をさまよわせ、執務室の窓の外で吹き荒れる雪をぼんやり見た。日が暮れるころには、宮殿の敷地は真っ白い雪で覆われるだろう。そり遊びにぴったりだ。

アリアドネを連れていきたかった。ふたりでそりに乗って雪原を走る。アリアドネの愛らしい頰がばら色に染まり、緑色の瞳が楽しそうに輝くさまが目に浮かぶ。毛皮と毛布に包まれた彼女が笑い声をあげ、そして自分は頭をかがめて唇を――。

ルパートははっとわれに返った。

おまえはいったいなにをしているのだ。またアリアドネのことを考えるとは。自分たちがそり遊びをすることはけっしてない。アリアドネはもうここにいない。彼女が出ていったあの日から、すでに四カ月がたった。あれ以来ルパートは、アリアドネが自分のもとを永遠に去ったという事実を、なんとか受け止めようとしてきた。

彼女のこと、そしてその思い出を記憶から完全に消し去ることができたら、どんなに楽だろうか。いまでも夜になるとアリアドネが夢に現われる。目が覚めてベッドの隣りに彼女を探し、自分がひとりであることに気がつく。

愛人を作って欲望を満たせばいいのかもしれない。実際、宮廷にいる未亡人と戯れの恋をしようとしたこともあった。だがいざベッドにはいり、相手の茶色い目をのぞいたとき、それが若葉のような緑色でないことにむなしさを覚えた。唇を重ねても、なにも感じなかった。

まったく欲望を覚えなかった。

自分が欲しい女性はひとりしかいない。そしてその女性は、これ以上ないほどはっきりとルパートにノーを突きつけた。

アリアドネとはもう終わった。そのことを胸に言い聞かせ、前へ進まなければならない。大臣らはまた結婚のことをほのめかすようになってきたし、そろそろ重い腰をあげなければならないことはわかっている。しかし頭が空っぽの若い娘はまっぴらごめんだ。昨年の秋、父の弔問に来た女性のなかから選ぶつもりも毛頭ない。

幸いなことに、もうしばらくのあいだは服喪を理由に花嫁探しを先延ばしできるだろう。それまでにどうにかしてアリアドネへの未練を断ち切らなければならない。彼女を頭のなかから、そして心のなかから消し去るのだ。

「どういたしましょうか、陛下」

ルパートは秘書官を見た。「うん?」

「戴冠式のことです。招待状を送る前に、お招きするかたの一覧を陛下ご自身で確認なさいますか、それとも慣習にしたがってわれわれのほうで手続きを進めましょうか」

ルパートは顔をしかめた。

また戴冠式の話か。まだ何カ月も先のことだというのに。今年の夏、ヨーロッパ各国はもちろん、それ以外の国々からも要人を招いて行なうことになっている。そのために山ほどやらなければならないことがあるのはわかっているが、いまは考える気になれない。

「まだどうするか決めていない」ルパートは言った。

「ええ、でも侍従長が――」

「侍従長がなにを言ったかは知らないが」ルパートはぴしゃりと言った。「わたしが決めたいときに決める。それでいいな？」

秘書官は急に静かになってうなずいた。「かしこまりました、陛下。お気にさわったとしたら申しわけございません。出すぎたことを申しました」

だがルパートは秘書官が悪いわけではないとわかっていた。謝らなければならないのは自分のほうだ。最近はちょっとしたことですぐにかっとなるので、みなが腫れ物にさわるように接している。いつこちらの怒りを買うかとびくびくしているのだ。

三週間前など、ひげそり用の湯が熱すぎたという理由で、父王につかえていた従者を解雇してしまった。あとになって反省し、年老いた元従者にたっぷり恩給を与えたが、してしまったことは取り返しがつかない。

ルパートはため息を押し殺し、努めておだやかな口調で言った。「今朝の用件はそれだけか」

「はい。あとは書簡だけです。一通をのぞき、ひととおり目を通して整理しておきました。妹君の大公妃からお手紙が届いております。どうぞ」

若い秘書官は書簡の束と、封をあけていない上品なクリーム色の羊皮紙の手紙をルパートに手渡した。

またエマからの手紙だ。

エマとドミニクと子どもたちはイングランドへ戻り、いまは領地のリンド・パークで多忙な冬を過ごしている。前回、届いた手紙によると、アリアドネはエマたちと一緒ではなく、秋からずっとスコットランドのマーセデス王女のところにいるらしい。

だがそんなことはどうでもいい。彼女のことを考えるのはもうやめるのだ。

「ありがとう」ルパートは言った。「もう下がっていい」

秘書官はお辞儀をし、持ち物をまとめて執務室を出ていった。

ルパートはしばらく雪をながめたのち、手紙を手に取った。

内容の大半は先日のクリスマスの祝祭のことだった。ルパートにもぜひ来てほしかったが、そう簡単に祖国を離れられないことはわかっている、とも書いてあった。それから子どもたちの近況や、ドミニクが晩春に短艇《たんてい》の競争を企画していること、妊娠が順調であることなどがつづられていた。

ルパートの目を引いたのは、最後に書かれていることだった。

この前、マーセデスから手紙が届きました。つい先日、元気な男の子が生まれたそうです。お産は楽だったと書いてありました。アリアドネのときもそうであることを願うばかりです。

アリアドネのときも？　どういう意味だ？

彼女は身ごもっていないのだから、近い将来に出産する予定などあるわけがない。だとしたら、エマはなにを言っているのか？

自分になにかを伝えようとしているのか。

まさか……

ルパートは顔から血の気が引くのを感じた。

アリアドネが身ごもっていること以外に考えられない！

31

アリアドネは居間の椅子に深く腰かけて脚を伸ばし、炎が赤々と燃えている大きな石造りの暖炉につま先を向けた。

二月の外気は冷たく湿っていて、大西洋からの風が城壁に吹きつけている。貧弱な建物であれば梁《はり》まで揺れていただろう。だが城のなかは安全で暖かくて快適だ。かつてすきま風がはいり、廃墟と化していたこの建物に、ダニエル・マキノンが大々的な改修をほどこして立派な城に建てなおした。

アリアドネは毛布をひざにかけ、熱いリンゴ酒を飲みながら本を読んでいた。だがいくら居心地がよくても、このまま永遠にマーセデスの厚意に甘えて生きていくことはできない。春になって大地にふたたび緑が芽吹いたら、いろいろ決めなくてはならないことがある。しばらくイタリアかギリシャに住むのもいいかもしれない。温暖な土地で太陽の光を浴びて暮らしていると、どんな悩みも消えてしまうと聞いたことがある。でもそのことを考えても、アリアドネの気持ちは暗いままだった。最近はなにをしても気分が晴れることはなく、マーセデスとダニエルの愛らしい子どもたちを見ても、かすかな笑みが浮かぶだけだ。

昨年の九月の終わりに、待ちに待った二十五歳の誕生日を迎え、アリアドネは相続財産のすべてを受け取った。

自分はいまや自立した女性だ。なんでもしたいことができるし、どこへでも行ける。

少し前まではこのときが来るのが楽しみでたまらなかったのに、なんの喜びも感じない。

かつては世界じゅうを旅し、自由奔放な女性として名をはせることを夢見ていたが、それもどうでもよくなった。

いまはすべてが色あせて見える。

新しい恋人を探すことは、考えただけでぞっとする。ルパート以外の男性とベッドをともにするなんて想像もできない。だれが相手でもルパートの代わりでしかないことはわかっているし、にせものならば欲しくない。自分はルパートに純潔を捧げ、心を盗まれた。もう与えられるものはなにも残っていない。

彼はどうしているだろうか。

おそらく、ローズウォルドをつぎの千年のあいだ栄えさせるだけの人脈と富を持った花嫁を探しているだろう。

アリアドネは渋面を作り、眼鏡の位置を正して読書に戻ろうとした。

十分後、扉をそっとたたく音がして執事がはいってきた。「失礼いたします、王女様。お客様がお見えになりました」

アリアドネは本をおろした。「お客様？　この天候なのに？」

しかも、よりによってこの季節に。冬のあいだは、ダニエルとマーセデスを訪ねてくる人はほとんどいない。近隣の人びとでさえ、こんな天候のなか、わざわざ出かけたりしない。

「どなたか知らないけど、マキノン少佐かマーセデス王女にご用があっていらしたんでしょう。居間にお通しした？」

「はい。ですがそのお客様は、アリアドネ王女にお目にかかりたいとおっしゃっています」

「わたしに？」アリアドネはとまどった。「いったいどなたかしら」

「ぼくだよ」よく通る深みのある声がした。二度と聞くことはないと思っていた声だ。「やあ、アリアドネ」

アリアドネはさっとルパートを見た。心臓がとらわれた小鳥のように激しく打ちはじめた。入口に立つルパートは長身で堂々としていて、どこから見ても国王そのものだ。風に吹かれたせいだろう、金色の髪が乱れている。頬が上気しているが、まさかここまで馬に乗ってきたのだろうか。このあたりの道は、冬はひどくすべりやすいことで知られている。馬車でさえ無事に通れる保証はない。

ルパートはアリアドネの返事を待たず、大股で部屋にはいってきた。

執事に向かってうなずき、下がるよう合図した。視線を戻すと、ルパートがこちらの体をしげしげとながめていた。

アリアドネは腕を組んだ。「なんの用かしら。マーセデスとダニエルはあなたが来ることを知ってたの？　わたしはなにも聞かされていなかったわ」

なにをしに来たのだろうか。アリアドネはいぶかり、胸の鼓動が速まるのを感じた。考えられる理由はひとつしかないが、話がうますぎて信じられない。

わたしのことが恋しくなった？

わざわざ会いに来てくれたのだろうか？

「少佐もマーセデス王女も知らない」ルパートは言った。「ほとんど海路を使って、全速力でここまで来た。たぶん手紙が着くよりも早かっただろう。だが前置きはどうでもいい。ぼくが来た理由はわかっているはずだ」

ルパートはふたたびアリアドネの体に目をやり、解けない謎を解こうとしているかのように、ひざにかかった毛布をじっと見た。

アリアドネは眉をひそめた。「いいえ、わからないわ。はっきり言ってちょうだい」

ルパートはなんの前触れもなく、いきなり彼女に近づいた。「とぼけるんじゃない、アリアドネ。エマから手紙が届いた。きみがぼくに嘘をついたことはわかっている」

「嘘ですって？　なんのこと？」

「その毛布をどかしてくれ。隠すのはやめるんだ」

「隠す？ いったいなにを言っているの？」

「いいだろう。きみがやらないならぼくがやる」ルパートは手を伸ばし、アリアドネのひざから毛布を引きはがした。

ルパートはアリアドネの腹部を凝視した。ふっくらしているものだとばかり思っていたが、相変わらずすらりとしている。むしろ最後に会ったときよりも少し痩せたようにすら見える。妊娠後期になっても外見が変わらない女性がいるが、たぶんアリアドネもそうなのだろう。

アリアドネが椅子から立ちあがったが、やはり腹部に丸みは見られない。むかしと変わらず平らだ。

「もう子どもがいることがわかるころだと思っていた」ルパートは言った。

「子どもって？」アリアドネは眉を高くあげた。

ルパートはアリアドネの当惑の表情を無視し、彼女は自分に嘘をついたのだと胸に言い聞かせた。「きみのお腹にいる子どものことだ。ぼくの計算がまちがっていなければ、そろそろ七カ月になり、妊婦であることがひと目でわかるころのはずだが」

でもルパートが計算をまちがえるはずがない。自分たちが真の意味で親密な関係だったのは、昨年の夏のほんの短いあいだだけだ。

アリアドネはぽかんと口をあけてすぐに閉じ、胸の前で腕組みした。「それでここへ来たの？　わたしが身ごもっていると思ったから？」

「ああ、そうだ」

「エマがからんでいるのね」アリアドネは言った。「手紙が届いたんでしょう？」

「ほんとうならきみが直接、知らせるべきだった」ルパートは責めるような口調で言った。

「どうしてこんな嘘をついたんだ？　ぼくに息子ができたことを永遠に隠しておけると思ったのか？　ぼくの跡継ぎなのに？」

　アリアドネの顔から生気が消えた。あごをつんとあげる。「わたしのことをそんなふうに思っていたのね。身ごもったことを隠して、あなたを子どもに近づかせまいとするような女だと」

　ルパートは手で髪をすいた。「ほかにどう思えと？　ぼくから逃げたのはそれが理由だったのか？　ぼくが子どもを望んでいないと思ったから？」

「わたしが逃げたのは、まちがった道義心からの結婚がいやだったからよ。それからもうひとつ、あなたの息子とやらもいないわ。わたしが身ごもっていないことはローズウォルドでちゃんと伝えたでしょう」

　彼は体の脇でこぶしを握った。「しかしエマが――」

「なんて言ったの？　わたしが身ごもっていると手紙にはっきり書いてあった？」

「いや、はっきりというわけでは」

「正確にはなんて?」

ルパートは記憶をたどった。エマの手紙にはなんと書いてあっただろう。たしか、アリアドネのお産のときも楽であることを願うというようなことだった。アリアドネの言うとおり、あの手紙には、アリアドネが身ごもっているとはどこにも書かれていなかった。エマはただ、含みを持たせた書きかたをしただけだ。だが妹はふだん、そういうことをしない。

アリアドネの目を見つめた。

まんまとだまされた! しかもじつの妹に!

「そうでしょう」アリアドネは言った。ルパートもようやく、エマにかつがれたことに気づいたらしい。

「でもどうしてこんなことを」

「たぶんエマは、わたしたちの仲を取り持とうとしたんだと思う。わたしたちの婚約にロマンティックな要素はまったくなかったといくら言っても、エマはあなたとわたしがお互いを愛していると思いこんでるの。あなたをここへ来るように仕向けたら、ふたりでちゃんと話をして仲直りするとでも思ったにちがいないわ」

アリアドネは肩をすくめて目をそらした。「まったく、とんでもないことをしてくれたものだわ。とくにあなたにとっては迷惑な話よね。はるばる遠い道のりを旅してきたのに、それが無駄だったんですもの。でも子どもができていないとわかったのが、せめてもの救いだったわね。これで安心したでしょう」

ルパートは肩を落とし、失望が胸に広がるのを感じた。いままでわからなかったが、自分はアリアドネが身ごもっていることを心のどこかで期待していたのだ。これで彼女をふたたび自分のものにする理由ができたと思って、すっかり浮かれていた。

だが子どもができていなければ、アリアドネをつなぎとめるものはなにもない。

彼は絶望感にとらわれた。

ここへ来たときは、アリアドネをローズウォルドへ連れて帰るつもりだった。彼女を残してひとりで帰らなければならないのか。これで彼女を失うのか……永遠に。

アリアドネはルパートの顔を、それ以上見ていることに耐えられず、背中を向けた。愛する人がすぐ目の前にいるのに、相手はこちらに子どもができたと勘違いして訪ねてきただけなのだ。これほど残酷なことがあるだろうか。彼が求めているのはわたしではなくて跡継ぎだ。また結婚を申しこんできたとしても、義務感が言わせているにすぎない。

いつも義務ばかりだ。

エマはなぜこんなひどいことをするのだろう。おそらくマーセデスもからんでいるはずだ。ルパートがこちらを愛していると思いこみ、ふたりがこそこそやりとりして作戦を練っているさまが目に浮かぶ。だがエマとマーセデスは大きなまちがいを犯した。ふたりは甘い幻想をいだいていたにすぎない。

「マーセデスとダニエルはなにをしているのかしら」アリアドネの声は高くて震えていた。「使用人に呼んでこさせるわ」

アリアドネが歩きだそうとすると、ルパートがその手首をつかんで止めた。

「いや、もう少しあとでいい。まだちゃんとした挨拶もしていないじゃないか」

挨拶ですって？　いまさら礼儀なんか気にしても意味がないのに。

だがアリアドネは手をはらおうとしなかった。「前置きはどうでもいいんじゃなかったの？」皮肉を込めて言った。

「さっきはすまなかった。最近はわれながら気が短くて困る」

「そうみたいね。婚外子が生まれると思っていたんだから無理もないわ。まちがいだとわかってほっとしたでしょう」

長いあいだルパートは黙っていた。「いや、それがそうでもないんだ」

アリアドネは驚いてルパートの顔を見た。

ルパートはアリアドネに近づいた。「きみがぼくに嘘をついたと思いこんでいたときは、たしかに腹が立ってしかたがなかった。でもきみのお腹にぼくの子どもがいること自体を、いやだと思ったことは一度もない」

「外国で勝手に結婚した花嫁と、あきらかにその何カ月も前にできた赤ん坊を、祖国へ連れて帰ることになってもかまわないと思っていたの？　もちろん、わたしが結婚を承諾したならばの話だけど」

ルパートはアリアドネの手首を握る手にぐっと力を入れた。「きみはぼくと結婚していたさ」

「そうかしら。わたしはもう自立した女性になったのよ。いろいろしたいことがあるの。イタリアに別荘をかまえるか、ギリシャでエーゲ海の近くに白しっくい塗りのお屋敷を借りるか迷っているわ。どちらも捨てがたくて」

「それできみは満足なのかい。そんな暑いところに住んで？」

「満足に決まっているでしょう」アリアドネはルパートに嘘を見破られないことを祈った。

「さびしくないのか。それともだれかと一緒に行くつもりかい？」

アリアドネは顔をしかめた。「たくさんの人たちと出会えるはずよ。さびしくなる暇はないと思うわ」

「夜はどうするんだ」ルパートはゆっくりとした口調で言った。「きみはひとりではよく眠れないだろう」

ルパートの言うとおりだった。アリアドネは最後に彼と過ごした夜以来、ぐっすり眠れたことがなかった。

でもルパートはどうしてそんなことを言うのだろうか。目的はなんだろう？

「新しい男性を見つけるわ」アリアドネはルパートをいたぶりたくて言った。「浅黒い肌のラテン系の恋人を。とても情熱的だそうよ」

ルパートはアリアドネの手をひっぱった。「きみには金髪の男のほうがずっと似合う」あごにくちづけられ、アリアドネの肌がぞくりとした。「それに、きみにはもう恋人がいるじゃないか」

「いいえ、いないわ。もう何カ月も前にあなたは恋人をやめたじゃないの。わたしのことなんか欲しくないくせに。最後に話したとき、はっきりそう言ったじゃない」

「そんなことを言った覚えはない」

「記憶力が悪いのね。わたしが部屋へ来てと頼んだのに、あなたはきっぱり断わった。わたしが欲しくなかったからでしょう。いまもそうに決まってる。なんのつもりか知らないけれど、からかうのはやめて」

「からかってなどいない。きみは誤解している。ぼくはあのときもきみを求めていたし、いまも欲しくてたまらない。どうやらぼくは判断を誤ったようだ。きみの評判に傷がつくことを気にしたりせず、きみがローズウォルドに到着したらすぐさまベッドへ連れていき、子どもを作ればよかった。ぼくたちの子どもを」

ルパートはアリアドネの腰を自分のほうへ引き寄せて、硬くなったものを押しつけた。

「スコットランドにいるあいだにそうしよう。家来には雪に閉じこめられて帰れないと言えばいい」

アリアドネの頬やこめかみにくちづける。「きみが身ごもったら、体調がいいときを見はからってローズウォルドに連れて帰る。ああ、そうだ、結婚式もスコットランドで挙げよう。それならロンドンで手に入れた特別許可も必要ない」

「結婚式？　でもあなたはわたしとの結婚を望んでいるわけじゃないでしょう——本心では。あなたが大切なのは義務と誇りだけ。でもわたしは義務のために結婚するなんていやなの！」

ルパートはアリアドネの目をまっすぐ見据えた。「だったら、なんのためなら結婚してくれるんだ、アリアドネ？　きみはぼくにとってはならない人だ。きみがいなくなってから、ぼくの心は闇に閉ざされていた。苦しさのあまり周囲に当たり散らし、使用人はみんな、ぼくの姿を見ただけで青ざめるようになったよ。いったいなにをすればいい？　どうすればぼくと結婚し、生涯をともに過ごしてくれるかい？」

アリアドネの心臓がひとつ大きく打った。自分の耳が信じられない。「でもわからないわ。あなたはわたしを愛していないのに。あの夜、図書室でシグリッドにそう言っているのを聞いたのよ」

ルパートは後悔の表情を浮かべた。「あの夜に戻ってやりなおせるものならそうしたい。だがきみはまちがっている。ぼくはきみを愛していないとはひと言も言ってない。ぼくはただ、愛のために結婚するような男に見えるか、と訊いただけだ。きみもシグリッドも早合点したんだよ」

「けれど、あなたが愛のために結婚するような男性じゃないことはたしかでしょう」

「以前はそうだった」ルパートはアリアドネの頬をそっとなでた。「むかしのぼくは愛というものを知らなかった。だがそれも、目隠しをはずして、ほんとうのきみを見るまでのことだった。そうでなければ、どうして祖国をあとにして、ヨーロッパ大陸の半分を馬の背に揺られ、真冬の荒れた海を渡って会いに来ると思うんだ？」

「子どもよ……わたしのお腹に宿っているはずの子どものために」

「その架空の子どもは、ぼくにきみのあとを追う理由を与えてくれた」ルパートはかすかな笑みを浮かべた。「たしかにあの手紙はやりすぎだったかもしれないが、エマはぼくがなにを必要としているか、ちゃんとわかっていたんだ。ぼくがきみを愛していて、きみがいなければけっして幸せになれないことも」

アリアドネのなかでなにかが崩れた。石で覆われていた心を、ルパートが彫りだしてくれたかのようだ。

「ああ、ルパート」アリアドネは震える息を吸い、頬に涙を流した。

「泣かないでくれ」ルパートはつらそうな顔をした。「お願いだ、泣かないで。きみを悲しませるつもりはなかった。きみは旅がしたいんだったね。ぼくにまかせてくれれば、なんとかいい解決策を見つけるよ。約束する。だからもうぼくを拒まないでくれないか。頼むから追い返さないでほしい」

ルパートは唇を重ね、情熱的な激しいキスをした。

これは現実？　それともわたしは夢を見ているの？

どちらでもかまわない。このひとときをずっと終わらせたくない。アリアドネは夢中でキスを返し、熱い抱擁にすべてを忘れた。

「きみは以前、ぼくを求めてくれた」ルパートは息を切らしてささやいた。「もう一度、ぼくに機会をくれないか。きみの情熱にまた火をつけてみせるから」

「その必要はないわ」

ルパートの体がこわばるのがわかったが、アリアドネはその頬を手のひらでやさしくなでた。「なぜならあなたへの情熱が消えたことはないから。それに泣いたのは悲しかったからじゃないの。わからない？　わたしもあなたを愛しているからよ。ずっと前から愛していた。まさかあなたも同じ気持ちだったなんて」

ルパートはアリアドネを強く抱きしめ、青い瞳を輝かせた。「ぼくを愛してる？」

「ええ」アリアドネは微笑んでうなずいた。「あなたが思う以上に」ルパートの首に腕を巻きつける。「それに旅のことは気にしないで。イタリアやギリシャの話をしたのは、自分のみじめさを知られたくなかったからなの。わたしにもまだ多少の誇りがあるのよ」

ルパートは笑った。「やはりきみは王妃になるべき女性だ」愛のしるしに息が止まるようなキスをする。「ぼくの王妃に。さあ、結婚すると言ってくれ」

「もっと有利な相手と結婚しなくていいの？　王室と祖国のためになるような相手と。シグリッドの言ったことは正しいわ。客観的に見て、あなたにはわたしよりずっとふさわしい花嫁がいるはずよ」

「かつてのぼくは傲慢で、現実的なことだけが大切だと思っていた。でもときに、頭より心のほうが正しいこともある。ぼくの花嫁にきみよりふさわしい女性はいない。ぼくはきみを伴侶にしたいと思う。反対する者は地獄に落ちればいい」

ルパートの愛が本物だとわかり、アリアドネの肩にのしかかっていた重いものがおりた。

「だったらきちんと求婚してちょうだい」アリアドネはやさしく言った。

ルパートは彼女の顔をしばらく見つめたのち、その体を放して片ひざをついた。真剣な面持ちで手を取り、瞳をのぞきこむ。「ノーデンブルクのアリアドネ王女、どうかわたしの妻になっていただけませんか」

アリアドネはぱっと顔を輝かせた。「ええ！　答えはイエスよ。ルパート、愛してるわ」

ルパートは立ちあがってアリアドネを抱きしめ、ふたたび唇を重ねた。アリアドネはまぶたを閉じてキスを返した。これからはずっと彼のそばで生きていく。

アリアドネをルパートがさらに強く抱きしめ、部屋の反対側にある小さなソファへ連れていこうとしたとき、扉をたたく音がした。ふたりが体を離す暇もなく、マーセデスがはいってきた。そのあとに夫のダニエルがつづいた。

マーセデスは満面の笑みを浮かべ、満足そうに目をきらきらさせていた。「ほらね」肩越しにダニエルに言う。「静かなのはいい知らせだと言ったでしょう」

ダニエルはにやりとした。「なにをしているにしても、ふたりは邪魔をされたくないはずだと言っただろう。ふたりとも申しわけない。妻を止められなくて」

マーセデスはダニエルのことばを無視し、まずアリアドネを、つぎに彼女を脇に抱いているルパートを見てから、ふたたびアリアドネに視線を移した。「どう？　うまくいったかしら。結婚することになった？」

アリアドネはうなずいた。「ええ、そうよ。今度こそ結婚するわ。でもそんなに得意そうな顔をしなくてもいいのに」

褐色の瞳を輝かせ、マーセデスはうれしそうに両手を握りあわせた。

「ルパートからエマの手紙のことを聞いたとき、あなたも共犯だとぴんと来たわ」アリアドネはとがめるように言った。「ほんとうにお節介なんだから」

「でもあなただって、エマとわたしの背中を押してくれたじゃない」マーセデスは言った。

「あなたには幸せになってもらいたいから、恩返しをしなくちゃと思ったの。ルパートと別れて、あなたがどれだけつらい思いをしているか、わたしにはわかっていたわ。それにエマも、ルパートがあなたに恋い焦がれていることに気づいてた。だからちょっとだけ工夫をしてみたの」

「それでルパートにわたしが身ごもっていると言ったのね」

ダニエルは赤褐色の眉を高くあげ、マーセデスをさっと見た。「信じられないな、そんなことを言ったのかい？　ルパート王が凍死しそうになりながら駆けつけてきたのも無理はない。きっと心臓が止まりそうになったんじゃないか」

「でもうまくいったでしょう？」マーセデスは悪びれた様子もなく言った。「エマもきっと大喜びするわね」

「今度エマに会ったら、言いたいことが山ほどあるわ」アリアドネは低い声で言った。

マーセデスの笑顔がかすかに曇った。「本気で怒ってるわけじゃないわよね？　あなたとルパートはようやく気持ちを確かめあって、すべてが丸くおさまったんですもの。終わりよければすべてよし、よ」

アリアドネは文句を言うべきだと思ったが、怒りはまったく湧いてこなかった。「ええ、怒ってないわ」ルパートの目を見あげると、彼も同じ思いだとわかった。「愛する男性と再会できたのに、怒るわけがないでしょう」

ルパートは微笑んだ。「きみには感謝の気持ちしかないよ、マーセデス。きみと妹はだれもできないことをやってくれた。頑固で自分の心に素直になれない人間がふたりも相手だと、さぞたいへんだったことだろう。でもこれでわかったよ――もうお互いに離れては生きていけないと」

頭をかがめてアリアドネにくちづけた。

唇が触れた瞬間、アリアドネは人前であることを忘れ、甘く情熱的なキスに恍惚とした。ルパートの首に腕をまわしたとき、だれかが立てつづけに咳ばらいをするのがぼんやりと聞こえた。

「ふたりきりにしたほうがいいかな」ダニエルが笑いながら言った。「それともつづきは寝室でするかい？　好きな部屋を選んでくれていいし、もちろんアリアドネの寝室でもいい」

「ダニエル、なんてことを！」マーセデスが言った。「ふたりはまだ結婚もしていないのよ」

ダニエルはまた笑った。「でもふたりにはあまり関係なさそうだ」

ルパートはキスをやめて顔を離した。アリアドネと目を合わせ、同時に吹きだした。

しばらくしてマーセデスも笑いだした。

ルパートはアリアドネをまだ腕に抱いていた。「どうする？　このふたりをここから追いだすか、二階へ行くか」

「それとも昼食はいかが？」マーセデスが微笑んだ。「ルパートが到着したことを聞いた瞬間から、料理人は台所女中にあれこれ指示を出して大忙しで食事を用意しているわ。いらないと言ったら気を悪くしそう」

「昼食か」ダニエルは目をきらりとさせた。「ぜひ食べたいな」

「あなたが食事を断わることはないものね」マーセデスはやさしく言った。

ダニエルは平らなみぞおちを手でたたいた。「軍隊生活のせいだ。つぎにいつまともな食事がとれるかわからない生活を長年送っていると、食べられるときは食べておこうという気になる」

「どうしようか」ルパートはアリアドネを見た。「きみはどっちを先にするのがいいかな。昼食をとるのと、愛しあうのと」

アリアドネはため息をついた。「昼食にしたほうがいいでしょうね。マーセデスの料理人の機嫌を損ねると怖いもの。気をつけないと、ハギス（羊などの臓物をオートミールや脂肪とともにその胃袋に詰めて煮るスコットランド料理）を食べさせられるかもしれないわ」

ほかの三人が笑った。

アリアドネの唇にゆっくり笑みが浮かんだ。幸せで胸がいっぱいで、心臓がいつもの倍にふくらんだように思える。「それにこれから先、ずっと愛しあって生きていけるんだから、少しぐらい待ってもどうということはないわ」

「ああ、きみの言うとおりだ。これはぼくたちの永遠のはじまりにすぎない」ルパートは言った。

そして首をかがめてキスをし、アリアドネに永遠の愛を誓った。

訳者あとがき

トレイシー・アン・ウォレンの三部作、『プリンセス・シリーズ』の最終話をお届けします。

本作のヒロイン、アリアドネ王女は二十四歳。ナポレオン戦争の終結を受けてヨーロッパの勢力図が大きく変わるなか、アリアドネの祖国であるノーデンブルクは、激動の時代の波に呑みこまれて地図上から姿を消し、もはや歴史書と人びとの記憶のなかにしか存在しなくなっていました。アリアドネは王女とは名ばかりで、祖国も後ろ盾となる家族も失った天涯孤独の身の上だったのです。それでもスコットランドの女学校時代からの親友、エマ（シリーズ第一作『純白のドレスを脱ぐとき』のヒロイン）とマーセデス（同第二作『薔薇のティアラをはずして』のヒロイン）の揺るぎない友情に支えられ、まっすぐ前を向いてたくましく生きてきました。

エマとマーセデスはそれぞれ幸せな結婚をし、かわいい子どもたちにも恵まれています。

アリアドネもはじめのうちは積極的に未来の夫を探していましたが、祖国も莫大な富もない彼女に、なかなかいい相手は現われません。美しさに惹かれて近づいてくる男性はいるものの、どの人も愛し愛される相手としてはいまひとつです。そうこうしているうちに六年が過ぎ、やがてアリアドネは結婚するという考えを捨てました。とはいえ、仲のいい王女三人組のなかでいちばん大胆で常識にとらわれないアリアドネのこと、結婚をやめたからといって、快楽を味わうことをあきらめたわけではありません。恋人を作って情事を楽しもうと決心し、そのことをエマに打ち明けますが、当然ながらエマは反対します。そんなことをしたらアリアドネの評判に傷がつき、いずれいい相手と結婚する望みが消えてしまうからですが、当のアリアドネは評判のことなどまったく気にかけていません。それでも大切な友を心配させたくなかったので、内緒で恋人探しをつづけます。そんな彼女を陰からひそかに見ている男性がいました。エマの兄で、ローズウォルド国のルパート皇太子です。

何年も前、エマが兄の決めた政略結婚からのがれて愛する男性と結ばれるのを手伝ったこともあり、アリアドネとルパートは犬猿の仲といっても過言ではありませんでした。社交シーズンのあいだ、ロンドンのエマの屋敷に同宿しているものの、顔を合わせるとけんかをしてしまうふたりは、暗黙の了解のうちにお互いを避けていました。

アリアドネのもくろみに気づいたルパートは、スキャンダルが妹のエマにおよぶのをおそれます。なんとかアリアドネを思いとどまらせようとしますが、こうと決めたらてこでも動かない彼女は、ルパートの説得にまるで耳を貸しません。そこでルパートは一計を案じます。それは自分がアリアドネの恋人になり、スキャンダルから彼女を守ることでした。自分ならぜったいにふたりの関係を口外しない、変な男につかまって危険な目にあう心配もない――。アリアドネは突拍子もない提案に唖然ことばを失いますが、考えれば考えるほどルパートの言うことももっともだと思えてきて、ついに首を縦にふるのでした。

こうしてふたりの秘密の関係がはじまります。尊大なルパートと頑固なアリアドネは、ある意味で似た者どうしでもありました。どちらも弱い部分をけっして他人に見せず、本心を押し隠して生きてきたのです。ときに衝突しながらも、甘い時間におぼれていくふたりは、いつしか自分でもそうと気がつかないうちに、心まで通いあわせるようになりました。でもルパートは近い将来に国王となる身です。結婚相手は、祖国ローズウォルドの立場をより強固なものにしてくれる王族の女性でなければなりません。富もなにも持たないアリアドネでは、廷臣や議会の反対にあうのは目に見えていました。

そんなある日、アリアドネの身が危険にさらされる事件が起こります。ルパートは彼女を助けようと、無我夢中でそのあとを追うのでした。

まだ若い王女が主人公だった前二作とはちがい、本作のヒロインのアリアドネは成熟したおとなの女性です。人一倍自立心が強く、どんな悲劇や困難にも負けない強い心を持っています。一方のルパートも、幼いころから未来の国王としてきびしい教育を受け、父王が病に倒れてからは摂政としての重責を一身に担ってきました。そんなふたりが反発しながらも互いに惹かれていく過程には説得力があり、心理描写に定評がある作者の筆力がいかんなく発揮されています。会話の妙にも一段と磨きがかかり、原文のウィットに富んだせりふをどう日本語に直そうか苦心した箇所もありましたが、それだけ一読者としても翻訳者としても手ごたえの感じられる作品でした。ルパートがだれにも話したことがない父王との思い出をアリアドネに打ち明けるシーンなど、胸が熱くなる場面も随所に散りばめられ、ほろりとしたり、くすりとしたり、どきどきしたり、ロマンス小説の醍醐味を思うぞんぶん味わえること請け合いです。強情なのに素直で憎めないヒロインと、いわゆる〝ツンデレ〟なヒーローの甘くてセクシーでせつないラブストーリーを、読者のみなさまがどうか楽しんでくださいますように。

最後になりましたが、今回も二見書房編集部のみなさんにお世話になりました。この場をお借りしてお礼を申しあげます。どうもありがとうございました。

二〇一六年十月

ザ・ミステリ・コレクション

真紅《しんく》のシルクに口《くち》づけを

著者　トレイシー・アン・ウォレン
訳者　久野郁子《くのいくこ》

発行所　株式会社 二見書房
東京都千代田区三崎町2-18-11
電話 03(3515)2311 [営業]
03(3515)2313 [編集]
振替 00170-4-2639

印刷　株式会社 堀内印刷所
製本　株式会社 関川製本所

ISBN978-4-576-16179-2
http://www.futami.co.jp/

純白のドレスを脱ぐとき
トレイシー・アン・ウォレン
久野郁子［訳］
〔プリンセス・シリーズ〕

意にそまぬ結婚を控えた若き王女と、そうとは知らずに恋におちた伯爵。求めあいながらすれ違うふたりの恋の結末は!?　RITA賞作家が贈るときめき三部作開幕！

薔薇のティアラをはずして
トレイシー・アン・ウォレン
久野郁子［訳］
〔プリンセス・シリーズ〕

小国の王女マーセデスは、馬車でロンドンに向かう道中何者かに襲撃される。命からがら村はずれの宿屋に辿り着くが、彼女が本物の王女だとは誰も信じてくれず…!?

真珠の涙がかわくとき
トレイシー・アン・ウォレン
久野郁子［訳］

元夫の企てで悪女と噂されて社交界を追われ、友も財産も失ったタリア。若き貴族レオに求愛され、戸惑いながらも心を開くが…？　ヒストリカル新シリーズ第一弾！

あやまちは愛
トレイシー・アン・ウォレン
久野郁子［訳］

双子の姉と入れ替わり、密かに思いを寄せていた公爵の妻となったヴァイオレット。妻として愛される幸せと良心の呵責の狭間で心を痛めるが、やがて真相が暴かれる日が…

愛といつわりの誓い
トレイシー・アン・ウォレン
久野郁子［訳］

親戚の家へ預けられたジーネットは、無礼だが魅惑的な建築家ダラーと出会う。ある事件がもとで〝平民〟の彼と結婚するはめになり…。『あやまちは愛』に続く第二弾！

その夢からさめても
トレイシー・アン・ウォレン
久野郁子［訳］
〔バイロン・シリーズ〕

大叔母のもとに向かう途中、メグは吹雪に見舞われ近くの屋敷を訪ねる。そこで彼女は戦争で心身ともに傷ついたケイド卿と出会い思わぬ約束をすることに……!?